海上明信片

〔英〕维多利亚·希斯洛普 著　刘韶方 译

南海出版公司

新经典文化股份有限公司
www.readinglife.com
出 品

Cartes Postales from Greece

目 录 | Contents

引子 1

穿银色西装的男孩 21　　我也在阿卡迪亚 43

《G 弦上的咏叹调》 63

永远不能选星期二 83

"不要让我们陷于诱惑" 105

作为见证者的一八二四年 125

神圣的大海 145　　为爱而爱 173

山顶上的男人 195

"我会回来" 217

《手摇风琴、贫穷与荣誉》 241

蜜月 263

"认识你自己" 297

孤独的妻子 321

振翅待飞 349　　尾声 373

引 子

那些明信片被送来时已经磨损了,边角卷曲,字迹难辨,像是放在谁的后裤兜里,在欧洲转悠了一圈。有一两次,上面的字迹像是被雨水、葡萄酒,甚至可能是眼泪冲得有些模糊。有的时候,它们被太阳晒得发白,褪色的邮戳表明这些明信片已经在路上走了许多个星期。

十二月底,第一张明信片出现了。从那以后,明信片寄来得越来越有规律。艾丽·托马斯开始期盼这些明信片的到来。如果一两周没收到,她就会认真查两遍信件,生怕漏掉一张。她的信箱是宽敞的过道大厅里十二个信箱中的一个,里面大多是账单,或是催收账单的信,还有推销垃圾食品的广告。多数信件都是寄给以往那些已经离开这里很久的房客的。她猜想明信片上的收件人 S.伊博森,也是众多房客中的一员。

除了那些与希腊有关的色彩亮丽的图片外,她把所有找不到收件人的信件都投到了街角的邮箱里,并在信封上潦草地写上了"寄回发信人"。大概邮局会当垃圾处理吧。

这些明信片无法寄回原处。寄件者不详,署名的位置上总是简单地签着一个"A"。"A"可以代表匿名①。不管这个 S.伊博森是谁，三年来寄给她（也可能是他）的就只有明信片。这三年，艾丽一直住在肯萨尔赖斯②这间昏暗的公寓里。扔掉这些明信片好像挺糟蹋东西的。

她有一块软木张贴板，但除了偶尔贴张购物清单或记录保险号的小纸片之外，都没怎么用过，于是她开始用大头针往上钉明信片。一周又一周过去了，明信片组成了生动的拼贴画，主调为蓝色和白色：蓝天、大海、小船、装着蓝色百叶窗的白色建筑。甚至有些建筑物和船上飘扬的旗帜都是纯净的白色和蓝色的。

迈索尼、米斯特拉斯、莫奈姆瓦夏、纳夫帕克托斯、纳夫普利奥、奥林匹亚、斯巴达……

这些名字就像是点金之手，于是她让它们尽情施展着魔法。她渴望置身于明信片上的那些地方。它们在她脑海里萦绕，就好像外语单词一样，韵律十足，但又不明就里：卡拉马塔、卡拉夫里塔、考斯马斯，还有更多更多的名字。

这幅拼贴画照亮了这间地下室公寓，把斑斓的色彩带进她沉闷的家，那是她小窝里所有的摆设根本达不到的效果。

明信片上的字书写整洁，有点卖弄，偶尔会字迹模糊。作者提供的信息不多，但热情十足。

来自纳夫普利奥的明信片上写着：这个地方很特别。

来自卡拉马塔的明信片上写着：这里的气息别样温馨。

来自奥林匹亚的明信片上写着：这张图片只是让你略窥美景。

---

①英语单词 anonymous（匿名）首字母是 A。（本书注释若无特殊说明，均为译注。）
②伦敦西北部某地。

艾丽开始把自己想象成"S",梦想着"A"似乎是在召唤她去往这些地方。

寄明信片的人经常会有些精辟见解,描述的是艾丽从未想象过的一种生活。

这里的人们似乎不懂得让人独处。我写这张明信片时,就有人过来打听我从哪儿来,来这儿干什么。和他们解释清楚还真不太容易。

对希腊人来说,世上最糟糕的事就是一个人待着,所以总有人过来搭讪,问点问题或说些什么。

他们邀请我到家里做客、去听赞美诗,甚至参加洗礼仪式。我从没被这么热情地招待过。我完全是个陌生人,但他们待我如同久别重逢的老友。

有时候在咖啡馆,有人会邀请我和他们同桌喝咖啡,一定会有人给我讲个故事。我认真听着,一一记录下来。你知道人会活很久的,记忆中的真相可能会有点模糊。你不用在意,我就是想和你分享这些故事。

但所有明信片都这样伤感地结束:

没有你在身边,这个地方毫无意义。真的希望你在这里。A。

结语简洁、真诚,但充满忧伤。S似乎永远都不会知道这位匿名寄信人多么希望他们能在那里一起共度美好时光。

~

四月的一天,同时来了三张明信片。艾丽翻出一本旧地图册,开始找寻这些地方。她把标示着那些地方的一页撕下来,钉在软木板上的明信片旁边,一一标出明信片上所有的地方,追寻着寄信人的旅途:阿尔塔、普雷韦扎、迈泰奥拉。这些地名极具魅力但又十分陌生。

这个素未谋面的国家正在变成她生活的一部分。正如写明信片的人一心想指出的那样,图片不可能传递希腊的气息和声音,只能是一个剪影、一个映像。尽管如此,她还是全然爱上了希腊。

一周又一周,随着明信片的到来,艾丽渐生渴望,想亲自去看看希腊。她向往明信片上的明亮色彩和明媚阳光。整个冬季,她天亮就去上班,晚上七点才回家。屋里整天拉着窗帘。纵使春天来了,情形也没什么变化,屋里进不来一丝阳光。这里似乎没有多少生气,根本就不是她从卡迪夫搬来时所期盼的那样。她满心向往的伦敦灯火似乎远不够明亮。只有这些明信片能让她心情明快。来自卡兰巴卡、卡尔季察和卡泰里尼的明信片一到,她就让它们加入明信片的拼贴画中。

她的工作是售卖某份商业期刊的广告页。从第一天上班起,她就不太喜欢这份工作,但招聘中介劝她说这是进入出版界的一条路。她现在意识到这大概是条方向相反的路。她那洪亮的威尔士口音好像对客户很有感召力，所以轻而易举地完成了老板规定的销售额度。这样她每天都会有几个小时的空闲时间，可以挣点外快，或者像现在这样，在互联网上消磨时光，看看有关希腊的图文信息。在她们这一行里，很多快三十岁的年轻人都是还没什么名气的演员或歌星，一心想着去别的地方发展，而不是留在现在的公司里。对她身边这群无名小辈中的大多数人来说，人生的梦想就是登上舞台，但对艾丽来说，她的舞台比伦敦西区①要远得多。

这些明信片让她痴迷，这幅拼贴画对她越来越重要。随着夏日的到来，来自希腊各个岛上的明信片也如期而至。蓝天碧海、波光粼粼的安德罗斯和伊卡利亚，图片漂亮得让人难以置信。真有这么美的地方吗？还是修图后的效果？

又过了几个星期，没有明信片寄来。整个八月，她每天清晨都检查信箱。看到没有任何明信片，她很失望沮丧。每次毫无成果的搜寻都是希望的破灭，但她还是禁不住去看一眼信箱。周末她回卡迪夫看望父母，周六晚上和老同学一起到老地方聚会。她们都结了婚，开始生儿育女。她做过伴娘的一个同学请她做孩子的教母。艾丽觉得这个请求必须得接受，但还是感觉到些许不安——自己和儿时玩伴之间有了隔膜。

威尔士一直很冷，但火车驶进帕丁顿车站时，伦敦看上去比以往更加灰暗。在回肯萨尔赖斯的地铁上，她的思绪又飘到了明信片上。会不会有一张明信片在等着她呢？一到公寓大厅，空空的信箱给了她答案。她算了一下，从那张来自伊卡利亚的明信片出现到现在，

---

① 与纽约百老汇齐名的全球两大戏剧中心之一。

已经过去了一个多月。

回到公寓后,她发现张贴板上的明信片开始卷边,但色彩依然绚丽如初。这些明信片有点折磨着她。是不是应该去那儿看一看?去看看明信片上描述的蓝天是不是真实存在,去看看阳光是不是像明信片上一样透彻明亮。明信片是不是都会夸大事实?可是会不会也有某些真实的成分?

艾丽检查了一下护照,上一次用它是两年前到西班牙参加周末闺蜜聚会。她查到了一班飞往雅典的飞机,机票比她在卡迪夫买的一双便宜靴子还便宜。艾丽不是个爱冒险的旅行者。她只去过四次西班牙、两次葡萄牙和十几次法国(都是孩提时参加的露营)。旅游季快结束了,找个合适的住处并不难。她研究了几个地方,最后敲定了一个她熟悉的地名:纳夫普利奥。住在纳夫普利奥附近的一家海滨度假村,半包伙食,一周只要一百二十镑。至少她可以去看看A去过的一个地方。如果有时间的话,或许可以多看几处。她自然而然地做出了决定,但感觉好像几个月前就想好了。

后面的一周过得飞快。当她和一向油嘴滑舌的老板请这十天假时,他好像不怎么在意。"回来的时候和我联系。"他说道。这个模棱两可的反应让她怀疑自己是不是被解雇了。

打印机咔咔地打印着登机牌,而她想的是自己肯定不会怀念这间没有窗户的办公室,还有那一排排电话机。

她迫不及待地想要逃离英国那不凉不热,而且很快便会悄然入秋的夏天。A寄来的最后一张明信片上是个美丽的港湾,有好看的房子和船。她几乎可以听见海浪轻击岸边的声响。港湾看上去平静又安宁,最重要的是,它似乎在向她发出邀请。

来自伊卡利亚的明信片上写着：这里属于另一个时代。

的确该去看看这个国家了，去看看 A 说的是不是真的。那里的人们真会和陌生人聊天吗？真会邀请陌生人去一些地方吗？她在伦敦生活了三年，还从来没接到过任何同事的邀约，当然更不用说咖啡馆里陌生人的邀请了。她急于去体验这一切。

出发前夜，她激动得难以入睡，后来睡得太沉没有听见闹铃响。叫醒她的是街上几个醉汉的吵闹声。对醉汉们来说，这是快乐长夜的结束，而对艾丽来说，这是崭新一天的开始。她跳下床，没冲澡，直接套上昨天穿过的衣服，用最后一分钟检查好门锁和灯，离开了公寓。

推着行李箱走到公寓大楼的大门口时，她注意到有东西卡在信箱外面。尽管已经比预定的时间晚了一小时，但她觉得必须得把那东西拿到手。那个包裹有精装书那么大，乱七八糟地贴了十几张邮票。打印邮资的机器把收件人名字弄得模糊不清，但地址还能辨认出来。她一眼就认出了那个熟悉的笔迹，心跳得快了些。

没有时间拆包裹了，她拉开手提包，把东西塞了进去。后面的两个小时，她一心想着怎么赶上那班飞机。得走二十分钟去赶夜班公交车。公交车不紧不慢，每十分钟一趟，会把她带到去斯坦斯特德机场的长途车站。还没到上班高峰期，现在这条路上的大多数人是赶着去机场上班的。

办理登机的女人简慢无礼。

"真准时啊，"她说，"你的飞机马上就关舱门了。"艾丽一把抓回登机牌，撒腿就跑，她是最后一个登机的。一屁股坐下之后，她又热又紧张，感到疲惫不堪。她后悔自己穿了件冬天的外套，那外套一直放在家里的椅子上,而且凌晨四点钟时,她根本没时间想清楚旅行要带些什么,现在后悔已经晚了。她费劲地脱下亮红色粗呢外套,卷成一团,塞到座位下面。乘务员已经开始检查乘客的安全带是否系好。飞机从停机位上滑行出来。

还没等起飞,艾丽已经睡着了。她醒来已是三小时后,感觉脖子僵硬,口干舌燥。赶飞机赶得都没时间买瓶水,她期盼着送饮料茶水的手推车马上过来。然而一瞥舷窗外,她立刻明白手推车不会来了。飞机已经到了降落的最后阶段。她看见了大海、山丘、矩形的农田、成排的绿树、鳞次栉比的高楼,还有熟悉的宜家标志。到雅典了?她正想着,飞机轮子猛地落到了跑道上。有几个人为飞机落地而鼓掌欢呼。对艾丽来说,这似乎有点大惊小怪,她向来认为机长的工作就是把乘客安全送达目的地。

舱门打开,一阵暖风吹进了机舱,带着一种她分辨不出的新味道。或许是机场污浊的空气中夹杂着百里香的味道,但她发现自己开心地深吸了一口气。

伸手去包里掏护照时,抓到的第一件东西竟是那个包裹。排队入关很慢,她有时间把牛皮纸撕开一角,眯着眼往里面瞧了一下。那是个真皮封面的蓝色笔记本,能看见页边有点泛黄。她把笔记本放回手提包。

机场大巴把她带到了希腊公营巴士的中心车站。车站很繁忙,让人摸不着东南西北。发动机隆隆响着,司机们大声喊着"开车了"。这些声音盖过了熙熙攘攘、拖箱拉包的上千名乘客的喧嚣。艾丽差一点被刺鼻的汽油味呛到。

她终于找到了去往目的地的公交车的售票窗口,递进十五欧元。

还剩下一分钟，公交车就要发车了。她赶在上车前买了冷饮和几块饼干。

坐进靠窗的座位，看着外面公交车站的一片混乱，她已然明白A说对了一件事，这里的人不喜欢安静。坐在身边的妇人一句英语都不会说，但她们俩至少交流了一个小时，直聊到老太太开始打瞌睡。这一小时，艾丽知道了她的孩子们做什么工作，在哪儿住。她还吃了两块葡萄叶饭卷和一块新鲜的橘子蛋糕（第二块蛋糕裹着餐巾纸，正躺在她的双肩包上）。她瞥了一眼针织衫下的包裹。本来计划在旅途中看看那个笔记本，但温暖的阳光从车窗直射进来，公交车一直隆隆作响，令她昏昏欲睡。

差不多三小时后，车子到了纳夫普利奥。她这才注意到自己的外套还在飞机上。在太阳下等着行李从车子底部卸下来时，她对自己的恼火才渐渐消失。背上热热的，她意识到厚衣服在这儿是个累赘，而现在的感觉像蛇蜕了皮一样轻松。

公交站台旁的出租车排成一串。旅游指南上说她得乘出租车去托隆的酒店。乘车前，她急切地想粗略认识一下纳夫普利奥，便拖着小行李箱，照着指示牌向老城走去。谢天谢地，指示牌上写的是英语。

她很快来到了主广场，一下子就认出了明信片上的这个地方。已经见过了，她莞尔一笑。

她已经习惯了独处，所以很自然地走进一家咖啡馆坐下来。服务很及时，卡布奇诺马上端了上来，还有一杯冰水和两块小巧热乎的核桃饼干。还没过几个小时，她再次感受到A多次提及的希腊式好客。

她抿着咖啡,环顾四周。周五的黄昏,广场上聚集着各色人群。有推童车的,骑自行车的,还有溜旱冰的;有手挽着手闲逛的,还有上了年纪拄拐杖散步的。广场周边十几家咖啡馆都人满为患。九月中旬的夜晚的确温馨宜人。

包裹放在她面前的小桌上。她把手指探进已撕开的缝里,从顶上撕开包裹,取出笔记本,然后把包装纸塞进手提包侧兜里,翻开了笔记本。明信片某种程度上是公开的,拿起来的人都能看一眼,但笔记本行吗?是不是像在看别人的日记?会不会侵犯隐私?她紧张地翻开笔记本封面,感觉像是真的侵犯了别人的隐私。迅速翻了一下,每一页都是熟悉的用黑墨水写的字。A 的字一丝不苟,但偶尔有些难以辨认。

她心不在焉地用食指在盘子里的饼干渣上画着 S 形,抬头向外面的广场望去。明信片的收件人从来没有机会读到这个笔记本中的内容。带着极度的好奇心和一点点负罪感,她翻开了第一页。

刚读了几个字,她就意识到回到酒店再看应该会更好,于是她把笔记本抓在胸前,起身走到出租车候车站。"托隆,"她说,口气有些犹豫,"玛利亚酒店。"

晚上,在酒店房间外小巧的阳台上,她重新开始阅读那本笔记。

那天我去卡拉马塔的小机场接你，但你没来。我等了二十四小时，生怕自己记错了，你会乘下一班飞机到达。或许你误了飞机，不然就是你联系不上我。我给自己设想了各种各样的原因。那天晚上，我睡在一堆行李车后面的一个座位上。打扫卫生的人扫着我脚边的地板，甚至给我拿来一块他妻子要扔掉的菠菜馅饼。她经营着一个售货亭，他们的儿子是检查护照的。当然了，外甥是检查行李的，堂兄在登机口检查登机牌。那个打扫卫生的人非常骄傲地告诉我："在希腊，小机场都是由家庭经营的。"

第二天一大早，我不得不离开到达大厅。连"到达"这两个字好像也在嘲笑我。正是九月中旬，不会再有包机从英国飞来，你不可能像我幻想的那样从什么地方突然冒出来。我打电话你没接，但我知道，如果真的发生什么意外，你的朋友肯定会给我打电话。

我在机场外的条凳上坐了一会儿，不知道自己该干什么，该去哪儿。过了一会儿，电话振了一下，来了条短信。我浑身颤抖，伸手去掏，结果手机掉到了地上。透过摔碎的蜘蛛网般的屏幕，我刚好能辨认出几个字："对不起，她去不了了。"我想这是你口述，由朋友发的短信。我很难受，盯着看了几分钟，不相信这是真的。又拨了你的电话，没人接。我试了几次，结果当然都一样。"生气""恼火""愤怒"这些词都不能描述我当时的感受。那些只是词儿，张嘴一说而已。

再也没有其他短信了。直到那天晚些时候，我收到弟弟的一条短信，祝我"一路平安"。

我本可以直接回雅典的，但我无法面对现实，一个人沿着同一条路开车回去。来的时候我满怀期待，激动万分。而这时我已麻木，几乎没法把车钥匙插进点火器。我真不知道该去哪儿，也不在乎去哪儿。不知开了多久，到海边时我停了下来。路伸向沙滩，有个路标上写着"有空房"。这就是我该留宿的地方。

接下来的几天，我几乎什么也没做，只是坐着，盯着伊奥尼亚海看。狂浪从天际滔滔涌来，扑向沙滩，正如我此刻的心境：混沌翻腾，无法平静。我寝食难安，缄默不语。按说男人比女人坚强，但我从来没有像现在这样，感到如此束手无策。我想如果离海近些，海浪会把我卷走。有几天，我情愿消失在海浪的泡沫下。

我一遍又一遍地看手机，破碎的屏幕上再没有出现新消息。我忍受不了这种痛苦，把它从口袋里掏出来远远地扔进了大海。它自由了。看到溅起的浪花，我终于接受了事实：我不会，也不可能再得到来自你的任何消息。现在，我和你之间的联系切断了，我和这个世界上所有人的联系都切断了。

不知道经营迈索尼这家小店的和善夫妇会怎么看我，但每天晚上他们都给我留一盘冷饭，早上再端走。一天早上，女主人在我房间放了一束鲜花，花蔫了就来更换。他们的友善让我铭记在心，再无其他。我不觉得饿也不觉得渴，甚至感觉不到气温的变化。一天淋浴时，我一直洗到水完全冰凉，才意识到肌肤居然没有感觉。看了一下手表，才知道自己已经洗了一小时。失望让我丧失了所有感知。那些日子真的是暗无天日。我不知道是怎么熬过来的，但无论如何，时间在悄然流逝。从在机场等待的那一刻算起，我不知道过了多少天、多少个星期。有一天，我正要动身去沙滩，房东和我打招呼。"好月份，"他开心地说，"十月！新的一个月开始了！"

我在这儿已经滞留了两个星期。

我为我们俩规划的行程，现在看上去有点可笑：到伯罗奔尼撒半岛游玩，然后坐渡船去基西拉，从那里再坐渡船去克里特，然后飞回雅典，再飞回伦敦。你说你只有两周的假期，我的周密计划是为了让你及时回国。在雅典，我从一家叫佐洛塔斯的珠宝店买了颗独钻的钻戒。我就是这么自欺欺人，我计划着在西克里特的血色夕阳中向你求婚。即使是现在，有时我还在脑海里重新演练这永远不可能发生的一幕。希望有一天这些会渐渐从我的记忆中消失。

那天傍晚，在迈索尼，关上百叶窗遮住夕阳，我不得不做出决定：要么打道回伦敦，要么独自走希腊。我在雅典为期两周的研究进行得很顺利。基克拉泽斯群岛艺术博物馆馆长人很好，专门为我开放了多个档案，我有足够的资料可以开始写书了。在旅馆，我可以像在家一样自在地写书。一想到伦敦我就浑身一冷，我知道，我一定会在茫茫人海中找寻你的面孔。另外一个让我在希腊再逗留一段时间的好理由，是避开英国瑟瑟的阴郁秋天。

于是我打点行李，结账离开。我现在悠闲有余，不用急着赶路。我在乡村电话亭给弟弟打了个电话，请他每周帮我查看信件，打理账单。我不知道要离家多久。如果我精打细算，书稿合同的预支稿费可以应付我一年的开销。去综合商店买巧克力、口香糖、水和其他东西之前，我在一个锈迹斑斑的旋转木马前停下，上面杂乱地贴着几张明信片，店主人可能也不期待现在会有很多游客，所以没用心补充新货。我挑了一张威尼斯城堡（在威尼斯的日子里，我从没想到去那儿看看）的明信片。为什么要买呢？我猜你肯定不在乎我在哪儿，但我突发奇想，想和你交流。或许只是想打破我们之间的沉默，或许仅仅是想减轻自己的孤独感？我可能不是个爱玩手机的人，也不是一个看上去朋友一群、安排不断的人，但可能是忙于写明信片的人，一个需要到处找邮票的人。

这是一种可以和你说话，但又不用期待你回答的方法，是一种单向对话。这个主意让我很开心。或许你会后悔没有来希腊。

店里的那个人给明信片贴上了几张邮票，然后把我买的其他东西打了包。

"旅途愉快。"

"谢谢。"我回应着。这是我听得懂的几句希腊语之一。他在祝我一路平安。

我把明信片放在车顶，草草给你写了几句话，投进了附近的邮箱。

现在我完全自由，可以随心所欲，想去哪儿就去哪儿，但很奇怪，这种自由会让人如此不知所措。我在车里至少呆坐了一个小时，盯着地图傻看，然后才下定决心，发动车子启程上路。我知道我是一路向东，因为大海在我身后，但我毫无目标，不知本能或命运会带我走向何方。我只是知道我的希腊之旅开始了。

接下来的几个月，无论我走到哪里，人们都和我攀谈。大多数人热心和善，如果一开始他们不太热情的话，常常是我一试着开口说希腊语，坚冰就立刻融化。很多人给我讲故事。我认真听着并记录下来。每天都对这个国家有不可思议的了解，也对自己有新的认识。陌生人的话语填补了空虚，填补了你留下的寂静。

你能从明信片上认出故事里的一些地方。谁知道人们讲的故事是真是假呢？我猜有些的确是杜撰出来的，另一些也可能言过其实，但或许有些是真实可信的。你自己判断吧。

2015 年 10 月

  我的旅程始于伯罗奔尼撒半岛，她的美没有抚平我的伤痛，反而使我更加心痛。她的丰盈与繁茂、生机勃勃和健康向上，都似乎在嘲笑我。美丽的风景与我的心情相悖。什么也无法让我从自己的憧憬中解脱出来。对于我们的未来，我曾心怀无限希望。什么也无法阻挡我回想这些。随后几个月里，我明白了一件事：越想忘怀，越会激起无数回忆。傍晚，我喝酒麻醉自己，也是帮助自己入睡，但很快我开始惧怕上床睡觉。睡眠像一口又黑又深的井，噩梦让我坠入更深处。有一天早上四点，迈索尼那家小旅馆的主人闯进我房里，因为我尖叫不断，让他们坚信有人正在谋杀我。每个梦中都有你，但都是噩梦，伤心的梦。潜意识不让我忘却你，至少现在还没有。

  然而，这次踏上旅途是正确的。尽管无论我走到何处，悲伤总是跟随着我，但如果回到伦敦，情况会更糟，因为朋友们会同情地看着我，像是看那些家里有人去世的人一样。可是，不出几个星期，他们就会期待我做回原来的自己。在这里，我可以与陌生人为伍，如果我更换地方更频繁一些，人们永远也不会知道原来的我是什么样子。和那些根本不知道发生过什么事的人在一起，我可以塑造一个全新的自我。离家在外，我可以假装自己是个潇洒的男人。

人们总想指引游客去参观他们自己最喜欢的地方。迈索尼的店主夫妇坚持让我去纳夫普利奥。"纳夫普利奥是希腊最漂亮的城市，而且最浪漫。"他们告诉我。

他们在地图上指着这个地方，我挤出了一丝微笑。

不管纳夫普利奥是不是希腊最可爱的城市，它确实让我着迷。它的大广场是我见过的最辉煌的市中心广场。想象一下，一个巨大的露天舞厅，大理石地面光滑整洁，闪闪发亮。纵使在瑟瑟的秋夜，四周美丽的建筑也会为你遮挡微风，风丝毫吹不着你。这个舞厅的墙壁是希腊历史的拼贴画：十六世纪的清真寺、威尼斯风格的兵器库、优雅的新古典主义建筑，还有一些还说得过去的二十世纪建筑。纳夫普利奥是座海滨城市，有三座城堡，其历史可以追溯到古代。在一八二九年到一八三四年间，它是现代城邦国家希腊的第一个首都，是一座很重要的城市。

我在那里待了一些时日，静看人世百态。

一天傍晚，我很高兴地和别人聊了一阵天。但和我说话的夫妇禁不住评论起我独自一人旅行这件事。

"你妻子……"妇人问道，"她没和你一起来？"

这个问题里可以有各种猜测，但我不想和他们解释。幸亏有她丈夫插话，他觉得妻子有些唐突。

"自从发生了艾达马克斯事件，"他说，"纳夫普利奥的人看到男人独自一人坐着就会有些担心。"

"艾达马克斯事件？"我问道。

"我想英国的新闻不会报道吧。"他说。

当然，他是对的。英国新闻界关于希腊的报道都是有关经济的，或者当下有关难民危机的。他们不太关心别的事。

"是这样的，有一个男人经常自己一个人来这里坐着。"他说。

"坐了二十五年哪！"他妻子直指重点。

"那是这里的大新闻……"

"他不喜欢别人？"我猜测说。

"当然他不待见一些人。"那位妻子神神秘秘地说。

"他来自玛尼。"那位丈夫神色黯淡地说。他往前倾了倾身，好像怕别人偷听。

我从没去过玛尼，那是纳夫普利奥南面很偏远的一个地方，但我知道玛尼人过去很出名的一件事，如果他们的名誉受到伤害，就会寻仇。那天我刚看了一桩发生在十九世纪早期的奇闻，就发生在我们坐的咖啡馆附近。新邦国的第一任总统伊奥尼斯·卡普蒂斯特亚斯逮捕了玛尼一个重要家族（也是一个反叛家族）里的一些成员。为了报复，家族里两个亲戚埋伏在总统去教堂的路上。第一颗子弹没有打中他，但卡普蒂斯特亚斯挨了一刀，然后第二颗子弹击中了他的头颅。暴力滋生暴力。很快谋杀者被处以极刑。

"子弹嵌进了圣斯皮里登教堂，就在那个拐角，你知道吗？"他说着指向我们前面那条街上的石台阶。

"今天看到了。"我说。

"所以，千万别得罪从玛尼来的人。"他说，"很多世仇一直延续到现代。"

然后他给我讲了下面的故事。结果我明白了，得听从他的建议。

穿银色西装的男孩

Nafplio

CARTE POSTALE

纳夫普利奥的巨大广场是这个城市跳动的心脏。这里人来人往，大家聊天玩乐、看风景喝咖啡。周末，咖啡馆里几乎没有空位子。

好像受地球引力的吸引似的，老老少少的情侣成双成对地从各条狭窄的威尼斯风格步行街上散步而来，如同从诺亚方舟上岸的一对对动物。五十年来的每个黄昏，有对老夫妇都依着钟表嘀嗒的节奏，绕着广场跳垫步舞。现在老先生需要拄拐杖，但他们跳舞的节奏依然如初。

离他们不远的是两位英俊的男士，一个年轻些，一个年长些。在其他城市，他们应该会自由自在地手挽手散步。一位满头银发，像只波斯猫；一位头发剪得很短，像只田鼠。他们的穿着讲究又随意。柔和的浅色羊绒衫随意搭在肩上，在胸前打个结。他们在一家新开的咖啡馆坐下。这些有钱的雅典人是来度周末的。

一位挺着沉重腹部的女士正在和丈夫沿着广场慢慢地转圈散步。她超过预产期好几天了，希望散步的节奏能刺激胎儿开始新世界探索之旅。她每走一步都很费劲，甚至连她自己都担心是否能走完这一圈。

两个男人在咖啡馆里看足球。每次当其中一个男人支持的球队接近球门，他都激动地站起来，几乎要掀翻桌子，然后再安静下来，继续和朋友聊天。另一个则没那么激动，两支球队都不是他喜欢的。

两个小男孩在踢球。球顺着广场的陡坡滚下，他们拼命地跑过去追。两只小狗追逐嬉戏，最后追着自己的尾巴转着圈汪汪叫。其中一只小狗跑去追孩子们的足球。

两个妇人香水浓重，衣着华丽，专门为今天做了新发型。她们不是双胞胎，也不是姐妹。年复一年，她们竟越来越像，同样花白的头发，脸上相似的皱纹，就连名字都一样——"迪米特拉"这个名字让她们拥有同一个圣徒纪念日[①]。现在是十月下旬，她们在庆祝自己的命名日，广场上的朋友们都祝福她们"永远幸福"。

两个要好的四年级女孩沉浸在和洋娃娃的假想游戏中。两个人都穿着糖果色毛衣、牛仔裤，脚上的运动鞋跑起来一闪一闪的。和女孩们一个学校的两个男孩，骑着自行车一圈圈地转，两辆车的车轮几乎要碰到一起。他们开心地尖叫，变换着方向，越来越近，越来越近。突然，金属发出尖锐的刮擦声，撞车了，男孩们的腿也划破了。他们太骄傲了，不想哭出来，推着撞坏的自行车一瘸一拐地往相反方向走，各自回家去了。

在宪法广场，只有一个人在独自坐着，一杯清澈的齐普罗酒[②]和他相伴。他从厚重的眼皮下观看着面前的景象。他手里捻着香烟，

[①]大多数希腊人都会以《圣经》中某位圣徒的名字为自己命名，相同名字的人每年共同庆祝取名所依据的圣徒的纪念日，亦即后文提到的"命名日"。
[②]一种烈酒，希腊人常在节日或聚会时饮用。

但心不在焉;他抽着烟,但已毫无乐趣。就这样捻烟、抽烟,不停重复。身前的烟灰缸里满是烟蒂,桌上撒了星星点点的烟灰。没人过来清理烟灰缸,但时不时有服务员给他再次端来一杯烈酒。

阿基斯·艾达马克斯抬头朝圣斯皮里登教堂望去,深吸一口气,把香烟的焦油深深吸进肺里。每周六下午四点到六点,他都到这家咖啡馆来,不多不少地坐上两小时。今天,时间过得很慢。

这是他严格遵守的仪式。他在脑海里重温二十五年前的那个下午,他穿着闪亮的灰色结婚礼服站在教堂外面。现在,他向上望去,看着直通圣斯皮里登教堂的台阶,回想起当年自己很年轻,有点紧张,但一切已准备就绪,他要把花送给他的新娘。

教堂和外面狭窄的街道上,站满了亲朋好友。很多人赶了很远的路,从玛尼南部来到这里。艾达马克斯家族来自玛尼,新娘家的亲戚住在纳夫普利奥城里或郊外。三百多人在聊天、逗笑,动静的确不小。有些好久不见的人也在此重聚,他们东家长西家短,互通近况,脸上泛着红光。牧师一到,大家都压低了嗓门。聚会一下子变得虔诚多了,但人们依然聊着天。家族里上了年纪的人坐在仅有的几个木头座位上,其他人多是四下溜达。

客人们都沉浸在这场将要持续到第二天凌晨的聚会中,没有人在意时间。

人人都轻松愉快,但有两个人除外,那就是新郎和他的伴郎。他们俩听到钟声响起,五点了。新娘本该四点钟就到。两个男人离开人群,往街道上走了几步,在通往广场的台阶顶端停下来。

"可能出事了。"

"嗯……"

"我去找部电话。"

伴郎尼克斯到附近的咖啡馆打了个电话。他一边听着打往新娘家里的电话的嘟嘟声,一边盯着高悬在吧台上方墙上的电视机看,有点期望看到关于惨烈车祸的新闻片段,新娘礼服的碎片、撞散架的汽车,但电视里在上演一部由国民甜心艾力奇主演的黑白喜剧。

阿基斯试着和朋友轻松地聊聊天,但看到伴郎回来便戛然止住。人们陆续走出教堂透透气,抽抽烟,也想看看到底发生了什么事。

尼克斯把阿基斯拉到一边。

"没人接电话。"他凑到阿基斯耳边说,"我想我们应该去一趟,立马就走。"

现在大多数人来到了教堂外面,看着新郎和伴郎的身影走到街尽头,渐行渐远,消失在拐角处。消息一传开,教堂内外的人群立刻安静下来,不光新娘没有来,连新郎也走了。气氛立刻变得压抑起来。

去新娘家的路有十公里,出了纳夫普利奥往北,要走一条通往山里的狭窄崎岖的公路。尼克斯平常开车就飞快,今天更是不计后果地一路狂奔。两个人谁都没说一句话。

村子里都是水泥建筑,建成不过二十年,但墙面已经斑驳剥落。无论面包房、百货店、咖啡馆,还是学校和高大的市政建筑,一律都是灰白色。为了缓和街道粗犷的线条,刚刚种下一排树木。

新娘的家同样是灰白色的。屋外藤架上的藤蔓枯萎了,旁边的橄榄树已落尽了叶子。外面停着一辆借来的汽车,车身锃亮,是为接新娘去教堂准备的。车身是血红色的,和阿基斯手里紧紧攥着的玫瑰一样。

屋外有个六十岁模样的男人，左边站着个小伙子，右边站着个姑娘。新娘的父亲、哥哥和妹妹。他们身着正装，男人便宜的西装面料在灰蒙蒙的天色里依然闪闪发亮，新衬衫的浆领卡进了脖子，窄窄的鞋子挤得他们脚疼。两个男人精瘦。女孩胖胖的，硫酸黄的连衣裙紧紧地箍在她身上，衣服小了好几号。女孩眼里含着泪水，腋下的汗渍顺着袖子洇下来。三个人都面无人色，毫无生气。

阿基斯大步走到新娘父亲面前，两眼直视着他。他们身材相当，两人都一言不发。儿子向父亲身边挪了挪，要保护他。女儿紧紧抓住父亲的胳膊。

从屋里传来女人嘤嘤的哭声，那是新娘的母亲。

父亲在战栗，他摆摆头，轻轻指指大路，是与纳夫普利奥相反的方向。大路穿过村子通向北方。

尼克斯开了口。

"她去雅典了？"他直接问道。

新娘的父亲轻轻点头默认。两个孩子又向父亲靠了靠，还是想保护父亲。纵使他们想说什么，干裂的嘴唇也没有发出声音。

感觉到尼克斯用手碰了碰他的胳膊，阿基斯往后退了一步。他们俩都猜到萨维娜不是一个人走的。上个星期尼克斯就听到了点消息，但他决定不告诉朋友。

阿基斯看到新娘的父亲眼中闪烁着恐惧。他轻蔑地看着这个年长的男人。一个父亲居然看不住自己的女儿。

他把花扔在这个永远也不会成为他岳父的男人脚下，转身离开那一家三口，平静地走开了，尼克斯陪伴在他身边。

他们钻进车里，两眼直视前方，尼克斯快速驶离村庄，两人都沉默不语。开了五分钟后，尼克斯把车停了下来。

"我们得决定什么时候……"尼克斯说道。

"是怎么做，不是什么时候做。"阿基斯平静地说。

"阿基斯，没有怎么做，只有什么时候做。"

这两个来自玛尼的男人相互看了一眼，寻仇的意识在他们的血

液中流淌。

"今晚我带我兄弟回来。"尼克斯说,"至少她爸爸和哥哥……"

"不。"阿基斯想了一下,说,"还有比这更厉害的报复。"

"比射穿脑袋还厉害?"

"是的,我要他们恐惧,担忧子弹随时找上门的恐惧。这一家人得活在恐惧中。"

阿基斯盯着窗外，目光越过山峦，看到远处的大海，思量着萨维娜走了多远，是不是穿着她珍珠白的新娘礼服，又或者她连新娘礼服都没试穿过。他挣扎着，努力抑制心中燃烧的嫉妒之火，他的女人现在竟然和别人在一起，今晚要投入另一个男人的怀抱。

他转身向着自己结交时间最久的朋友，缓慢而坚定地说：

"我会让萨维娜一直等着这个电话。不管在哪儿，她都会害怕听见电话铃响。她家将永无宁日，一个也别想躲过。"

"你要回教堂……去见大家，直接面对耻辱？你要把另外一面脸送给别人扇？阿基斯，你疯了吧？失去理智了？"

阿基斯没有回答，他比自己的朋友更明白复仇是怎么回事。

他们回到教堂，所有来宾都在外面的街上。

女人们挪了挪，腾出地方，新郎的朋友都聚拢到他身边。阿基斯更愿意让伴郎解释情况。

和其他人一样，新娘家的人和他们的朋友听到消息都大吃一惊，也吓得要命。他们迅速离开城里。家住在纳夫普利奥的，都赶紧回家拴上了门窗。

还围在阿基斯身边的人都劝他立刻行动。

"不，"他对他们说，"还不到时候。"

今天晚上，广场上的钟停了。可能是负责上弦的人病了。分针指向差一分五点的位置就再也不动了。许多年前的这个时候，阿基斯还在期盼着，非常肯定他的新娘会来。

这时，他注意到一个八岁左右的男孩，正向着两个穿粉红色衣服的小女孩跑去。女孩们在喷泉附近玩，他在她们中间穿来穿

去。她们根本不在意男孩打搅了她们的游戏，基本上忽视了他的存在。

男孩身穿一件银灰色婚礼礼服，脚上的名牌鞋子跑在大理石石板上没有什么声响。广场上只有阿基斯是独自一人，无人陪伴。

一年又一年过去，阿基斯喝的齐普罗酒越来越多，他大概已经不相信自己的眼睛了。他看到的是一个幻影，是天真无邪、无忧无虑的自己。咽喉一阵哽咽，他告诉自己不要伤感。

那个穿得像个大人的男孩，看着这个大人像孩子一样哭泣。男孩躲开女孩们，蹦蹦跳跳地上了台阶。

光线暗淡下来，大钟的指针和傍晚的空气都归于寂静，像通常一样，阿基斯在铁艺桌上留下几枚硬币。他跟着男孩离开了。

在台阶顶端，男孩往左拐，朝教堂跑去。

等到阿基斯走上去，已经看不到男孩，但教堂的门突然开了。

阿基斯上一回来这里已是二十五年前的事了。他沿着有弹孔的墙走进了教堂。

大门在他身后关上。教堂里一片肃穆，墙上挂满黑乎乎的圣像。他穿过过道，站在祭坛前，仰望着头顶上的十字架。十字架放在一个金色的骷髅和两根交叉的骨头上方，那空空的眼窝像是在瞪着他看，吸引着他去注视，让他无法挪开视线。

阿基斯转过身，看到男孩站在教堂后面的阴影中。男孩直勾勾地看着他。穿银灰色礼服的男孩在挑战他。男孩又一次打开大门，外面的光线把礼服照得很亮。一转眼，他就消失不见了。

等阿基斯来到外面的街上，男孩已无影无踪。

他穿过广场，来到自己的车前，这时教堂的钟敲响了五点的报时声。钟又开始走了。

  阿基斯在车里备了一把枪,已经有二十五年了。时间已到,对他们所有人来说,这是一场漫长的等待。

我问那对夫妇，那天后来发生了什么事。显然，阿基斯在当天晚上开车回到纳夫普利奥郊外的村子，枪杀了那家的父亲和儿子，但没碰母亲和女儿。他没有去追踪萨维娜，但伤心和内疚一定会让她生不如死。尽管阿基斯·艾达马克斯在谋杀当天就被捕了，但萨维娜没有回村子参加葬礼。她很可能是害怕伴郎尼克斯会来完成复仇任务。

纳夫普利奥的那对夫妇不知道我的遭遇，所以他们体会不到，给我讲这样一个被抛弃的男人的故事是多么具有讽刺意味。

我对你的所作所为非常生气，但还不至于对你动杀心。

即使生在一种复仇的文化里，我也没有气力举起枪，更别说开枪杀人了。毕竟，悲伤已压得我喘不上气来。

杀人或许会令情感得到宣泄，但我不想搞明白这一点。

失去自己的女人，或是丢了颜面，让阿基斯·艾达马克斯耗尽了二十五年的岁月，即使是这样，他也没去杀萨维娜。算得出来，今天他依然在监狱里煎熬，想知道她在哪儿，和谁在一起。我可以想象我会被同样的想法耗尽生命，直至离开这个世界。我总是猜想着你在哪儿，在和谁做爱。

那对夫妇告诉我，这里还是有很多由想联姻的两个家族半包办的婚姻，或许萨维娜与阿基斯就是这样的一对。我现在还在琢磨，新娘钻进轿车逃向雅典前在想什么。一定是难以自拔的恋情使她这么不管不顾。我不知道生活中的什么事使你不能登上来见我的那班飞机。我猜是有了新情人。我现在突然意识到，在这一个和下一个男人之间，你是不会留空档期的。你不是一个能独自生活的人，必须得找个人依靠。

几天后，我离开纳夫普利奥，去探索伯罗奔尼撒半岛的其他地方。一天，我路过一个标有"阿卡迪亚"的地方，这个地名使我联想到乌托邦。直到这时，我才意识到，我们关于人间天堂的想法来自一个真实的地方。这个地方一直被理想化了，我从来没想到会在地图上真的找到它。

突然，我就出现在那里，就在阿卡迪亚。

大约三千年前，诗人赫西俄德写过有关阿卡迪亚的生活："那里的人犹如神，生活无忧，远离劳役，没有烦恼……离开人世，就好像是沉睡不醒。在这块土地上，他们惬意安宁，享受美好，牛羊遍野，众神偏爱。"

阿卡迪亚的牧羊人受到上天的眷顾。那天我驱车穿过那里，一下子就想到这一点。甚至当看见一个牧羊人时，我幻想他就是潘神，山峦之神。传说潘神就住在阿卡迪亚，长着山羊的角和腿，以阳刚之气和优美的笛声闻名。

一时间，我觉得自己从现实进入了神话天地，穿过现实与虚幻之界，来到最美的美景中，来到最美好的生活里。到处是蜂蜜和甜蜜的味道，鸟鸣声声，花香遍地，和谐安宁，一派田园牧歌景象。这里远离城市，这里的人纯洁而高尚。

在希腊，我还没有见到过比这里更绿意盎然的景致：绿叶丛丛，繁花满树，高山巍巍，瀑布淙淙。和煦的阳光更突出了风光的优美，不时可以看到紧贴着山边的板岩屋顶房舍。在卢浮宫悬挂着一张普桑的油画（或许，哪天我们可以去那儿看看），画中便是阿卡迪亚，牧羊人聚集在一座坟墓四周。真理在他们身上显现，纵使在天堂，死亡也永远在眼前。穿过这片田园诗般的美景时，一直萦绕在我脑海里的可能就是这个。满眼饱览美景，同时心里有一丝不安。我知道天堂不可能降临凡尘，但写这些让我意识到，我对我们之间的一切是多么满足，然而我的幸福居然一直是幻象。

穿过有几座石头房子的村庄，我在一个名叫科斯马斯的村庄停了下来。广场一片死寂。我打了个激灵，决定继续赶路。一个多小时后，我到达了特里波利。

虽然依旧沉醉于阿卡迪亚的美色美景，但我释然地发现，自己来到了一处更普通一点的宜人之所。我注意到两座废弃的厂房间的小路上还藏着一个酒吧。附近的每一面墙上都是涂鸦——大胆，富于艺术感，有时是很荒诞的绘画、口号和短语。这个地方正适合我愤怒而不安的心情。

那时大约六点，一个女孩闷闷不乐地擦着桌子。我进门时，她根本就没抬头。音乐开得很响，她可能没听见我进来。她身穿无袖T恤，胳膊和肩膀上布满文身，鼻子上穿着鼻环，两只耳朵上各钉了十二枚耳钉，半个脑袋剃光，剩下的头发染成紫色，像是新的瘀伤的颜色。左右前臂上均有十字形疤痕。

过了一会儿，她走过来拿走了我的点餐单：一瓶啤酒。我是唯一的顾客，所以我们就聊了起来。她的面庞很美，但似乎对生活不满，也讨厌脚下的土地。不管怎么说，她好像对自己的国家希腊非常不满。像很多年轻人一样，这个叫伊娃的女孩觉得自己没有得到重视。

我猜你肯定不在乎我在哪儿,但我突发奇想,想和你交流
或许是想打破我们之间的沉默,或许仅仅是想减轻自己的孤独
这是一种可以和你说话,但又不用期待你回答的方法

 ΕΛΛΑΣ

GREECE

Cartes Postales from Greece

两年前，她从大学辍学。"真没意思，"她说，"我们这一代人大多数都找不到工作，上大学干什么？学了谁都不需要的本事，然后被送入社会。真没用。"

我能察觉到伊娃深深的挫败感，从交谈中明显可以看出她是个聪明的姑娘，充满激情，也很有天赋。酒吧内墙和外墙一样画满涂鸦，那全都是她的杰作。整个画面非常漂亮。我夸奖了她。

"这可不是随便乱画的，"她说，声音里有一丝挑衅，"这是个完整的故事。"

我凑近仔细看，线条勾勒出隐隐的奇怪人形，还有飘忽的黑色蛛网似的文字。她说的没错，文字和图画一起讲述了一个故事。

看完后我才明白，我并不是唯一一个在阿卡迪亚的风景中感到奇异矛盾的人，这里看似会提供理想的生活，现实却异常残酷。

对伊娃来说，这个阿卡迪亚，这个本应是人间乐园的地方，却像希腊一样笼罩在噩梦中。

我也在阿卡迪亚*

* 阿卡迪亚在西方文化中有天堂、世外桃源之意。

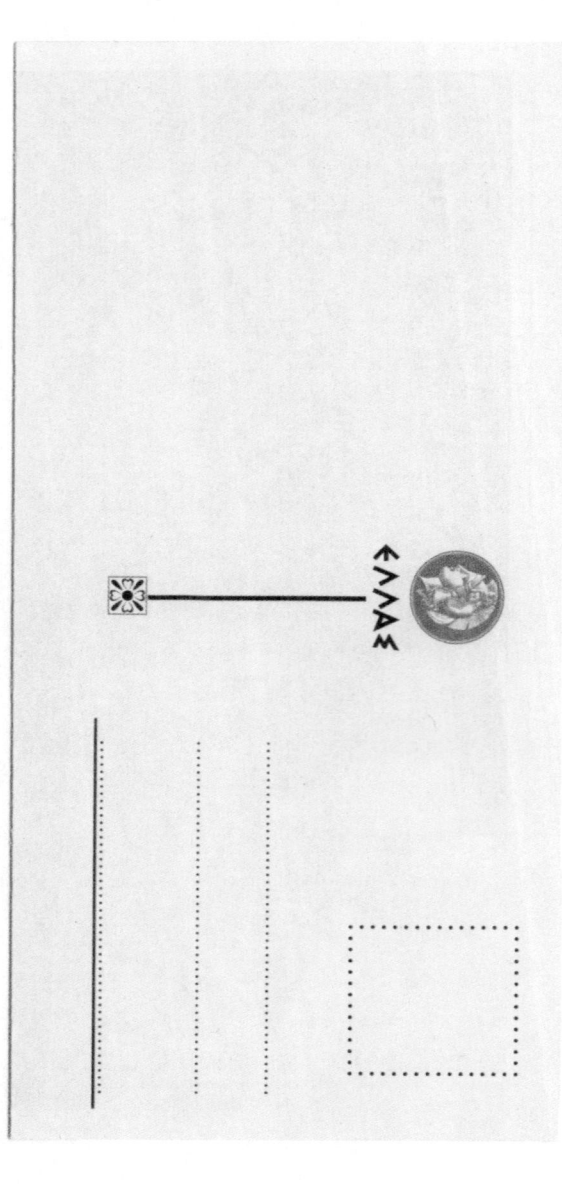

安塔纳西亚（Athanasia）这个名字的含义是"永生"。她在雅典的尘埃和喧嚣中长大，热爱这个城市，没有太大兴趣去看外边的世界是什么样子。然而这个周日的早上，她的目的地是阿卡迪亚，一个比科斯马斯还远的高山上的小山村。那是她父亲的家乡，二十八年前她在那里出生。

她父亲格里戈里斯·马拉瓦斯在她两岁时过世了，她对父亲几乎一点印象也没有。从小到大很少有人提他。没有照片，没有他存在过的任何迹象，只有她自己。他唯一留下的就是她这个女儿。母亲去年去世了，她去整理母亲的寓所时，才注意到衣橱里没有什么引人伤感的东西。母亲遗留下的文件里也什么都没有。没有结婚证书，没有婚礼照片，甚至寄给她的信都没有一封加上了夫家的姓。

安塔纳西亚对那个村庄没有任何记忆。父亲四十天忌日后，母亲离开了那里，再也没回去。周年忌日、三周年忌日，她都没有回去。很多年后，母亲总说一句话"他弟弟都打点好了"。那时她才知道自己有个叔叔，但不清楚叔叔现在是否还健在。

现在她二十多岁，独立又好奇，心中的问题没有答案。事实上，大多数问题她从没问过。她想去看看阿卡迪亚，想亲眼看看人们所说所写的一切是否名副其实，想看看那里是不是世界上最美的地方。

她沿着山边公路蜿蜒向上驶去，风景似乎很美。她停下车，欣赏着下面的山谷，帕农纳山的景色一览无遗。深深地吸一口气，清冽的空气纯净无比，让她的肺充满活力。

这里的风景成就过很多美丽的油画，但没有一幅比得上她看到的延展在面前的真实的阿卡迪亚。

她在美景中沉浸了十几分钟。远处是水杉，近处是松柏，还有悬铃木。在这里，大自然爆发出勃勃生机。绿的、黄的、金色的，树木葱郁繁茂，树上缀满果实，枝头沉甸甸的，欢乐的鸟儿正在大快朵颐。

安塔纳西亚抬头仰望，只见山岩上有瀑布飞流而下，层层叠叠，直冲几百米之下的河床。她能听见隆隆的水声。脚下是晚开的野花，星星点点，娇嫩可人。她小心翼翼地落下脚步。

时间悄然而过，虽然刚过正午，但太阳已坠入山间，她不太情愿地回到车里。转了几个弯后，她猛地踩下刹车。百余只山羊挡住了她的去路，前面是一个男人。羊群在山崖一侧回返，他对着其中的一只羊又嘘又叫。后面跟着个女人，她的肩膀比男人的还宽厚。她转过身来，安塔纳西亚感觉她的双眼充满力量。

她面色严厉，像是在说："你，等着！"

她右手拿着根木棍，驱赶着牲口，左手抓着什么东西的后腿。看上去像只兔子。安塔纳西亚摇下车窗，看到它在无力地挣扎。她明白了，那不是兔子，而是一只刚刚出生的羊羔，身上的毛还黏糊糊的。母羊蹒跚着走在前面，鲜血滴答，已经忘记了新生的孩子。

大自然没有多愁善感。

安塔纳西亚耐心等待,直到一只掉队的孤零零的山羊跟上了羊群,她才继续开车前行。

走了几公里后,一个村庄映入眼帘,山顶上雪白的房子炊烟袅袅。金色阳光洒在石墙上,她想象着屋里正烧着温暖的炉火。

她在村子大广场上一棵枝叶繁茂的悬铃木下停了车。广场被巨大的教堂占据,高耸的钟楼是村子的制高点。她习惯性地朝教堂走去,不是去礼拜,而是为妈妈点燃一支蜡烛。发现教堂大门紧锁,她穿过广场走向一排咖啡馆,每家咖啡馆外面的鹅卵石路上都有近百张椅子。椅子都空着,像在期盼着能有很多人来坐,却没有一个人来。

空旷的广场、大门紧锁的教堂清清楚楚地诠释了村庄已被遗弃

的事实。一小时前还让她心旷神怡的清冽空气,现在却激起一股战栗,顺着脊背而下。

只有一家咖啡馆挂着"营业中"的牌子。

她走进去,但她的出现并没有打搅两个在玩十五子棋的男人。他们谁都没抬头。铁炉的温暖弥漫全屋,她在离炉子很近的地方坐下,伸出双手烤火,打量着装饰屋子的奇怪摆设。终于听到柜台上啪嗒一声,然后是壶盖盖上的声音,接着一个男人说话了。

"要点什么?"

她走了一会儿神,眼睛正盯着火堆上的栗子。它们很热,烤得爆裂开来。

"请给我来杯咖啡,甜咖啡。"

他默默地为她准备甜咖啡。仅有的另一位客人离开了咖啡馆。

等咖啡时,安塔纳西亚环顾四周,咖啡馆里好像落满了灰尘。橱柜里和架子上堆着各种物品:一台二十世纪五十年代的收音机、一架照相机、两把猎刀、一本破损的杂志、一把有缺口的咖啡壶、一个里面有几枚德拉克马硬币的罐子、一张三个男人的黑白合影、还有一把生锈的老式左轮手枪挂在钩子上。每样东西要么当初价格不菲,要么意义不凡,但现在看上去像没用的垃圾。她不觉寻思起来,父亲是否经常光顾这家咖啡馆,有些物件是否那个时候就在这儿了。

"你为什么来这里?"

"你是说来阿卡迪亚?"她问道。

对话戛然而止,因为来了一个带着一对五岁大的双胞胎的男人。还没等那个男人说话,一大杯清澈的酒就递过去了。他一口喝下去,把玻璃杯往桌上重重一摔,又自己倒了一杯。老板已经把瓶子留在了柜台上。

两个男孩穿着一样的绿色尼龙运动服,在角落里逗弄笼子里的金丝雀。一个男孩拿着爸爸的车钥匙顺着笼子上下滑动,开心于自己能弄出声调来,得意地看着里面的小鸟战战兢兢。另一个男孩两条腿交替着单脚跳,有节奏地往前推着鸟笼架,架子左右摇晃起来。父亲不在意孩子们弄鸟笼的刺耳声响,只要儿子们自己玩,他就可以痛快地喝酒。

身材魁梧、留着胡子的老板把咖啡放到安塔纳西亚面前。每一杯希腊咖啡里百分之十是液体,百分之九十是细软的咖啡渣。老板在旁边放了一个玻璃杯,她把咖啡滤到杯子里。

过了一会儿,老板回来,拉出安塔纳西亚身边的椅子,跨坐在上面,好像骑着一匹马。他剥着烤好的栗子,扔到桌上几个,把碎的分拣出去。她注意到一条蠕虫爬了出来,恶心地蠕动着。在炽热火焰的烘烤下,虫子本该活不成的。

"你为什么来这里?"

听起来更像是挑衅,而不像是询问。

"我的家人……就是我父亲……是这儿的人。"

男人继续剥栗子,放到嘴里,对她的回答一点都不感兴趣。

"他死了,所以我母亲离开了这里。"她说道,"我想去看看他的墓。"

"那你家姓什么?"

"马拉瓦斯。"

"我也姓马拉瓦斯。扬尼斯·马拉瓦斯。我们这里很多人都姓这个姓。"

他又继续剥栗子,吃栗子。

"我可不是说我们是亲戚。"他口气生硬,说话时栗子渣从嘴里溅出来。

"墓地在哪儿?"

"往前走,差不多半公里路,广场后面的山上。你到了就能看到,在左手边。"

他点了一支烟,两眼盯着她,看得她很不舒服。然后他起身,踱回吧台后面。

"至少你知道他在那儿。"他说道,"在这个村子,一旦有人葬在这里,人们就会一直待在那儿。这里有的是地。"

她把一欧元放在桌上,走了出去。

她很高兴出来呼吸呼吸新鲜空气,远离那两个吵吵闹闹没规矩的男孩,还有那个像是故意往她脸上吹烟的老板。

村庄依旧死气沉沉,但远处的景致更加漂亮。通往墓地的道路两旁有成排的老栗树,落下的栗子在脚下嘎吱作响。她一边爬山,一边欣赏周边的景色。翠绿的山峦闪着金色的光影,天上没有云彩。

十五分钟就到了墓地。她到那里时,铁门大开,像是在欢迎她。对这么个小村庄来说,这片墓地好像太大了。所有的墓都由白色大理石砌成,很多上面竖着巨大的雕像。每块墓碑上都有照片、诗句和颂词,和雅典的第一公墓没什么两样。母亲去世前不久,一位有传奇色彩的流行歌星过世,她和母亲还去他墓前献过鲜花。她曾经被那座墓的雄伟震撼,在这个遥远的地方发现类似的雄伟的墓,以及精心制作的石雕，的确令人吃惊。

这个死人住的"村庄"，比她刚才出来的那家咖啡馆保护得好得多，这里整洁有序，杂草除尽，地面洁净。老旧些的墓像是被定期清洁过，连五十年前去世的人的墓看上去都是崭新的。每座墓前的花不是常规的褪色绢花和塑料花，而是鲜花，大多是康乃馨、玫瑰和百合。从旁边走过时，她闻到了花香。

令她震撼的是，这里的人十分重视过世的人。同样震撼的是，这里死去的人比活着的人多。

扬尼斯·马拉瓦斯是对的。这里有几十个和她同姓的墓主，还有很多人和她父亲同名，但他们的死亡日期和她所想的父亲去世的时间对不上。即使有照片她也认不出来。母亲连一张过世丈夫的照片都没保留。

她在墓园里的小径上来来回回地走着，直到黄昏降临。对于父亲，一个她根本不了解的人，她没有过多的伤感，反而是许多墓上的照片、诗句和对逝者的颂词打动了她。在墓园转了半小时后，她吃惊地发现，所有的逝者都是男人。有几个死的时候很年轻，真是悲剧；有几个是中年离世的；其他的大多是七八十岁时去世的。一排又一排，所有逝者都是男人。

光线渐暗，她知道必须得离开了。她没有找到想要找的，但心里一直有个疑问：女人们都葬在哪里了？当她走回广场安静的街道上，这个疑问更明显了。不论生死，村里的女人都消失不见了。

现在，有几家店铺开张了。她路过一家肉铺，里面有个男人一直在剁肉；一家面包店，两个男人在搬运一盘盘面包；一家小杂货店，男店主正接待一个精瘦的年轻男顾客。

等她转过街角,走进广场,已经过了七点。一辆破旧的车停在那儿。车很脏,她注意到车窗上有手写的字样"出租车"。好一会儿,她才意识到自己的玛驰车不见了,眨了眨眼。她非常肯定车就停在那棵悬铃木下,可是现在不见了。

她毫不犹豫地走回咖啡馆,想问问店主是否看见了什么。现在店里又来了几个人,大多自己占一张桌子。走进去时,她感觉到他们在盯着她。他们的年纪应该和她父亲现在的年纪相当。

站在柜台前，她焦虑不安地等着扬尼斯·马拉瓦斯出现。他好像出去了，但所有人面前都有喝的东西。

终于，他从咖啡馆后面走了出来。尽管不久前她来过这儿，但现在一点都认不出他来。

"我的车不见了……"她脱口而出，期望他至少会给自己一点关心，"村里有警察局吗？"

店主点点头。

"警察就在那儿。"他说。

就是她早先看到的那个带着双胞胎男孩的男人。他还在喝酒。

"但他下班了。"

他一副漠然的态度，这让她目瞪口呆。

或许她得找个朋友从雅典开车过来接她？或者会有公交车带她离开这儿？她一心想着赶紧离开。

"我能用用你的电话吗？"

"我们有老式的付费电话，"他说着指了指角落，"但不收欧元。"

几年前就用欧元了，但他不屑用。

"那，怎么……"

他耸耸肩。

"帮不了你。"他说完，转过身背对着她。

"出租车呢？"她问道，开始感到绝望。

"这个时间已经没了。"角落里的一个人说。她没留意过那个人。

安塔纳西亚看着周围一张张冷漠的脸。这些男人显然敌意十足，空气中弥漫着烟味和一片寂静。

这就是生活在人间天堂的人们？她问自己。她回忆起今天看到

的唯一一张女人的脸，意识到牧羊女不得不变成男人模样才能活下去。可能其他的女人很久以前就走了，像她妈妈一样。

安塔纳西亚知道自己别无选择，她得尽快离开此地。

月亮升上天空，她跑了起来。阿卡迪亚不是女人待的地方。

我能预见到伊娃的故事会如何发展，故事中传递的信息令人惋惜。我不知道她这代人会怎样，他们就这么一天天活着，深知自己被剥夺了许多东西。

伊娃和她的朋友们很有可能几十年后才会醒悟过来，他们已经失去了发掘自己潜能的机会，失去了半辈子应有的机遇。希腊到处充满了这种沉重的异化感。我在每个城市、每座村镇都有这种感觉。涂鸦就是这种异化感的明显体现，但一张张不抱任何幻想的脸体现了真实的人性异化。成千上万的年轻人在自己的国家看不到任何希望。他们觉得国家在和自己较劲。像安塔纳西亚一样，他们能逃就逃。如果愿意的话，伊娃或许也可以这样做。

十点钟左右，酒吧里陆陆续续来了几个二十多岁、三十多岁（也可能是四十多岁）的被剥夺了公民权的人。所有的人都受过良好教育，有自己的见解，很高兴有个练英语的机会。其中有几个人是同性恋（男女都有）。争论的话题从腐败到卡瓦菲①，从资本主义到这次危机。我们讨论性别和权利，讨论希腊社会中占主导地位的男性自我。妇女在希腊很强势，但上了年纪的一代妇女还是常常屈从于丈夫。人人都赞同这个观点。每个人的妈妈都在买菜、做饭、打扫卫生，即使她们也有

---

① 康斯坦丁·卡瓦菲（1863—1933），希腊诗人，现代希腊诗歌创始人之一。

全职工作。

伊娃忙着为大家斟酒倒水，时不时也参与一下大家的闲聊。她讲的故事反映了她的个人经历，我能感觉到她在指出男人对这个国家造成的破坏，她要气炸了。她把气撒到腐败的男性政治家身上，他们统治希腊上百年了。鉴于到目前为止，希腊政界还没有女人担任过任何重要角色，大家都没敢表示反对。

"神给了希腊人这块田园诗般的土地，"她说着把一盘子盛着烈酒的杯子往桌子上一放，"但是，看看这些男人都做了什么……"

在座的男人和女人都表示赞同。现实的确是一团糟。

"干杯！干杯！"

我们二十个人一起碰杯。

那天晚上我们就为此而活，其他事都毫无意义。

酒吧里的大多数人都是失业人员，但还是有点钱喝酒、抽烟、吸大麻。人群里有位调音师，夜半时刻，他开始播放音乐。音乐很催眠，没一会儿，我就昏昏欲睡。

不知什么时候我们涌到街上，只是隐约记得注意到天色放亮，还很清楚自己不能开车了。当他们意识到我没地方可去，所有人都毫不迟疑地提出让我睡他们家的沙发。我跟着两个大胡子兄弟，去了他们在咖啡馆对面租的小公寓，一觉睡到下午两点。我醒来时，房东们还在呼呼大睡。我给他们留了言，也留了电子邮箱地址，希望能在伦敦回报他们的热情款待。

离开小镇之前，我又回到咖啡馆，希望能喝杯咖啡。伊娃在店里，像以前一样没个笑脸，情绪也和昨日差不多，她的愤怒之情激起我心中的各种不快。我发现她很引人注目，她性格中有一种愤怒，令人心生不安。她给我冲了一杯又浓又苦的咖啡，我对她表示感谢，说昨天晚上过得非常棒。离开时，我注意到她生气地使劲刮着一块墙，那是仅有的几块空墙中的一块。或许有一天，我会回来，看看她的另一个故事。我有点希望到那时她已经不在咖啡馆了。

　　我又向南方进发，想去看看卡拉马塔。那个"机场之夜"过后，我一直没有理清思绪，但在这几个星期中已经调整好状态。那里有一个我想参观的考古博物馆。

　　最好不要读太多有关卡拉马塔的资料，你会思量再三，不确定要不要去看看。书上一再提到港口、皮条客和妓女，还写了那里出口橄榄和葡萄干。小镇对游客来说不是特别有吸引力，但是有一种风情，匆匆过客很容易错过。

　　溢美之词是说这个镇的名字起源于希腊语中的"kalamatia"，意思是"可爱的眼睛"。也可以指好运，因为这个词中的"mati"指眼睛，能躲避邪恶的眼睛。我得承认，不知为何，在这里我开始精神振奋。

　　卡拉马塔有个破烂不堪的港口，主广场离海滨一公里，广场上有绝好的咖啡馆、一个老城区，甚至还有一座城堡。根本没有明信片上的图画那么美，但真实弥补了缺憾。时至十月中旬，这里有冬天来临前的最后一股温暖。

　　在这里我几乎有了开心的感觉。我参观了考古博物馆和军事博物馆，在咖啡馆里闲坐，在镇上四处探险，甚至在怪诞的火车博物馆里转悠。这个火车博物馆更像是那些废弃车厢的退休之家。谁说一个人喜欢一个地方应该更胜过另一个呢，但这里的人比希腊其他地方的人都和善。我对他们的微笑印象极好，觉得他们非常清楚能生活在此地有多么幸运。

我去一个售货亭买烟（是的，我放弃戒烟了），注意到一位街头艺人在对面放下了他的布祖基琴①的琴盒。

"我的圣母啊！"售货亭柜台后面的男人说着，把找我的零钱哐当扔到面前的塑料柜台上，"怎么又是他……"

"他演奏得不好吗？"我问道。

"在安东尼之后，没有一个好的。"他恼火地说。

"安东尼？"

这时，音乐家重重地奏出一首曲子。人们从他身边走过，视而不见，没人往他敞开的琴盒里扔硬币，连一枚十分的硬币都没有。

尽管外面吵吵嚷嚷，售货亭的主人还是倾身向前，透过隔着我们俩的小窗，开始讲述安东尼的故事。

"他是来过这个镇上的最伟大的音乐家。"他说，"那是几年前的事了，但现在有些人还在谈论他。"

我立刻被吸引住了。

"很久以前……"他讲了起来，"很久以前……"不知他说的有多少是夸张，也不知有多少是真实，但实实在在的是，有位音乐家来过卡拉马塔，给当地人留下了深刻印象。

直到他讲完故事，那个街头艺人还在唱歌。

"如今我只想堵上耳朵。"店主说。

---

①希腊乐器。

《G 弦上的咏叹调》

CARTE POSTALE

Kalamata Harbour

陌生人上下车总逃不过火车站站长的眼睛。秋日的一天,他看到一个人身背破旧的小提琴琴盒,从科林斯来的火车上下来。此人与众不同,他笑容灿烂,眼睛闪亮。

在卡拉马塔的节庆日里,总会有巡回演出的各种布祖基琴和单簧管演奏者到来,但这位音乐家与他们不同,他的穿着优雅得多。当他开始演奏,镇上的大街小巷便飘荡着新颖别致的音乐。

甚至连孩子们都停下游戏,聚拢过来听音乐。他们比大人更大胆,无所顾忌地靠近他。等他的琴声停下来,就有孩子上前来摸琴。

这并不是鲁莽不得体,这个孩子只不过想看看琴,摸摸琴弦是热的还是凉的,是粗糙的还是光滑的。小提琴手懂得孩子的心。

他弯腰让那孩子看琴,孩子拨了一根琴弦,手指滑过琴头上精致的雕刻图案。那是一张面孔。

"它看起来像你!"孩子大叫道,"是你吗?"

孩子看看小提琴,然后看看拉琴的人,又回头看看小提琴。

"真的,就是你!快来看!"他尖声召唤着小伙伴们,"就是他!就是他!"

小男孩的朋友们围拢过来。

真的，那个图案刻得很像他。

小男孩对小提琴入了迷，发自内心地喜欢上了琴的优美。

"像老虎一样。"他说道，看着提琴的背面啧啧称奇，那是用一整块有条纹的槭树皮做成的。

小男孩所有的朋友都不见了。现在，他们都在广场上追球玩，而小男孩越来越全神贯注地研究着小提琴的细节，仔细察看头上饰有小珍珠的华丽的弦柄、做工精细的琴桥和琴身边缘的弧线镶边。可能只有孩子敏锐的眼睛才能欣赏这些细微之处。

小提琴手一直轻轻握着琴，让孩子翻来覆去地看这看那，研究琴面的每个部分。一束阳光照进琴里，透过木头上刻出的 f 形切口，照亮了琴腔里有字的部分。

"安东尼……"

这个聪明的男孩已经学过罗马字母表，能认出里面的单词。

"安东尼！安东尼！"他开心地喊起来，"我也叫安东尼！我们俩叫同一个名字！"他说一定是有人把名字刻在了里面。

孩子想再看一眼。

"安东尼·斯特拉……"

他放弃了，不再猜其他部分。那个单词很长，在提琴里衬的阴影之下很难看清楚。

小提琴手笑着，把琴又放回肩上继续演奏。曲子如蜂蜜一样甜美，如陈年红酒一般香醇。没有不入耳的弦声，没有不合时宜的音符。

孩子们就在附近，他便选了一首明快简洁的曲子。孩子们丢下了他们的球，又被他吸引回来。

他们开始围着音乐家嬉戏追逐,直跑得令人眼花缭乱。他们还跟着曲子的节奏跳上跳下。女孩们手拉手,围成圈蹦蹦跳跳。音乐欢快活泼,动感十足,孩子们不可能站在那儿静静地听。

"安东尼,安东尼!"他们叫着,直到小镇所有的人都知道了他的名字。

近处一家小餐馆的老板阿里斯听到了孩子们此起彼伏的喊叫声。

"喂,安东尼,过来吃点东西吧。"

本来这附近的竞争非常激烈,但今天他的餐馆异常忙碌。他猜一定是有什么新鲜事,把客人们带到了他店里的餐桌边。应该只有一个原因。他想和这个男人好好相处。

"安东尼"的这场音乐会已经持续了三个多小时,但他的手指一点都不累。此时,他把人们扔在琴盒里的硬币装进口袋,扭了几下银色的琴钮,松了松琴弦,然后小心翼翼地装好琴。把琴盒靠在一把椅子上,他坐下来静候自己的午餐。没有了他的音乐,广场仿佛一下子沉默了。

阿里斯用托盘端着几盘菜再次出现,把菜往小提琴手面前一放。

他报着菜名:"洋葱炖肉、蔬菜、青豆。"他还拿来了用铜壶装着的半公斤红酒,没一会儿,酒就被音乐家咕咚咕咚喝下了肚。

他狼吞虎咽地吃了起来,没有说话。阿里斯就让他独自用餐。

打扫干净碟子,用松软的面包块擦净最后一滴酱汁,小提琴手提着琴走向广场另一端。他消失在通往海滨的方向,那里应该有更多的咖啡馆和新观众。

"等会儿回来吧。"酒馆老板说道。他知道即便自己免费送了一餐,今天的营业额也远远超出了平时的数字。

玛格达是镇上她这个年龄仅有的几个还待字闺中的姑娘之一。她的父母都去世了,只剩她独居在自家小店的楼上。小店里卖些毛线、丝带和缝衣线。她曾经订过婚,但对方发现她不能生孩子,婚礼就取消了。现在人人都知道她是个老姑娘。非常讽刺的是,她是卡拉马塔最漂亮的女人,没有任何竞争对手。她浓密的头发光滑如瀑,嘴唇诱人,胸部丰满,每个男人都想和她交往。

那天晚上,像往常一样,玛格达从店里出来散步。店在老城区,她穿过主广场,向海边走去。一路上迎接她的是男人们挑逗的嘘声和口哨声,不过他们并无恶意。绝大多数坐在咖啡馆里的男人都认识她,她喜欢他们发出的声音。

对于他们的关注,她只能坦然接受,明白无法掩饰自己丰满的胸部,衬衫总是撑得满满的,扣子有些不堪重负。

"玛格达,过得好吗?"

他们都知道她的名字。

"今天过得怎么样?!"

"晚上过得好不好?"

他们愉快地和她打着招呼。这是来自老朋友、老相识的问候。他们之中的大多数人都去上过她在体育馆开的课,还有几个在二十多年前把人生中第一个偷偷的吻献给了她。

她笑着挥挥手,回应他们。

一年中,这个时节天气温和,街上一排排苦橘树上缀着饱满而光亮的果子。

玛格达沿滨海大路朝港口走去,那里有一排气氛活跃的咖啡馆。

她总是去表哥安德里亚斯开的那家咖啡馆，坐在外面，点上一支烟。海水静静的，港口的混凝土作业区已经十分萧条，只有远处的几个人在消磨时间，等待着把船拖上来，再装满货物。仓库里堆满了装着干果的板条箱，正等着运走，还有巨大的装了橄榄油的油桶。

天际慢慢呈现出一片粉色，一个男人骑着自行车缓缓而来。

突然，沉寂被打破。声音离此地不远，是一种持续的单一音符，玛格达扭头顺声望去。

她看到一位英俊的中年男子在拉小提琴。他把琴弓稳稳地划过琴弦，拉出第二个音符。他正看着她，似乎在她身上汲取灵感，也许他根本就没看见她，但她觉得音乐是为她奏响的。

他独自站在那里拉琴。她也一如既往地独自坐着。已婚妇女都对她心存戒备，没几个人邀请她加入她们的行列。

这是些什么音符？她只熟悉布祖基琴和长颈鲁特琴[①]的声音。她还会跳卡拉马提亚诺斯舞[②]，舞步比任何人的都漂亮。音乐通常都动感十足，但这首曲子让她安静下来。她听着小提琴的乐声，心醉神迷。

她立刻被音乐的魔咒俘获，轻合双目，倾听着每个音符，甚至觉得自己和那个男人之间的距离不远不近，恰到好处。

先是手臂上的汗毛竖起，像猫打架时竖起的毛，然后眼球后部有一种奇怪的刺痛感，喉咙肌肉紧张，脖颈泛红，而且泪水毫无疑问正顺着面颊往下淌。她从桌上的纸巾盒里取了纸巾轻轻拭去，但依然热泪滚滚。

和镇上其他人一样，她也从来没听过这种音乐。她看着男男女

[①] 一种在土耳其和希腊当地流行的乐器。
[②] 希腊特色舞蹈。

女往琴盒里扔完硬币才走开。这边几分,那边一欧元,很快就凑齐了足够买一顿饭的钱。大家不仅是为音乐,更是为这音乐对他们的影响而付钱。这位小提琴手到来之前,这里唯一的声音是人们嗡嗡的交谈声。现在大海的宁静更衬托出了音乐的美妙,纵使小提琴"轻声私语",在远处也依然能听到琴声。当曲子进入高潮部分,音符轰然鸣响,盖过了人们的喧哗。

　　玛格达不太确定自己是否喜欢现在的这种下意识的反应,但她情不自禁。泪水依旧流淌,揉成团的纸巾很快在桌子上堆起了小山。她注意到自己并不是唯一一个被小提琴手的音乐感动的人。

他不停地拉着琴。每当一曲快终结时，他明亮的眼睛就会四下看看，回应着，寻找着，感触着，找到那个能告诉他下一曲该演奏什么的东西。

　　海边威尼斯风格的别墅和十一月的清爽夜晚，让他想起维瓦尔第，想起《四季》里的"秋日"。他没有停顿，弓弦马上奏起"秋日"这支乐曲。

　　太阳西沉，更多的人走到户外。有几对情侣手拉着手漫步而来；上了年纪的男人吃完晚饭，出来找老伙计；年轻男人出来寻觅爱情。晚秋和冬日，这里的男女老少都在城外的橄榄园里忙着收获。到了晚上，忙碌的人们聚集在此，到咖啡馆好好喝上一杯。

　　现在，安东尼演奏的音乐节奏慢了下来。

　　又来了一艘船，但沉锚的声音并没有打断音乐。玛格达的眼睛

一直没有离开音乐家。

船拴好后,几个水手和装卸工晃晃悠悠朝她这边走来,但他们吸引不了她的目光。她一直盯着小提琴手。

演奏时,他双目紧闭,但很清楚四周的情况,感觉得到听众的情绪。他的大脑就像一个旋转的唱片架,满满地装着无数的曲目。他选了又选,选出合适的曲目。巴赫、莫扎特、泰勒曼、科莱里,还有许多维瓦尔第的曲子。他从人群的反应中察觉到他们对欢乐的渴望。他强迫症似的演奏着,好像根本停不下来。

"他从哪儿来?"玛格达问她表哥。

"不知道,"他回答说,"但有人听到孩子们喊他安东尼。"

这时已经过了十点,所有的咖啡馆都人满为患。人们还在往这边涌来,没有人离开。一个空位子也没有。在一个什么都得花钱买的小镇上,以前还从来没有过这样的演奏会。有时,小提琴的声音那么洪亮而纯净,好像是几段音乐一起产生的共鸣,或是还有一把小提琴在附近伴奏。

大约十一点半,最后一个音符渐渐消逝,顿时掌声四起,经久不息。音乐家把小提琴放回琴盒,松了弓弦。海边唯一的一个空位子在玛格达坐的桌子这边。他在玛格达对面坐下时,人们还在鼓掌。他温和地微笑着向大家致谢。

"他们都爱你。"玛格达说。实际上,她是在说自己爱他。

"他们爱这个,"他拍拍琴盒,回答说,"他们一直在听的是这个。"

他说话带口音,显然来自希腊的另一个地区,北方靠山的地方。

"不过是你在演奏啊。"玛格达说。

"你们是在听安东尼的声音。"他说。

安德里亚斯走过来,想看看能给这位小提琴手提供点什么吃的喝的。像先前那个小餐馆的主人一样,安德里亚斯觉得自己欠这个人的,晚上的营业额已经破了纪录。

"安东尼先生,"他说,"我能为您准备点什么?"

"来杯干邑白兰地。"小提琴手答道。

"玛格达,给你也来点什么?"

那晚,安德里亚斯觉得自己十分慷慨。

"和他一样。"她说。

他们静静地坐了一阵,很舒心。这两个人都习惯独处。没有人在家里等候他们。

"你怎么学会拉琴的,还拉得那么好?"玛格达问道。

"我想是小提琴教会了我。"他笑着回答,"有这么一把琴,音乐就已经存在了。好像它在等着有人来释放它内在的声音。"

玛格达向一边一歪脑袋,浓密的头发在她肩上翻滚。

"那就是说,我拿起琴,也能像你一样演奏?"

"还得花点时间,不过让我们试试看……"

他弯腰打开琴盒,把小提琴从衬着红色天鹅绒的琴盒里取了出来,用琴弓拉了一下琴弦,微微调整弦柄,调好了音。玛格达眼睛盯着琴轴上的刻花。

他温柔地把她的头发拨到一边,把琴支在她下巴下面,握着她的左手放好,撑起琴,然后抓起她右手的手指,示意她如何将手指放在琴弓尾部,这样她拉琴的时候就能保持弓尾平衡。

然后他把琴弓放在最下边一根琴弦上,轻轻地拉了一下她的胳膊肘,这样她能感觉到琴弓轻轻滑过钢丝弦。周围的人都在看他们。

一个音符响了起来。

这是一个开放的 G 调,是小提琴上最低的音,饱满而低沉。

然后他小心翼翼地把她的食指放在 E 弦上,随之奏响了高而尖的 F 音。这是他今晚一开始演奏的巴赫《G 弦上的咏叹调》中的音符。声音纯净,穿透了重新覆盖街区的充满活力的聊天声,随后继续在空中响了一会儿。

等到声音渐渐消失,玛格达从肩上取下琴,放在自己膝头。她俯视着琴,好像那是一个婴儿,一个弥足珍贵的小生灵,不知该拿它如何是好。她让手指随意沿着小小的木质琴身的轮廓滑动。像今天早些时候的那个男孩一样,她也好奇地透过 f 形的孔窥看,能隐约看见里面有字。

"写的什么?"她问道。

"安东尼奥·斯特拉迪瓦里①。"他说。

"这是你的名字?"

"不是,"他大笑起来,"是制作这把琴的人的名字。这把琴奏响时,你听得见他的名字。"

"他在每一把琴里都刻上了自己的名字吗?"

"每一把都刻了。"小提琴手肯定地说,"每一把都与众不同,但每一把都包含着安东尼奥的声音。人们看到这个标注,都以为安东尼是我的名字。我没否认。从某种程度上说,他们说的是对的,我和这把琴已经合而为一,我就是在用他的声音讲述。"

音乐家说话时,玛格达盯着他看。

"这是我拥有的最珍贵的东西。除了身上穿的衣裳,这也是我唯

---

①安东尼奥·斯特拉迪瓦里(1644—1737),意大利提琴制作大师。

一拥有的。没有它，我也就没得吃。"

玛格达看了一眼圆润的琴背，将这把珍贵的琴还给了它的主人。

"有……多少年了？"

"好像已经陪伴了我一生。"

现在，附近的咖啡馆里，人们都在议论这位小提琴手。

这里的人通常不和街头艺人讲话。同样不同寻常的是，他们看见玛格达在和一个陌生人聊天。玛格达性感的相貌有时会吸引小镇上的游客，她不喜欢，所以一般都冷冷淡淡的。

"有时候，我觉得是小提琴占有了我，它在主宰我。即便在我不拉琴的时候，也得好好保护它，它太贵重了。它一天二十四小时都在我的脑海里。"

安德里亚斯又端着酒过来了。

"是那张桌子的客人送的，"他摆摆头示意了一下，"还有很多人想送点什么过来。"

玛格达笑了。

"这么受欢迎的感觉应该很好吧。"她说。

"这……我倒是希望能有几个小时不想这些，过一个没有琴声的夜晚。"

他们举起酒杯碰了一下。

"为了健康干杯。"

"你能再演奏一遍那首曲子吗？先前你演奏的那首，就是第一首，可以吗？"她问道。

"只为你演奏。"小提琴手说着，喝完了酒。

巴赫的乐曲中那些优雅的音符又一次响起，安静，从容，极具感染力。

卡拉马塔的人们听着。没有人打搅这次的演奏,直到乐曲结束。起身回家时,他们注意到玛格达和小提琴手还在交谈,头挨得很近。

最后,大多数桌子空了,安德里亚斯从咖啡馆里走出来,端着一只工业尺寸的橄榄油罐子,里面装的不是橄榄油,而是满满的一罐硬币,他两只手费力地捧着罐子。钱都是客人们留给"安东尼"的。

但小提琴手不见了。

玛格达也消失了。他们一直坐的那张桌子已经空了。

第二天,安德里亚斯在大街上看见玛格达向他走来,听见她哼着小曲,是支熟悉的曲调。从昨天晚上起,那与众不同的音符也一直萦绕在他的脑海里。

"早上好,玛格达。"他打着招呼。

她微笑着点点头。

"曲子真好听,就是那个……"他说。

"《G 弦上的咏叹调》。"玛格达很有学问似的说,"巴赫的。"

"那个人真是位大师……"安德里亚斯说,"大家给他留下那么多钱!三百多欧元。我得把钱给他。"

"他走了。"玛格达说。

"你肯定?"

她点点头。

"他不回来了?"

她摇摇头。"是的。"她说。

安德里亚斯注意到她拨弄着手腕上戴着的东西。那是个温暖的日子,她把毛衣袖子撸到了胳膊肘。他看到她胳膊上缠着一截东西,像是银丝。

"我们交换了礼物。"她说,回应了表哥诧异的眼神,"是小提琴的琴弦。G 弦。"

"你送了他什么礼物?"表哥问道。

她谜一样地笑着,继续往前走,又开始哼那首曲子。巴赫这段著名旋律中的音符又在空升起。

好像仅仅一个夜晚就让两个人有了关联，让他们都如此快乐。我不相信"安东尼"会在各个镇上向女人求爱，但是如果有人心态开放，拥抱音乐，对音乐的反应与玛格达一样，或许他会的。我敢肯定，在他的旅途中，玛格达一定不是唯一一个被他那把斯特拉迪瓦里小提琴诱惑的女人。

我猜玛格达一定会一直保存着那根琴弦，一根金属G弦是弄不坏的，所以她余生一定会把那根琴弦佩戴在手腕上，借此提醒自己那一夜有过的幸福。对那天晚上的经历，她一定心满意足，而不会后悔幸福的短暂无常。如果爱情能永远远离痛苦该有多好。我在写这些话时，爱情似乎是一种让我伤心和疯狂的力量。

有那么一会儿，我一心向往像安东尼一样，放下沉重的心情，轻松地旅行，或者像玛格达一样，开心地待在一个固定的地方。我会继续努力，达到二者中的任何一种状态，但现实残酷地告诉我，关上悔恨伤心的龙头实在太难了。

连续几个月，我刻意避开音乐。音乐触动了我内心太多的情感。不是说音乐在你我之间建立了什么特殊联系，而是对我而言，音乐尤其是小提琴直通心灵深处。甚至有一两次，我离开咖啡馆是因为店家在播放让人伤感的音乐，我能感觉到自己将要情感失控。那天晚上，听了安东尼和玛格达的故事后，我下载了巴赫的几首奏鸣曲，现在这些曲子一直在车里伴随着我。当然包括《G弦上的咏叹调》。慢慢地，我会将更多的音乐带进生活中，就像一个渐渐康复的人逐步在食谱里加上一些更油腻的食物。当然我得做好充分准备。

在温和低调的卡拉马塔的一个多星期结束了。我继续往北走，沿海岸开了两百公里，到了佩特雷。这是个完美的秋日，旅途中风景秀美。途中我在奥林匹亚稍作停留，到田径跑道上站了站。像所有游客一样，我想象着人声鼎沸、群情激昂的场景。

在希腊地图上，有几十个地方被标为古迹，许多神庙和宫殿已经有几千年历史，但如今只剩下了原建筑的框架。有些还能辨认建筑的结构，比如帕台农神庙，但很多只是地上的一排排石头，是神庙或城墙仅有的残留物。对有些人来说，这些遗迹是他们拜访这个国家的主要原因。

旅途中，我注意到新的遗迹已经在慢慢产生了。它们没有被标注在地图上，也没出现在旅游手册中，但在希腊随处可见。每个村镇都有空荡荡的废弃建筑。有些看上去有几百年历史，还有些似乎只有几十年历史。这些建筑常常被遗弃，是因为遗产分配制度让它们被分割得支离破碎，没有一个人愿意承担维护的责任。但也并不总是遗产问题。大多数建筑是人们乐观地为了未来建设的，所以眼前的景象总令我疑惑，那么多的空楼，黑洞洞的窗户上常常连玻璃都没有。每个这样怪异的地方都有被废弃的原因。

在佩特雷的一家小餐馆，隔壁桌的一对老夫妻给我讲了一个故事。不远处就是一家被废弃的酒店，非常难看的建筑。尽管这对夫妇在镇上住了没多久，但他们一心要给我讲讲他们听来的故事。

永远不能选星期二

POST CARD
CARTE POSTALE

有一些希腊人从来不会计划在星期二办事，哪怕是最无关紧要的事情。那是基督教世界最重要的城市——伟大的君士坦丁堡被土耳其人攻陷的日子。时间已经过去了五百多年，但一四五三年的大灾难至今还有影响。这是每天都会有人想起的事件。星期二更是会激起人们的"回忆"。

很多人都还称呼君士坦丁堡为"那座城"，它被土耳其人围攻了四十天。希腊人试图击退城墙外的入侵者时，目睹了一系列凶兆：月食、雷暴汹涌、圣母像在环城巡游时从圣坛上滑落。五月二十九日，星期二，土耳其人最终破城而入，男女老少惨遭屠杀。而最为残暴的是，土耳其人还亵渎了圣殿圣索菲亚大教堂，屠杀了在里面做礼拜的神职人员和民众。即使到了现在，很多希腊人都不愿用土耳其人给这座城市起的名字"伊斯坦布尔"。在机场的出发和到达信息公告栏上，君士坦丁堡这个老名字依然在使用。

当然了，也有人对待星期二就像对待一个星期中的其他日子，不相信这些"无聊的迷信"。帕帕佐格鲁一家就持这种态度。

一九七九年五月二十九日，他们家名下的两家酒店开张。人们惊骇不已,这天是星期二,而且是城市陷落纪念日。

"他们怎么能想到在这一天开业呢?"坐在城里咖啡馆中的老人们窃窃私语,"可以再等一天嘛……"

点心店里,老妇人们吃着甜点,说着同样的话:"想想吧,来自君士坦丁堡的一家人,什么都做得出来!"

一九五五年的那场大屠杀,针对的是居留在伊斯坦布尔的希腊人。人们纷纷逃离,阿波斯托洛斯·帕帕佐格鲁就是其中之一。这场针对他们种族的暴行令他别无选择,只能背井离乡,离开他那家经营得有点名气的家庭酒店。到达希腊时,他和年轻的妻子梅利娜两手空空,只带了两个年幼的儿子和想方设法带出来的一些小纪念品。

因为有一家人要养活,帕帕佐格鲁立刻开始寻找机会。他一路找到了佩特雷,在这里,像以前在君士坦丁堡一样,他和家人能从住的地方看到大海。每天,他在咖啡馆工作很长时间,晚上还在码头再当几小时装卸工。他挣够了养家糊口的钱,还攒了些积蓄。

二十世纪六十年代末的军事独裁时期,希腊兴办了许多旅游酒店,用于振兴经济。军政府倒台后,旅游业有了更多的自由,整个行业呈指数式增长。帕帕佐格鲁抓住了机遇。

外国人蜂拥而至,享受温暖的阳光和宜人的天气,以及地中海给予人们的一切。甚至连通货膨胀也有了魅力,人们很乐意花几千德拉克马喝杯啤酒,尤其是算一算那也就相当于几个便士之后。游客们觉得自己像百万富翁一样。

帕帕佐格鲁很有兴致地注意到了芝妮雅酒店,一家看上去普普通通的酒店,开始蓬勃发展。酒店离海滩很近,从舒适的角度看,刚刚满足最低需求。每次散步从酒店旁路过,他都能看到德国游客成排地躺在廉价的日光浴躺椅上,享受到的并不比大自然免费提供的东西更多。他们满足于阳光、大海、沙滩、当地的冷啤酒和便宜的三餐。对于一个从来没吃过希腊红鱼子酱的北欧人来说,尝到鳕鱼子的味道也是改变一生的时刻,就像他们生平第一次吃到新鲜西瓜的时刻一样。

帕帕佐格鲁贷款买下了附近的一小块地,建了一家类似的酒店,普普通通,没有多余的装饰。床很窄,房间很小,窗帘也没法完全遮住窗子。有时候,热水系统会罢工,但在炎热的夏天没有几个人投诉。这也是希腊的一部分魅力。

第一个夏天快结束时,他已经计划开第二家酒店了。之后的五年,每个冬天他都新开一家酒店。每个旅游季,即从复活节到十月底,酒店客房总是满员。

帕帕佐格鲁继续紧跟旅游承办商的需求,他们现在想要更舒服、更专门化的住宿服务。二十年间,酒店住客的数量增加到了最初的二十倍,他的盈利和财务预测也随之加倍。在别人还没注意到沿海条状地带的潜力时,他就在这里投资未开垦的土地,而那时大多数人只是在考虑市区或工业的发展。

他的奢华酒店帝国遍及希腊沿海的度假胜地,并延伸到各个海岛上。

他的两个儿子马诺斯和斯迪法诺普洛斯现在都已经二十多岁了。十多年来,每个夏天,他们都在各个海滨度假胜地玩耍,那是他们父亲创造的奢侈品牌的一部分。他们享受着客房服务,喝着可口可乐,从来没亲自铺过床,已经不记得小时候在佩特雷那套只有一间卧室的公寓里,兄弟俩头对脚地挤在一张长沙发椅上睡觉。这些天,他们俩经常斗嘴。

母亲总让他们觉得自己像神一样。即使在学校里表现得一塌糊涂,他们也会得到夸奖。成长过程中,他们总以为自己可以凌驾于规矩之上。被宠坏不是他们的错,他们只不过是父母的牺牲品:妈妈对兄弟俩过于溺爱,父亲则专心挣钱,没空关注他们。

七十五岁生日快到了,帕帕佐格鲁正苦于不知道自己的事业下一步该如何发展。他想退休,但又不想看到自己的酒店集团被拆分。他也不想如众人所期,自然而然地把财产留给马诺斯。马诺斯是哥哥,但这一点并不能让他更配得上继承这份家业。帕帕佐格鲁私下认为斯迪法诺普洛斯更有魅力,更适合接班。

"为什么不考考他们?"梅利娜·帕帕佐格鲁建议道,"看看谁做得更好,这样来决定该由谁领导集团。"

老帕帕佐格鲁同意了。

十月十三日生日那天,他从书桌抽屉里拿出一枚旧德拉克马硬币,然后和全家人一起去城里一家豪华饭店庆祝生日。当漂亮的巧克力蛋糕送上来时,他让马诺斯和斯迪法诺普洛斯闭嘴,不要再为足球争吵,进而宣布了自己的决定。他在佩特雷有两块未开发的地,一块离繁华的港口很近,一块在城外的狭长海滩上。用投硬币的方法决定谁拿哪块地,哪个儿子能把生意做得更成功,哪个就将继承父亲的酒店帝国。

当帕帕佐格鲁将硬币抛向空中时,偷听他们谈话的服务员正在窃窃私语。他们说这种重要决定不应该在十三号这天做。全世界都认为这个数字不吉利,在希腊更是如此。数字一、四、五、三加起来就是十三,选择今天晚上抛硬币不仅是无视习俗,还"纯粹是愚蠢"。饭店的领班压低嗓音这样说。

抛硬币的结果是大儿子马诺斯(硬币正面)得到靠近港口的地,斯迪法诺普洛斯(硬币反面)得到沙滩上那块地。

"这两块地都很有潜力,让我们看看你们哥俩能做些什么。"帕帕佐格鲁说,"给你们两年时间,我要看你们的资产负债表。谁的经营状况更好,谁就接班,哪怕是只多十个德拉克马。"

两个男孩都是十六岁离开学校,没再继续上学。他们家境优渥,而且知道自己要干什么行当,逼着他们上大学又有多少意义呢?再说,就他们俩那差劲的成绩,没有几家大学会录取他们。

两兄弟都觉得一半的家族生意最终会轻而易举落入自己手中,被父亲决定测试他们的想法吓了一跳。太让人郁闷了,这个决定把他们置于残酷的兄弟相争之中,赢家全得,输家一无所有。

马诺斯年岁大一点,觉得自己比弟弟有优势。他取了已经过世的祖父的名字,得到了祖母的宠爱,也因此被惯得更厉害。他很气恼,斯迪法诺普洛斯的女朋友总是比他的漂亮,但他瞧不上她们的低智商。马诺斯一直在和自己的体重战斗(他继承了父亲矮胖的体形),同时又以自己是美食家和精品红酒爱好者而自豪。

毫无疑问,斯迪法诺普洛斯更英俊。他继承了母亲比例完美的容貌,还有一副与之相配的好身材。他热爱运动,为本镇踢足球、打水球。正如马诺斯心怀妒意观察到的那样,总有爱慕他的女郎挎着他的胳膊。

马诺斯决定不把来旅游的人作为目标人群。他想一年十二个月都挣钱。为此，他锁定了商务人士、旅行推销员，甚至还有在码头上工作的人。这些人都会付现金。而且马诺斯打定了主意，要用一种更精致的方式吸引他们，而不是这个平凡小镇上大家习以为常的酒店模式。

这块地上已经有一座巨大的空置办公楼，就像一个巨型盒子，窗户像挖出的洞，没有任何建筑特色。他面临着选择，要么将其拆除，要么把现在的建筑改建成一家酒店。前者是一项费时而昂贵的大工程，后者是到目前为止最好的选择，又快又便宜。

他用一把尺子、一副三角板和一大张白纸，花了二十分钟就画好了自己的构想：一座中世纪城堡。小时候，他曾去纳夫普利奥参观过一座古堡，那座城堡给了他灵感。那是座坚固的矩形城堡，有塔楼和垛口。皮尔戈斯酒店将成为他个人的堡垒。

在改装楼体外部、加装阳台的同时，他开始了内部装修。旧的办公区被分割成小房间，房间里又用很薄的隔断墙划分功能区，他还安装了卫生间。最重要的空间在一层，那是他要赚钱的地方。

接待处的仿古壁画最抢眼，有一种暧昧的色情味道。在确保酒店成为佩特雷的最佳就餐场所的同时，要有一些小酒吧区，有音乐，有舞蹈。还得有一块区域成为可以赌钱的"私人俱乐部"。

马诺斯托人复制了几幅波提切利的画（实际上更像是粗劣的仿制品），挂在赌博室里，他要求画中人物穿得比在原作中少。女服务员们会照画上那样穿（或是什么也不穿，他对朋友开玩笑时这么说过）。

　　酒店外观看上去很坚实,一层的房间极尽奢华,一点都没吝惜金钱。马诺斯很满意自己对市场的准确定位,而且他赢得了时间。

　　作为酷爱游泳的人,斯迪法诺普洛斯选择盖一座海滨酒店似乎最合适不过。他从画草图开始,便想要抓紧动工,越快越好。从现在到夏天,他只有六个多月的时间建成酒店,弄好一切,才能赶得上在旅游季开门营业。

　　他采用的酒店模式是最初激发他父亲开店的那种,普普通通,没什么装饰,房间内部也很简单,但间间面朝大海。他的塔拉萨海滨酒店很快就为开业做好了准备。酒店以前所未有的速度建了起来。地基打得很浅,墙壁比单层的层压板厚不了多少,但每个来这里的人基本都是白天待在沙滩上,晚上去当地的酒吧。他在酒店建设上花钱最少,这样在资产负债表方面就有了优势。

当得知哥哥的皮尔戈斯酒店计划五月二十九日开业时,斯迪法诺普洛斯也将自己酒店的开业日期定在了同一天。那天晚上,两位竞争者同时举办开业酒会。阿波斯托洛斯·帕帕佐格鲁先去皮尔戈斯,他妻子先去塔拉萨,然后老两口再交换地方。

第一个夏天,两个儿子都经营得不错。从利润上看,他们的父亲眼前一亮,对他们能有这么好的盈利水平非常吃惊。让儿子们松了一口气的是,他没再深入察看两家酒店的经营状况。

关于幕后发生的事,马诺斯一直瞒着父亲。他差不多是自欺欺人。但在开业几个月后,就有人上门"拜访"。乔治·库蒂斯不是位常客,他似乎发现了什么,这让他很开心。他曾经有一两次悄悄溜进私人赌博室赌了一把,还在那儿和某个女服务员玩了一晚上。但很快,他真正的兴趣便显露出来。库蒂斯在镇中心有家酒店,是皮尔戈斯的竞争对手,马诺斯也听说自己的酒店抢了库蒂斯的一些生意。库蒂斯这个人拥有强大的关系网。

开业大约五个月后的一天晚上,酒店突然停电了。刚开始他们还能应付,找来了许多蜡烛,马诺斯还用"浪漫"一词劝说客人。然而电工检查后发现线路没有问题。很显然,马诺斯被人断了电。他什么也做不了,只能付五百万德拉克马重新接上电。供水也出了同样的问题,花了同样的钱才得以恢复。因为价码高得离谱,他才意识到有人在敲诈。

在那之后,警察拜访了酒店。他们出手很重,弄坏了很多东西,到处搜查赌博的证据。当然,他们发现了证据——他们显然知道去哪儿找,而且还经常回访。马诺斯很快明白过来,得拿一大笔钱贿赂合适的人,才能防止警察找上门。如果酒店还打算经营下去,这是唯一的选择。

让他沮丧的是,财务上很快就显出入不敷出的迹象。这个夏天,时不时停电成了家常便饭,而到了冬天,房间里没有供暖。到了较冷的月份,入住人数渐渐减少。当海风从伊奥尼亚吹过来时,室内温度会降到十度以下。墙体因水汽凝结开始滴水,波提切利的女神们也开始剥落。酒店客人数量锐减。等到又一个夏天来临,这家像座城堡、似乎会永生的酒店开始衰败。

马诺斯努力避免财务上的巨大损失。最为重要的是,十月要给父亲看资产负债表。现在只剩下四个月了。为了筹措贿赂和被敲诈的钱,他已经借了几笔贷款。他知道是库蒂斯策划了这些麻烦,但如果不合作的话,他就得和酒店以及自己的前途说再见。他已经背上了沉重的债务,每晚都难以入眠,而在白天,压力诱发的哮喘时时发作。他体重增加得很快,已经严重到几乎爬不上二楼,没法去办公室的地步。他也没钱安电梯。交往六个月(破了纪录)的女朋友找各种理由离开了他。起初吸引她的是他的身份——镇上最大酒店的老板,现在她意识到代价太大了。

听到塔拉萨酒店生意正红火的消息,马诺斯更绝望了。斯迪法诺普洛斯一年只要开业六个月就能盈利。他们给客人提供的服务很有限,得到的回报却很丰厚,客人们整天在海边的酒吧里喝冰啤酒和各种冷饮,花大价钱去玩滑水。

六月的一个闷热的夜晚,塔拉萨酒店里每个房间的客人都大敞着窗户,地面开始隆隆作响。时间大约是早上四点钟,人们在梦中沉睡,太阳还没有升起。一开始,熟睡的人们什么也没听到,但他们感觉到了。地震把他们从床上晃到地上。震感测试仪显示地震并不强烈（仅有四点三级），但地板来回摇晃，每晃一下就错位几毫米。酒店里没有消防通道，没有指示告知该做什么、往哪儿跑。总之，没有时间逃命。

酒店七零八碎地垮塌下来。第五层的楼板砸垮了第四层，第四层砸垮了第三层，混凝土、金属栏杆、床铺和尸体乱七八糟地堆在一起，一片狼藉。虽然有些外墙还没倒，但大多数楼层都已坍塌。也就几分钟的时间，酒店晃了几下就倒了。

斯迪法诺普洛斯自己没住在酒店里，但被地震晃醒了。他冲下马路，看到塔拉萨酒店已经变成了一片废墟。像一个肇事逃逸的司机一样，他本能地朝相反方向逃去，能逃多远就逃多远。当时有二百多位客人住在酒店里，其中三十多人被砸死了。一队法医查看了酒店的废墟，发现酒店建造时根本没有考虑客人的安全问题。死者家属和一百多位伤者以玩忽职守罪把斯迪法诺普洛斯告上了法庭。塔拉萨酒店在建筑质量方面没有一项达标。这个地方还有一家酒店，就是皮尔戈斯，也受了地震的影响。它只碎了一块窗玻璃。

一扇坏掉的窗户，对麻烦缠身的马诺斯来说是再小不过的事。他面临的问题是债台高筑。利滚利再利滚利，纵使他的酒店天天客满，他这辈子也无法还清债务。在斯迪法诺普洛斯被起诉的当天，马诺斯的最后一位客人离开了酒店，最后一位工作人员也离开了酒店，六个月没拿到工资。

马诺斯走进酒吧，从架子上拿起一瓶酒。这里只剩下上等威士忌了。他打开瓶盖，对着瓶子大口灌了下去，然后手里抓着半瓶尊尼获加，摇摇晃晃地走到大厅。他的脚步声回响在石地板上。

有人使劲敲着前厅大门。马诺斯踮着脚，尽量不出声，悄悄溜进一间小办公室,从那里能窥见是谁在外面敲门。是位当地的警察。过去几个月,此人一直是酒店的常客。警察站在那儿,双手抱肩。马诺斯注意到他在看时间。那块表是阿波斯托洛斯·帕帕佐格鲁给儿子的二十五岁生日礼物,现在却戴在警察的手腕上。上次这位叫奥列斯特斯·萨卡里迪斯的警察来找他时,马诺斯已经没钱可给了。萨卡里迪斯就收下了手表代替现金。再一次看见他,马诺斯怒火中烧。他没什么可给了,也就没什么可失去了。他拉开门闩,打开了大门。

萨卡里迪斯能看见马诺斯·帕帕佐格鲁眼中的愤怒。

"该死的,你还要什么?"

"我想你知道我想要什么,"警察幸灾乐祸地说,"和以前一样。"

马诺斯醉醺醺的,蹒跚着朝萨卡里迪斯走去,抡起酒瓶就往他脸上砸。

警察躲过袭击,一把抓住马诺斯的肩膀想控制他,但马诺斯猛地挣脱了一只胳膊,用胳膊肘猛击对方腹部。他把整个身体的重量都用在了这一击上。

警察被打得喘不过气来,笨拙地仰面倒地,脑袋一侧撞到了大理石台阶上。他一动不动地躺在那儿。

马诺斯上气不接下气地喘着,好一会儿才恢复正常呼吸。

大门前面的那条街同皮尔戈斯酒店一样荒凉。他没有碰那已毫无生命迹象的身体,转身沉静地朝自己的车走去。车就停在街上不远处。他猛踩一脚油门,开车沿着大街离开,脑子里别无他念,一心想着必须离开此地。

他连续闯过几个红灯,在一个拐弯处车子几乎失控,后来又差点撞上一辆警车。警车闪着警灯,拉响警笛追逐着他,逼他在路边

停了下来。

两名警察立马闻到他呼吸中的酒精味,把他弄进警车,让他坐到后排座上。他们开动警车上路时从收音机中听到,在皮尔戈斯酒店台阶上发现了他们同事的尸体。

阿波斯托洛斯·帕帕佐格鲁七十七岁的生日过得很不如意。这天本该是他退休的日子,他要把酒店帝国交给两个儿子中的一个。现在他得另做打算。两个儿子都面临指控,两项指控同一天在雅典开庭。他去哪一个呢?妻子建议他抛硬币决定。

佩特雷的人们还记得酒店开张的那天。两个案子都被法院裁定为过失杀人(那是七个月后,五月二十九日)。人们都点点头,表示知道事情一定会如此。卖掉整个酒店帝国也难以付清赔偿伤者和死者家属的费用。阿波斯托洛斯·帕帕佐格鲁不得不宣布破产。

两家酒店的残垣断壁矗立在那儿已有很多年,像鬼魂一样,提醒着人们不要忘掉君士坦丁堡遭受的劫难。迷信和宗教信仰的力量加强了这种因果关系。

老人们经过这里,都禁不住啧啧说上两句。"他们本来就应该知道,"他们说,"那一天怎么也不该被忘记!"

我一直在想第一次遇见你的那一天。那也是一个星期二。

在佩特雷，有比这些凄凉的建筑更可爱的东西。这里有个巨大的广场，广场上还有恩斯特·奇勒①于十九世纪设计的剧院。优雅的步行街上有不错的商铺，港湾十分热闹，有船开往其他岛屿。

来到佩特雷时，我已经在希腊逗留了快两个月，其中包括在雅典做研究的那两周。我学会了更多的希腊语。现在不光会打招呼、点菜，还能看懂报纸标题。不过报纸上似乎没什么好消息。经济还是那么糟糕，我知道能自由自在地旅行已是非常幸运。十月下旬的夜晚，太阳开始不那么晒了，我能看出来，对大多数希腊人来说，生活正变得更加艰难。有时放眼望去，四处都是残垣断壁，令我心情压抑。破损失修的建筑物似乎反映出这个国家的衰败。即使我对报纸头版的图表数据理解有误，也无法看出这个国家怎么能从债务泥潭中解脱出来，更不要说重建国家了。

平生第一次，有人过来向我讨钱，而且我意识到他们不是新移民（也有新移民向人乞讨）。这是一位希腊老人，可能他的养老金大幅减少，到了难以维持生计的地步，也可能他是一个有家室的人，已经没钱养家糊口了。这样的时刻让我清醒，跳出自怜的状态。不管什么时

---

①恩斯特·奇勒（1837－1923），英国建筑师，后加入希腊籍。

候,我都想吃就吃想喝就喝,很多人却不能如此自在。我越来越频繁地看到希腊人在垃圾箱里翻找东西。我怎么还能沉湎于自己的这点痛苦之中呢?有时候,看到别人的麻烦比我的大得多,我就很看不起自己。我只不过是被情感折磨,但至少不用为生计犯难。

似乎也有经济危机永远影响不到的地方,那就是希腊东正教教堂。我见过整排整排倒闭的商铺,但从没见一家教堂关门。无论大小,教堂总是敞开大门,装饰得金碧辉煌,也从不缺少神职人员和宗教信徒。佩特雷有座巨大的教堂,是一九七四年建成的。教堂的外观丑得让人倒胃口,刚开始我根本不想进去参观。后来有位当地人告诉我,里面还是很值得一看的。

参观教堂之前,我去了附近的一家商店,看看能不能找到教堂的参观手册。商店很大,里面卖各种各样你能想到的圣像。店主是位开朗和善的妇人,她问我叫什么名字,然后坚持要我买一枚圣安东尼的圣像。

她的一切都有点夸张,丰满的红嘴唇、小蛮腰、大屁股,像个迪士尼卡通人物。她给我讲了教堂的故事。人人皆知的是,两千年前,当圣使徒安德鲁到达这个城市,告知人们基督复活的消息时,他得知罗马执政官的妻子病了。他治好了那个女人,她皈依了基督教。执政官的妻子试图说服丈夫背弃罗马诸神。她告诉他那些神都是假的。

执政官大怒,妻子居然向他传播这种危险的新宗教。他用酷刑折磨圣安德鲁,然后把他钉死在X形的十字架上。使徒的遗体竟然消失了。若干年后,他的一部分遗骨回到了这个城市,同时回来的还有那个钉死他的X形十字架残留的部分。

店主热情又兴奋地讲述着这家教堂的故事,所以我怀着满满的期待离开了商店,觉得能在教堂里找到特别的东西。正当我关门离开时,店主一路冲到人行道上,原来我忘了拿圣像。"我得告诉你另外一件事,"她气喘吁吁地说,"圣安德鲁至今都会显灵!他的教堂有神力,改变了我父亲的一生,让他重新做人。奇迹!真是奇迹!"

"不要让我们陷于诱惑"

CARTE POSTALE

Meteora

有些人依然更愿意去附近的拜占庭教堂，那里以前存有一位圣人的手指遗骨。这座小教堂现在已处于一家崭新的教堂的荫庇之下。有些上了年纪的女士对这座新教堂不太感兴趣。

　　这座巨大的白色圣殿像个巨型蛋糕，单看它的占地面积就足以令人印象深刻。它是希腊最大的教堂之一，其私密性无法与原来那间为纪念圣安德鲁建造的老教堂相比，但老教堂太旧太昏暗。

　　当圣殿第一次祝圣启用时，上了年纪的人只看到种种缺陷。还没走到大门入口，他们就抱怨起来，说自己得花好长时间才能走完通向教堂的那条街，之后还得再穿过大理石建造的前院。进入教堂，还要再花五分钟才能从蜡烛箱这边走到圣像前。太费时间了，但他们觉得应该到新教堂尽尽自己的义务。

　　对大多数人来说，打开大门走进教堂那一刻充满了惊喜和感叹。无论是来自希腊各地，还是更远处的访客都震惊万分，里面的景象确实摄人心魂。

　　建筑师想让这个大教堂的方方面面都能代表"世间之光"。高处

巨大的穹顶上开了天窗,低处所有的门都镶了玻璃。阳光从各个方位倾洒进教堂。每一面墙上,镶嵌画上的金色树叶都折射着光,照亮了教堂。教堂中央是巨大的枝形吊灯,上面有五百多只灯泡,放出耀眼的光芒。

除了想表达世间之光,建筑师还想传递世间之生命和创世之荣耀。他的勃勃野心、虔诚信仰和对教堂的巨额预算都永无止境。每一面墙上都是令人眼花缭乱的鸟兽图案,叶蔓和鲜花装饰着廊柱和拱门。各种各样的平面上装饰着圣徒圣迹画,色彩斑斓,光影灵动。圣安德鲁殉难的城市如今敞开双臂欢迎他回来,给他以荣耀。整个建筑像是在呼喊:"请宽恕我们!"

他们制作了富丽堂皇的银圣骨盒,盛装他的遗骨,吸引成千上万的朝圣者前来瞻仰,来参拜这个曾经见过耶稣基督的人。他们前来感受主或许也曾触摸过的东西。

也有人因为圣殿的开启使用,生活变得糟糕,那便是玛丽亚·莱昂提迪斯。这些年来,她一直打扫隔壁那家拜占庭小教堂,知道昏暗的光线显不出尘土,也让人难以发现蜘蛛网。

夏天,一天中大多时间,她都在教堂外的小长凳上抽上一支烟,再来一个果汁刨冰。冬天,她只需要用鸡毛掸子掸一两次圣骨盒就行,然后到旁边的点心店暖和暖和。等朝圣的人们走了,她再返回教堂锁门。

那年夏天,新教堂启用了。玛丽亚又被请去打扫卫生。尽管已经六十岁了,但她还没打算停止工作。接受新工作是件令人骄傲的事。

在凉爽的圣殿里,微风轻吹,烛光摇曳,信众们觉得很舒服,但玛丽亚发现自己异常燥热,像不锈钢咖啡壶里的热咖啡。

玛丽亚开始做这份"新工作"时,她的哥哥刚刚下葬。他们的兄妹关系不是特别亲密,但不管怎样,她还是遵循礼数,穿四十天丧服。虽然天气炎热,家族的女人们都愿意恪尽职守,尊重传统。

"光擦烛台我就得花一个月的时间。"那天晚上,她眼泪汪汪地对孙女佩拉吉亚说,"要花一天的时间扫地,等我干完一遍,又得再来一遍。"

玛丽亚伤感地想起过去打扫小教堂的好时光,那时候只需要一个小时,她就能收拾好整个教堂。现在一个小时只能清理完燃尽的蜡烛。教堂里有三千把椅子,每把椅子的边角和缝隙处都有灰尘。

她坚持了几个星期,但没过多久就力不从心了。她腿上青筋暴起,就像新教堂的大理石廊柱;脸色通红,就像那块铺在台阶上通往圣坛的崭新的猩红色地毯。她身体上的疼痛都加剧了,膝盖、手腕、脚腕、胳膊肘,每个关节都疼。这座新教堂快要了她的老命。

有一天她醒来时背部僵硬,起不了床。身上疼痛,心里又焦虑,她哭着给佩拉吉亚打电话。如果一两天不去打理,教堂里的灰尘就难以收拾。她已经能想得出来,白色大理石台阶上布满黑脚印,上千支小蜡烛的残留物溢到托盘中的沙子外,保护圣像和圣骨的玻璃罩上会沾满唇印,模糊不清。

"奶奶,别担心。"佩拉吉亚说,"你需要休息两天。我去替你打扫。"

佩拉吉亚匆匆赶往教堂,她知道有很多女人愿意接手奶奶的活儿,她可不想让奶奶的缺席给她们带来机会。

莱昂提迪斯家族住在城市的另一头。玛丽亚去教堂得坐很长时间的公交车,但对佩拉吉亚来说,尽管头一天晚上在酒吧上了八小时班,她走到教堂还是比奶奶平时到的时间早很多。

穿过广场时,她看见神父正离开教堂。正好九点,他刚把教堂大门打开。

佩拉吉亚发现巨大的教堂里空无一人。祖母已经向她描述了清洁工具放在什么地方,所以没过几分钟她就卖力地干起活来。她开始有条不紊地擦亮失去光泽的银器。她年轻有活力,只花了奶奶四分之一的时间就擦好了银器。十点钟,银器闪闪发亮,与金叶的亮光交相辉映。佩拉吉亚甚至还有时间往后一站,停下来欣赏油画和马赛克拼贴画。

从附近的咖啡馆回到教堂时,神父直眨眼睛。从上面的一扇天窗射进一束阳光,照在一个巨大的银烛台上,反射出一束炫目的光,亮得如此不自然。有好一会儿,他相信这不是阳光和擦得明亮的金银器的完美结合,而是圣迹显灵。

过了一阵,阳光移了位置,光辉的一刻过去了。神父走进圣坛后面的办公室,忙着处理教堂的各种文件。文件总是很多。

大约十点半,开始有一两个人从大门处溜达进来,他们在胸前画着十字,每个人都点燃了一支蜡烛,然后走到圣骨盒前。这些人已经习惯于每天来这里,大多是寡妇,也有最近成了鳏夫的男人。这是他们每日例行日程的一部分。对男人来说,去咖啡馆之前要来教堂;对女人来说,来教堂是午饭的前奏曲。这些是不可破坏的惯例。有些人很快便离开了,还有几个人走之前会在教堂里坐坐,男人坐在左边,女人坐在右边。

在教堂里,人们已经习惯见到身着丧服的玛丽亚·莱昂提迪斯,所以一个穿黑衣的女人在教堂前面打扫卫生并没有引起他们的注意。

佩拉吉亚正用一把软笤帚扫着地板，一丝不苟地设法把灰尘从犄角旮旯里扫出来。她出现在圣坛前面，进入人们的视野，唰唰地前后挥动着笤帚。原来在教堂里的那一小群人已经离开，只剩下斯皮罗斯·库里斯一个人还没走。

他呆呆地看着前方。他眼神不是特别好，但眼前的场景还是让他震惊。这不是穹顶画上精美再现的圣母马利亚所具有的神圣的美丽和纯真。这会儿看到的不一样。映在精心雕刻的圣坛屏上的剪影是个女人，与其说她像圣母，不如说更像女神。黑色莱卡紧身上衣和长裤紧紧裹着她的身体，阳光洒在又长又密的黑亮秀发上。扫地时，她的身体摇摆着，及腰的长发好像会独自舞动。她对自己的完美一无所知，也根本不知道有人在观察她。

那天，斯皮罗斯在教堂坐得比以往久。第二天，他来得更早，待得比头一天更久。在咖啡馆，一个朋友问他为什么那么晚才去打牌，他找了个理由搪塞过去。老婆问他为什么回家晚了，他说排队买菜的人比平日多。

斯皮罗斯·库里斯开始注意到，另一个二十五六岁的男人在教堂里待的时间也比以往长。他知道苏格拉底·帕帕拉布罗斯的母亲刚去世，因为他看见外面贴的死亡告示上有她的照片。

这个更年轻的男人站在教堂一角，在方方正正的纸片上写着什么，然后一张张撕碎，塞进鼓鼓囊囊的口袋里。库里斯知道那是写给神父的问题，苏格拉底显然不能肯定该问什么，或是不知该怎么问这个问题。

苏格拉底盯着一幅圣安德鲁画像冥思，这位使徒曾被绑在十字

架上三天。他想,和自己的痛苦相比,三天的苦难似乎微不足道。他退到教堂后排的座位上坐下,向前看去。

这时,佩拉吉亚正天真地打扫灰尘和擦拭银器。

消息不胫而走。慢慢地,附近的咖啡馆空了,教堂里却人满为患。神父想,可真是太好了,大家都来欣赏美丽的教堂和其中的艺术品。有些日子,教堂左边的座位几乎都坐满了。

他们一个接一个排着队亲吻圣像。许多人都吃了希腊烤肉,油乎乎的唇印留在了圣像上。他们坐着,好像在祈祷,作为背景音乐的拜占庭圣歌如潺潺流水。他们都面无愧色地盯着面前那位姑娘的身影,就像过去常仰望圣像一样。她四下忙活着,一点都没觉察到

男人们盯着她看。很多时候,她扫地的节奏几乎就是在跳舞。她双耳戴着耳机,沉浸于音乐歌单里,那是她做 DJ 的男朋友专门给她下载的。不管是吸尘、擦银器还是扫地,她都尽全力去做。汗水时不时顺着她的胳膊往下淌,T 恤的后背变得有些透明,她的两鬓也湿乎乎的。

斯皮罗斯·库里斯更注意穿着了。他系上了领带,衣橱里的四套西装轮换着穿。他经常光顾理发店,去理理已经灰白的头发,修修小胡子。他已经有很多年不为自己的外貌感到骄傲了。妻子看到这一切很开心。像教堂里所有的男人一样,他想象着自己和佩拉吉亚的联系是真实的,宛如他们和圣母的关系一样。实际上,教堂里每个男人都有同样的感觉,但这并没有影响他。他坐在那里几个小时,直到佩拉吉亚打扫完毕才赶去买菜,然后拎着菜迈着轻快的步伐回家去。

神父指望的卖蜡烛的钱现在一下子呈指数式增加。尽管他不断地预定蜡烛,货到得还是不够快。还有一件事也让他很忙,不断有人写小字条,问一串问题,要求特别代祷。许多人都只是写了一句:"不要让我们陷于诱惑。"但极少有人明确地说是什么诱惑。

看起来唯一一个没有关注佩拉吉亚的,便是神父自己。他甚至都没意识到新换了一位打扫卫生的女士。他看到的只是教堂焕然一新,就像开门迎接信徒的第一天那样。

一天清晨,他正在小祈祷室跪着祷告,双眼紧闭,不见尘世,这样他可以聚精会神。然后,他闻到一股淡淡的气味。不是焚香的味道,也不是蜡烛。是一种甜甜的味道,但他不知道是什么。等他睁开双眼,发现自己正直视着一个女人浑圆结实的胸部。佩拉吉亚离他很近,正在擦拭保护圣像的玻璃罩。她不再为家中去世的那位长辈穿黑丧服了。神父匆匆起身离开教堂,差一点被自己的长袍绊倒。他需要呼吸一下新鲜空气。

"上帝用各种神秘的方式劝喻人们。"他对自己说,"怪不得教堂里人满为患。"

男人们都"不见"了,这令他们的妻子心绪不安。一个女人请了私家侦探跟踪丈夫,当侦探报告说他只不过是在教堂时,她狐疑不解。

几家咖啡店的店主现在也抱怨起来。"把那个女孩赶走,"他们对神父说,"她毁了我们的生意。"

神父认真考虑了一下情况。不能指责佩拉吉亚。这个女人是神圣的,是上帝无限力量的显现。纯真不是她的罪孽,美丽也不是她的过错,她并无害人之心。他的教堂完美无瑕,信众多多,信资满满。解雇她可就大错特错了。

一天早上,教堂里面全都是人,有几个男人甚至不得不坐到右侧的座位上。他们在等待年轻女子的出现,然而等到的不光是一个女人。

终于,他们听到了一阵嗡嗡声,有几个人伸着头向前看,一台工业吸尘器出现了,后面跟着个女人,像农夫推着老式的犁一样,高高地仰着头。那不是佩拉吉亚。如果不是吸尘器噪音很大,教堂里那一片失望的低声抱怨一定会听得清清楚楚。

玛丽亚·莱昂提迪斯休息了一阵子。稍加恢复后,她比以前又胖了一点点。春天温暖的阳光让她感到酸痛的骨头再度变得年轻了。

男人们全体离开时,神父走进教堂。他立刻明白了其中的原因。

卖蜡烛让他赚了不少钱,现在他可以为教堂买更好的清洁设备了。玛丽亚胜利返回教堂。

那天,咖啡馆再一次坐满了人。妻子们满心欢喜,迎接丈夫们回家吃午饭。斯皮罗斯·库里斯慢慢走回家去。进家门时,妻子温柔地对着他微笑。他让妻子想起这才是她嫁的那个男人。

我想老斯皮罗斯未必真的幻想着佩拉吉亚能注意到他，但女性的美丽会深深影响一个男人。我知道，我自己也是如此。

　　男人很容易深陷对女性的崇拜中。纵使提醒自己，我们还是会被某些审美理想所吸引。我知道，第一天晚上在电影院的酒吧里，正是你的美貌引起了我的注意，让我意外地、毫无准备地被吸引。或许这是一个诅咒，你长得这么漂亮，人们会立即被吸引；或许仅仅依据相貌而不是性格被别人判断，对你来说是种烦恼。不管你现在在哪里，或许有人走进你所在的屋子，已是心潮澎湃。我相信我不是第一个，也不是最后一个对你的微笑有如此反应的男人。

　　我在佩特雷待了三个星期。我喜欢这个城市的规模，也喜欢它没有那么广为人知。我每天都去咖啡馆和小餐馆，不需要向别人解释我是谁。那家教堂我去了不止一次。我常常去那里坐着，享受它奢华的装饰，沉思自己的心事。玛丽亚·莱昂提迪斯一般都在那儿吸尘，噪音很大，这总逗得我发笑。

　　不管圣安德鲁是否真的显示了神力，治愈了执政官的妻子，为他而建的新圣殿确实有一种力量。我感觉到了圣殿的光和美带给我纯粹喜悦的时刻。

　　我开车进山，朝着卡拉夫里塔前进，一路上思考着当初是怎么被你迷住的，想着你对我做的一切是否有丝毫的感觉。卡拉夫里塔是个漂亮但让人伤感的地方，被德国人占领的那段时间里，这里的人经受了极其残暴的蹂躏。他们建立了纪念碑，纪念一九四三年十二月十三日的那场大屠杀。这是我参观过的最具震撼力的纪念碑。镇上各种纪念物（包括有的博物馆展示的那些导致大屠杀的事件）让人永远铭记有五百多个男人和男孩惨遭杀害，铭记被付之一炬的家园。这个镇上方的山坡上写着"和平"。镇上的人永远忘不了这里发生的一切，但离开时，我明白伤痛的治愈始于原谅。我不是把你对我的所作所为和这个镇上的人所受的伤害相比较，但原理同样适用，只是我还没到那个程度。尽管气氛凝重，我还是在卡拉夫里塔待了几天，然后坐上了火车。火车沿狭窄的峡谷铁路一路向前，开进一座风景秀丽的山谷，驶向海边。我来到一座老式火车站。这里有一种异常天真、迷人的气氛，于是我在季亚科弗托的一个小港口住了一个多星期，然后返回卡拉夫里塔取车。我从那里开上了一条陡峭的山路，路过湍急的瀑布和小村庄。

通过赏心悦目的里奥悬索桥，我终于跨过将伯罗奔尼撒半岛和希腊中部隔开的狭长水域，向着迈索隆吉进发，这个地方因与拜伦（诱惑的代名词）有关而出名。

在游历过的希腊各地，我注意到处处都有以拜伦命名的街道和广场。听说雅典还有一个区被命名为拜伦区。这无异于英雄崇拜。迈索隆吉是希腊与这位英国勋爵关系最密切的地方。起初我并不喜欢这里，但没几天，我开始欣赏这个处处看得见历史的城市。

迈索隆吉海拔很低，好像位于海平面以下，这里怎么都算不上美，但城市的位置不同凡响，它紧靠陡峭山峦，在地图上是一处战略要地。

希腊人这般铭记拜伦，可能会让人产生一种印象，即拜伦单枪匹马地把土耳其人赶出了希腊。事实上，在希腊独立战争中，他并没有挥剑上战场，但他促使其他国家援助希腊，他们的最终目的是解放希腊人民，使其摆脱土耳其对这个国家将近四百年的统治。

我试图理解希腊人怎样看待这位在希腊最为著名的英国人。他魅力超群、玩世不恭，因童年往事受到过深深的伤害，短暂的一生饱受残疾的折磨。我遇到的好几个希腊人在道德层面上都不赞同拜伦的乱伦、同性恋和他对待女人的方式。在人们的记忆中，他依然是位英雄，但很多人不太明白他怎么就成了英雄。

我走进迈索隆吉当地的博物馆，那是栋老建筑。这个城镇潮气弥漫，博物馆的墙真的在滴水。

这种潮湿的空气会损毁油画，所以博物馆里悬挂的是复制品。其中有一幅这位诗人的著名肖像，他身穿专门定做的奢华军服。

还有一幅复制品是德拉克洛瓦画的《迈索隆吉废墟上的希腊》。这是我第一次为褪色的复制品深深感动。一个受凌辱的妇女身着希腊传统服装，袒肩站在建筑废墟上；一只死人的手从碎石瓦砾中伸出。背景中，一个头缠布巾的入侵者竖起一面旗帜。毋庸置疑，对这个美丽女性的强暴是一种犯罪。这幅画讲述了一个关于迈索隆吉的很有影响的故事：一八二六年，拜伦去世两年后，这里遭到第三次围攻，镇上的人试图突围。在著名的"大突围"中，几千人被杀害。这个城镇将永远哀悼自己的过去。

走出博物馆，我去了为纪念大突围而建的纪念公园。这里矗立着一尊优雅的、或许过于理想化的拜伦雕像。在严冬的阳光下，他的表情让我想起沮丧的孩子。当我站在那里盯着雕像看时，一位正在打扫棕榈树落叶的市政工人停下脚步和我攀谈。

"人们不知道这次普通老百姓勇敢抵制土耳其人的行动。"他说,"他们以为是拜伦赶走了土耳其人……拜伦!我们赶走他们之前,他早就死了!"

我知道拜伦不是战死的,我想他是死于疟疾。(这太容易理解了,在希腊我每天晚上都被蚊子虐待。)那人挂着扫帚,急切地要给我讲另一个版本的拜伦勋爵之死,他认为这个故事是真的。

"英俊聪明又有钱,可不一定总给你带来好处。"说完,他继续扫地去了。

作为见证者的一八二四年

CARTE POSTALE

Rio-Antirrio Bridge

迈索隆吉一直是个低洼滞水的地方，一年中有好几个月几乎都泡在水中。这是个和海平面齐平的小渔镇，周边有很多湿地草甸，雨季时，街道会变成沼泽。有时候，好像整个小镇要被大海吞没，沉入泥泞之中。有一天它可能会和这个世界割裂，消失不见，只留下仅有的那些居民：千百万只蚊子，还有城墙潟湖区用杆子架起来的房舍里的几个打鱼人。

最近几个月，迈索隆吉涌来了一群又一群饥肠辘辘的苏利人[①]，是那些从伊庇鲁斯来的让人捉摸不透的、报酬很低的士兵。有人预言，对镇上人来说，这些人比潜伏在周边的土耳其军队危险得多。两年前，土耳其人的那次围城就没有成功。

街上一片喧嚣，士兵四处转悠，有些是在执行任务，但其他的人或是酒气熏天，或是吵吵嚷嚷。商贩的叫卖声嘈杂刺耳，其中数卖鱼的嗓门最大。

在这种不太宜人的氛围中，传言四起，说英国贵族拜伦勋爵已

[①] 希腊人和阿尔巴尼亚人的混血后代，原居古伊庇鲁斯地区，后因躲避战祸移居苏利山区。

经出发,前来帮助迈索隆吉人,也可能是前来帮助全体希腊人民。

拜伦勋爵从英国自我流放,找到了他的终身使命:让自己和希腊结盟,把她从土耳其人手中解救出来。很多年来,诗人一直热爱希腊,他深情地相信这个国家(这个诞生民主的地方)必将独立,相信这里被压迫的人民在未来应该得到自由。

他赞助了一大笔钱(其中大多数来自于他的畅销诗集),支持西希腊地区行政长官——总司令亚历山德罗斯·马夫罗科扎托斯。在拜伦眼中,他是希腊领导人中最沉稳的一个。众所周知,他成功击退了土耳其人对迈索隆吉的第一次围攻。

马夫罗科扎托斯不失时机地宣传拜伦要来此地的消息,宣传他写给拜伦的辞藻华丽的信,致使拜伦头脑发热,自我膨胀。

"我仰仗阁下保障希腊的前途命运。"马夫罗科扎托斯写道。

等信使来到岛上,确认了拜伦的抵达时间,整个城市里人人都兴奋地议论着。每家都数着日子,等待他的到来。

"我想去看他,求您了……"德斯皮娜·迪蒙希斯央求父亲,她的父亲是一位富商。

所有的人,甚至包括十六岁的女孩们都陷入一片狂热,期盼着他的到访。在这个灰蒙蒙的沿海小镇,大家都热切期盼着这样一件丰富多彩的事。

德斯皮娜的妹妹弗蒂尼也吵着要去看。

"街上不适合年轻女孩去。"父亲埃米利奥斯·迪蒙希斯态度坚决地说道。

直到发现妻子艾利尼也像女儿们一样渴望去看热闹,埃米利奥斯的态度才变得温和些。他会在附近和一群当地的显贵参加一个欢迎聚会。她们的母亲和女仆也会陪着孩子们。毕竟这是个历史性场面。拜伦勋爵对军队的慷慨捐献或许会拯救希腊,令其摆脱土耳其的压迫。他可能就是这个国家的救世主。

"他可不仅仅是一位著名诗人。"他妻子顽皮地笑着说。

一月初的一天,一大群人聚集在码头,有普通市民、商人、政府官员、神父和士兵。人们翘首以待,等着一睹拜伦的风采。诗人走下船,士兵们的毛瑟枪向空中齐放,迎接的礼炮响起。

紧接着的是礼仪惯例,有各种繁文缛节的官方欢迎仪式。尽管一路颠簸,感觉不适,拜伦依然亲切和蔼。他发表了简短的讲话,得到了阵阵掌声。

两个女孩德斯皮娜与弗蒂尼和她们的母亲一起站在为妇女准备的区域。因为比别人矮了一些,她们三人的视线被挡住了,只好伸长脖子,试图看拜伦一行一眼。

"我什么也看不见。"弗蒂尼抱怨说。

"我能看见!我能看见!"姐姐夸口说,"我什么都能看见!"

艾利尼踮着脚尖,朝着相同的方向看去。远处,一个男人左右有两人陪同,陪同的人比他高一些。这就是大家等待的人?他看上去没什么特别的。

拜伦疲惫地看着聚集的人群,想起自己绝不能辜负大家的期望,得演好他们盼望的这场戏,于是他优雅地挥手致意,朝着大家微笑。

从凯法利尼亚一路而来甚是不易,有时候拜伦的身体状况很不好。跨海颠簸辛苦异常,现在他很高兴踏上了陆地,从上岸的地方到为他准备好的住处,只有短短一段路。

看着诗人艰难地向她们走来,站在艾利尼·迪蒙希斯边上的女人说:"他好像腿瘸呢。他是瘸子吗?"

"我想是的。"艾利尼回答道。这个男人和她想象中的拜伦不一样,完全不一样。

她的两个女儿没有听她们聊天。女孩们沉浸在当天的兴奋情绪中,沉浸在那一刻斑斓的色彩和壮观的盛况中,这些不容破坏。

他走了过来,人群分开,给他让出通道,女孩们意识到他正往她们这边看。拜伦勋爵身穿醒目的红色军服,戴着金色肩章,比她们期望的还要帅气。

德斯皮娜不是人群中唯一一个热切地盯着他看的女性。拜伦已习惯于成为焦点,习惯被千百双眼睛凝视。他鼓励别人关注他,并沉浸于此,喜欢人们的奉承。

他喜欢给人留下深刻印象。若非如此,他就不会打扮成那种样子,不会包裹异域风情的头巾,或者戴着专门定制的奢华头盔,把自己装扮成伟大的希腊战士的模样。

拜伦喜欢被人爱戴,然而更为重要的是,他需要有个表达自己爱意的对象。如果爱的驱动力没有一个停留的地方,他就感觉不到自己还活着。纵使在茫茫人海中,他也能一下子找出那个钟情之人。只要察觉到他短暂的青睐,女人们就会晕厥。

他长着深色睫毛的眼睛在人群中扫来扫去,最后对上了德斯皮娜的目光。他满心好奇地盯着她看,毫不掩饰挑逗的意味。

他们一行人走近女人们站的地方,德斯皮娜看到两团清澈的目光。背景中,地中海无边无际地伸向远方,锁住她双目的眼睛也如海洋般深邃。她发现自己淹没在了一片带紫罗兰色斑点的蓝色和灰色中。拜伦的眼睛犹如暴风雨中的春日天空,激情四溢,变幻莫测,美丽至极。她并未躲闪,而是大胆地凝视着他。

他沉醉地看着她从未在阳光下曝晒过的奶油色肌肤,看着她纤细的腰,看着她脸颊上的一抹绯红。他知道,这是因为自己正聚精会神地看她。他一下子想起了自己的"雅典女仆",一个自己在闲暇时与之调情的女孩。德斯皮娜孩童般的脖子、小巧的耳朵和鼻梁,令他大饱眼福。

德斯皮娜的妹妹已将注意力转往别处。在拜伦勋爵身后不远处,弗蒂尼注意到一个身材修长、深色头发、表情阴郁的男孩。从举止上难以看出他是拜伦的朋友还是仆役。

男孩背着几个包,实际上他是拜伦的贴身男仆。虽然对这位英国贵族救济他在扎金索斯的家人感恩不尽,但成为拜伦不断挑逗的对象已经令他觉得难受了。

"看呀!德斯皮娜,你看呀!"弗蒂尼拽着姐姐的袖子说,"快看那个男孩!"

德斯皮娜的眼睛只管盯着那个年长的看。

"看他的嘴,"她咯咯笑起来,不理会妹妹,"它在说'吻我吧'。"

拜伦轮廓分明的嘴唇像他的眼睛一样不同寻常。

"姑娘们,小点声吧,求求你们了。"母亲开口了。

连女仆都为她们的话难为情。大庭广众之下,这可不太得体。

弗蒂尼对那个头发里夹杂着几缕银发,还有些跛脚的老男人不感兴趣。她还在盯着那个漂亮的男孩,男孩板着脸走在队伍的最后。

拜伦一边往他的新家走,一边回头看了一眼德斯皮娜。他知道她也一定在盯着自己看。这次,她忧郁而多情的面庞如闪电般震颤着他。走开时,他感觉脖颈后灼热难耐。

就是这个关键时刻吗?德斯皮娜深情热切的"一瞥"对拜伦施了魔咒,它成了一个转折点,成了他生命终结的开始?

弗蒂尼很快便忘了"小王子",这是她给拜伦勋爵的贴身男仆卢卡斯起的绰号,但德斯皮娜难以将拜伦勋爵的形象从脑海中抹去。很多天以来,她萎靡不振,不睡不吃,身心无法从孩童般的迷恋中解脱出来。

"来吧,德斯皮娜,"女仆哄着她说,"你得试试,吃点东西。"

不远处,拜伦也躺在床上,辗转反侧,发起烧来。一阵阵的痉挛和晕厥让他愈发虚弱。

当医生在他床边皱着眉头一筹莫展时,一个女仆阴郁地说:"就是那双眼睛,有人用邪恶的眼睛诅咒了他!"

"这里没人盼着拜伦勋爵出事。"一个外国医生斥责道,他正在全力抢救虚弱的拜伦,"只有土耳其人才盼着他出事!"

女仆不再说了。一位英国医生可不会听没受过教育的希腊女人胡说八道。在他看来,用邪恶的眼睛咒人是妒忌,是盼着别人出事。这很容易理解,就是诅咒。他很熟悉这个,拜伦在自己的诗里提过("看到他邪恶的双眼,我恍然明了,他因妒忌而背叛,正是受此眼之助")。医生不知道的是,不仅仅是妒忌和仇恨的眼睛的一瞥能投来诅咒。

"你这蠢货,是拍马屁害了他。"女仆低声说。医生和随行没弄明白的是,钦慕也会为邪恶打开大门。等医生们出去后,她端起诗人床边的一小杯水,往里面滴了一滴油。油滴马上沉底,验证了她的想法。的确有邪恶之眼在诅咒。

三月间,拜伦一直病痛不断,经常头痛欲裂大汗淋漓。照料他的医生很绝望。除了放血,他们想不出别的治疗方法。然而放血让他更虚弱,他的健康状况日趋恶化,大家的惶恐、争执和无能丝毫不能令情形有所好转。

　　许多个星期以来，德斯皮娜每天都很难过，她坐在窗前，满怀希望地静静等待。一次，她远远瞥见拜伦勋爵骑在马上，渴望能再看他一眼。小道消息说，他卧床不起，神志不清。听到这消息，德斯皮娜夜不能寐。

　　四月的一个下午，海天一色，一片青灰。大雨狂击窗棂，她焦虑万分。外面阵阵狂风呼啸，似乎要穿墙而入。她在屋里踱来踱去，坐立不安，看不下去书，也绣不成花。上个月发生了一次地震，现在又天气无常，让她有一种末日的感觉。突然，一道闪电划破天空，坠入大海。

　　第二天，拜伦的死讯传出，全城惊骇。最为痛苦的是德斯皮娜，她从未如此失落，如此空虚。

　　这是她一生中第三次凝视她的偶像。这次他躺在圣尼古拉斯教堂里，在棺木中。众人又一次环绕，但这次不是欢迎他到来，而是哀悼他离世。他双眼紧闭，魅力不再。

　　迈索隆吉一片哀伤。要塞炮声齐鸣，复活节的庆祝活动取消，商店和公共场所关门。三周的悼念活动宣布开始。在原本计划下葬的那天，大雨滂沱，葬礼只得推迟。第二天葬礼举行时，成千上万人伫立在街头送别拜伦。

　　没人比德斯皮娜流了更多的眼泪。她的眼睛哭得又红又肿，全然忘却了拜伦曾经给她带来的伤害。几年后，人们还在谈论到底是莱姆病[①]、疟疾、癫痫，还是水蛭用得过多使拜伦丧命。各种说法层出不穷，人们争执不下。

[①] 一种由蜱虫叮咬传播的传染病。

拜伦的那个女仆余生都在说发出诅咒的眼睛威力无比,但没人会指责天真无邪的德斯皮娜。她从来没有对别人那样"嫣然一笑",所以不会背负犯罪的包袱。

"如果他们让我驱逐邪恶之眼,"女仆说,"可爱的爵士现在还会和我们在一起。"

他们要是听了她的话该有多好。

我不确定自己是不是特别相信咒语这回事，但"眼睛"具有某种保护力量的说法吸引了我。这种说法在不同信仰、不同大陆和不同文化中都存在，现在我总会在钥匙链上拴一个"眼睛护身符"，以防万一。

　　在迈索隆吉逗留期间，我读了很多关于拜伦的书，最后为他深感惋惜和悲哀。他身上有种野性的魅力，没有几个人能抵御，很容易让女人爱上他，但他最深的感情是留给男人的，而他们常常不理睬他的爱。他一生的最后几个月不仅神志不清、病入膏肓，还饱受情欲折磨。他无望地爱着一个男孩，没有得到任何回应。

　　拜伦伤心欲绝，几次想死。过去的几个星期，我也有同样的感受，我坦然承认，有几次我的确不想活了。

　　一八二四年一月，拜伦写下了这样一首诗，这也是他的最后一首诗：

　　　　此时这颗心应停止跳动，
　　　　只因别人的心无动于衷；
　　　　我不能被爱，
　　　　但让我爱吧！

> 我的日子如黄叶凋零，
> 爱的花朵和果实已无踪影，
> 唯有蠕虫、毒痈和悲伤与我共存！

三个月后，拜伦离世。这是他对爱情和人生写下的告别辞。我不知道是不是对那未成年男孩的愚蠢爱恋将他摧残至死。谁又知道呢？但这份爱恋在他的生命渐渐消逝时弄得他郁郁寡欢。我过去想的是爱情能给我们多少幸福，但如果无人回应，爱情给予我们的便只是更多的痛苦。我相信是爱人的拒绝摧毁了拜伦，我会被你的拒绝摧毁吗？

这几个星期入住的酒店异常糟糕。酒店建于军人独裁时期，自一九七〇年起就没再修缮过。我把桌子挪到阳台窗户前，以便写作时能看到大海。这里没有电视打扰，浴巾像砂纸，床单是灰色的，情况还好，至少他们每天来换一次。我一反常态地慢慢喜欢上了这个酒店。一晚上二十欧元，你还能期待更好的服务？这个空旷的酒店入住率只有百分之十。主要的好处是，这里没有什么东西非得和圣诞节联系起来（没有机械地唱着歌的圣诞老人，没有那些装饰用的小玩意儿，也没有圣诞歌曲），只有前台放着一个用灯组成的漂亮船模。希腊很多地方都用这种船模代替圣诞树。

一个人过圣诞节让人心神不宁。我给弟弟打了电话，电话那头，孩子们在唱"铃儿响叮当"。我感到孤独无助。那一刻我差一点结束旅途飞回家去。我很幸运，在希腊，圣诞节不像在英格兰那样没完没了。对大多数人来说，圣诞节就是放假一天，生活很快就归于常态。总的来说，我在迈索隆吉的日子收获不小，书稿也写了不少。我时不时抬起头，透过脏兮兮的窗户遥望大海。

十二月的最后一天，我离开了迈索隆吉。那天晚上我去了一个地方，但再也不想提起它。纵使在生活美好的时刻，我也厌恶新年之夜，于是我设法找了一个连鸟儿都不唱歌的地方。虽然我心情不好，但世界还是朝着新的一年旋转。我知道，再有几天我也会遇到一个转折点。

　　几天后，我绕道去了一座名叫阿尔塔的可爱小镇，随后去了普雷韦扎。我入住酒店时已经很晚了，就像旅游季已过的大多数地方一样，镇上静悄悄的。然而第二天，这个地方完全变了样。

　　那天早上，天刚蒙蒙亮，我就被钟声吵醒了。钟声持续了一段时间。停止时，一个声音响起。神父宣告礼拜开始。打开百叶窗，我看到钟楼就在窗户对面，顶上装着一对巨大的老式扩音器。我知道肯定无法再入睡，于是穿好衣服，晃晃悠悠地下了楼，走进广场。

　　我根本无法进入教堂，里面挤得满满的，外面还有几百人，大家都伸长脖子，想看看里面发生了什么事。

　　我想喝杯咖啡，就往海边溜达，想找一家咖啡馆。等我从狭窄幽暗的街道拐出来，意想不到的是，肌肤一下子感到阵阵暖意。我抬头望见灿烂的阳光正照耀着海面。最近几天，希腊大多数地方都下了雪，但在这座海港小镇，温暖的西风令气温陡升。这在希腊被叫作"宁静的日子"。一月里，如果春天惊鸿一现又瞬间消失，希腊人一点也不会吃惊。

　　真是美好的一天。不仅教堂里人头攒动，水边也有几百人。大家聚集在一起，似乎期待着重要的事发生。人人都精心准备了一番。有些男人身着正装，当然很多人都脱掉了外套。女人盛装打扮，为了给朋友留下深刻印象。只有渔民一如既往，在船边叫卖着他们头天晚上打上来的鱼。

这一天是一月六日，希腊的公共假日，海边的一排排咖啡馆里没有一张空桌。我询问一对夫妇可否让我和他们坐一张桌子，他们犹豫了一下，同意了。要了一杯咖啡后，我问他们发生了什么。

"是主领洗日。"妇人答道，好像我该知道这些。

"就是主显日？"我试探着，"智者到来？"

"在希腊东正教中，我们庆祝的是另外一件事。"她说，"我们相信这一天是耶稣受洗的日子，是他第一次以上帝的名义出现。神父把十字架扔进大海，为海水祈福。"

看到我真的感兴趣，她继续给我解释。

"他们说，圣诞节时小妖精们会出来，他们爱搅和，爱惹事。今天，我们把他们一扫而尽，就可以再出海了。"

"大海对我们极其重要，还有海岸线和海岛，都很重要。"丈夫动情地附和着，"你知道的，大海在我们的心灵深处。"

我放眼望去，在滨海大道那边，人们更加活跃了。

"他们在水边做什么？"

"列奥尼达斯会告诉你。"妇人说着大笑起来，"他年轻帅气的时候，参加过这个仪式。"

她充满爱意地摸了一下丈夫那胖胖的肚子。

"现在，我会像石头一样沉下去！"他开起玩笑来，"我老婆做的饭太好吃了。"

我特别喜欢这对夫妇。他们俩很般配，十分融洽，看起来依然相爱。

列奥尼达斯在本地做律师，特别想引经据典地告诉我典礼是怎么一回事。他妻子朵拉以前是老师，现在已经退休了。

"一会儿，神父要往海里扔十字架，在那边的男孩们要跳进海里去把它找回来。"

"所以这就像是宗教游泳比赛?"我问道。

"是的。"他说,"年轻的时候我也参加过,就一次,还有我上学时的好朋友乔治。"

"列奥尼达斯……你还用讲那个故事吗?"他妻子说,把手放在他胳膊上阻止他。

"为什么不讲?不管怎么说,结果还不坏。"

她和善地看了他一眼,表情有些痛苦。

"看!"列奥尼达斯说道,"他在那儿!你能看见吗?"

"是的,"她指着那个人给我看,"戴黑帽子的。"

不远处,我看到有一个人在看着海水。

"可怜的老乔治。"她说。

镇上的年轻男人都严阵以待,准备跃入海中。

神圣的大海

Clock Tower, Agios Haralambos, Preveza

GREECE

ΕΛΛΑΣ

Printed in Greece

二〇一〇年一月六日,乔治·齐拉斯在教堂入口处徘徊。越过前边几十个人的脑袋,他能看见远处的过道尽头,神父们身着华丽的锦缎袍,高高的帽子上装饰着珠宝。他们正在念诵古时的词句。其中两位老神父,他从孩提时就认识,所以现在即使他们身着神职人员的长袍,胡须卷曲,他还是以孩提时的模样看待他们。他们一起在尘土飞扬中踢球只是眨眼前的事。

他看着年轻的父亲们走进教堂前厅,亲吻圣像,然后抱起小孩子,让他们也照样吻一下。随后他们从盒子里取出蜡烛,点燃后插在一盘沙子上,让它和盘子里另外一百多根蜡烛一起燃烧。那天教堂里只剩下让人站着的地方。只有很小的孩子能从大人们的腿中间穿来穿去,挤到前排去。

教堂外一小群穿着橘黄锦缎礼服的少年在闲逛。这些拖着脚走路的助理神父们从教堂下面走上来,脸上冒出的青春痘使他们看上去不那么神圣,而是多了几分世俗的味道。他们在等待着,等待抬神圣十字架去海边的时刻。这会儿他们在外面铺好的地上踢着一块石头玩。在海边,一伙年轻人也在等待,准备勇敢地挑战海浪。

二十世纪七十年代末的某一年,在同一时刻,教堂里也是人满为患。一切都有条不紊地按照礼拜仪式的节奏进行着。

那天早上,乔治早早去了教堂,点燃了蜡烛。他衣服里面穿着游泳裤。随后,他站在外面和其他选手一起等待,裹着浴巾,冻得打战。

那个一月的早上,那群站着准备跳入大海的人是经过精心挑选的。他们是镇上水球队的队员,有几个已经是第十次参加这项活动了。作为水球队队员,他们比镇上的市政厅官员或警察更有地位。参加主领洗日仪式,潜水去找神父扔进海里的十字架是他们的特权之一。但对最新加入球队的乔治·齐拉斯来说,他很难享受这体面的荣誉,因为其他队员讨厌他。他和他们一起训练已经很久了。

上个赛季,教练开始让他打重要比赛时,他们对他的厌恶变得十分明显。

新成员的加入通常意味着有人得马上离开。几天前,米哈利斯·尼可普洛斯被告知这个赛季不再需要他了。十年来,他一直是队里的主力,是投球最多的投手,现在却得知自己被除名了。教练直白地告诉他,最后一次比赛就是找回十字架。这个夏季,他十年的队长生涯就要结束。米哈利斯性格倔强,但教练比他更倔强。米哈利斯表面上没有什么情绪,但心里有一颗炸弹开始启动。

教练非常欣赏乔治·齐拉斯在水里的速度和敏捷性,这也是他能够加入水球队的原因。米哈利斯有着小快艇一样的力量,但是犯规太多,成了队里的负担。

游泳平台上方，棕榈叶呈拱形垂下。运动员们就站在这些叶子下面。比起其他队员，乔治年纪小，个子也小。其他人大多在嬉闹着推推搡搡，相互之间关系很融洽。他们中的大多数在水球队打球已经好几年了。令人印象深刻的是，他们基本都体型健硕，孔武有力，那是体能训练和刚刚服完兵役的结果。乔治知道自己永远也成不了他们那样。尽管这个夏天他每天游泳，但体能训练只会让他更瘦。祖母坚持说他像条箭鱼，但如果非得说像某种海洋生物的话，那他真的很像海蛇。乔治在水里见过一次那种像鳗鱼一样的动物。

　　乔治注意到米哈利斯盯着海水往下看，没有和队友们打打闹闹。突然，他抬起头来，用穿透人心的眼神死盯着乔治。

　　年轻的乔治从来没觉得仇恨可以这样有力，立刻转头避开了那个眼神。他打了个寒战，觉得体温瞬间低了好几度，把浴巾裹得更紧了。

　　在越来越拥挤的人群中，玛格丽塔·齐拉斯站在前排，她抱着儿子的衣服。乔治看了她一眼，他需要妈妈给他力量，坚定信念，但他能看出妈妈和他一样紧张不安，脸绷得紧紧的。她努力地微微举起胳膊，向他挥挥手，打了个招呼。

　　那天所有人都上了街，一千多人身着盛装游行，有人穿着参加婚礼的精致衣服，做好了发型，还喷了香水。这不仅是宗教活动，还是社交场合。阳光照在水面上，使人目眩。在水边看热闹的人都把手搭在眼睛上方。有人甚至戴了时髦的太阳镜，这些太阳镜让男人们看上去像黑手党（他们不在乎这个），女人们则有点像杰奎琳·肯尼迪。对有些人来说，互相打个招呼，算算邻居的珠宝值多少钱就足以让他们走上街头。

他们听到镇上的乐队越来越近。神父、随从、市长和市里的达官显贵正从教堂里走出来，还有陆军和海军的驻军代表。每个有制服的人都会骄傲地穿上自己的制服。

乔治四下望去，人头攒动中，他看到了神父的高帽和他们后面闪闪发亮的铜管乐器。大队人马终于出现了，继续朝着海边行进。宽大沉重的长袍拖累着神父们，他们费劲地爬上一条小渔船。一位体重近两百公斤的神父身子一歪，几乎把船掀翻，大家惊愕地倒吸了一口凉气。

平台上的年轻人知道该自己登场了。很快，资格最老的神父就会把十字架扔进海里，而大家会潜入水中，争抢着找到那枚十字架。获胜者会得到特别的祝福，更重要的是，他会在镇上赢得英雄般的地位。十年来，米哈利斯一直是那个获胜者，他毫不费劲地在冰冷的海水里游上一圈，就能找到十字架。

游泳平台上，友好的嬉闹停止了。浴巾被扔在地上，泳镜则被戴到眼睛上。男孩们都盯着小摩托艇。情况有些危险，水快没过载着神父和圣物的小艇了，一个渔夫正在掌舵，开着小艇划过海面。

终于，摩托艇停了下来。有位神父站起来开始讲话。时间刚刚好。乔治感到心怦怦直跳，有些紧张，又有些害怕，他预感到海水会非常冰冷。他还觉得后背被猛地戳了一下，有个人用胳膊肘把他拱出了队伍。每个人都推搡着往前挤。他觉得有人把他往旁边推。提早跳入水中意味着将被取消资格，所以他的脚趾紧紧抓牢平台的边缘。

神父举起十字架，人群安静下来。所有的眼睛都盯着海面反射的金光。神父念咒似的讲话还在继续，但几乎被渔船的引擎声淹没。十字架上拴着一条长长的缎带，神父使劲把十字架扔进水里，再拽回来。一次,两次,等到十字架第三次没入水中,他松开缎带,十字架飞了出去。这就是信号。乔治又感到有人从侧面撞了他一下,把他推下平台的侧边。他的腿被裂开的木头片刮了一下,整个人重重地落入水中。

甚至在游泳时,他都能感到肚子被人踹了一脚,脸也被踢了一下。泳镜从头上滑下来掉进水里。咸咸的海水刺痛了他的双眼,他才意识到泳镜掉了。绿色的海水浑浊不清,围着他的十几个人激起泡沫,令他什么也看不清。他大口喘着气浮出水面,咳嗽着,大脑一片空白,眼睛疼得睁不开。

在他前面,朝着神父的方向有个旋涡。现在所有的人应该都潜在那下面,所以他吸足一口气潜了下去。他小幅度地摆动双脚,辨认着下面模糊不清的那群人,身子滑了过去。一群苍白的人体仿佛合为一体,成了海浪之下一个长着很多条腿的怪物。这些年轻人大概已经接近了十字架。

坊间传说"获胜者"总是预先安排好的,但他丢掉了这个念头,知道自己游得最快,必须赢得这次机会。这时,其他人都憋不住气了,一个个探出水面呼吸。乔治继续潜水。金光一现,他看见了十字架的一角。另一个人也在水下。那是米哈利斯,身体宽宽的,脖子上有一条金项链。乔治接近时,他游走了,他后背上部和脖颈上刺着一排海豚纹样的文身,即使在水里昏暗的光线下也能看见。

乔治想,他应该是浮上水面换气了,现在自己的机会来了。他只有一两秒钟。机会就在于此。

十字架卡住了,卡在一块岩石下。其他人没想到试着把石头掀开,

他们都只是去拽十字架。乔治站在海底，俯下身子。石头滚了一下，他用脚趾轻轻一挑，十字架自由了。他迅速抓住缎带，往上猛地一拉。他感到肺要炸了，耳朵里一阵轰鸣，突然犯了幽闭恐惧症。他双脚踩水，身子上浮，一只手把珍贵的十字架举过头顶，让它先出水，这样岸上的人群就能看见十字架。他喘着气从十几个人的包围中蹿了出来。

有人拥抱了他，亲吻了他的双颊，表示认可他的胜利，但他能感觉到他们的反应并不是真心实意的。没人盼着他赢。

乔治无法透过其他人的泳镜看清他们的表情。不过那一圈人之间出现了一个小小的缺口，他趁机游向小摩托艇。神父俯身接过了十字架。

乔治游回岸边。等他到达平台处，其他游泳者已经站在那里了。有个人向他伸出了手，那是列奥尼达斯，他的校友。他挣扎着上了岸，疲惫而虚弱。妈妈站在那儿，把浴巾递给了他。

他擦干身子，四下一看，察觉到有人不在平台上。突然，他意识到周围的人都在重复一个名字。

"米哈利斯去哪儿了？"

"你看见他了吗？"

"他还在水里？"

人们七嘴八舌，都冲着他发问。

"他在……我看见他……"

没有人听他在说什么。

三四个人又返回水里，朝着发现十字架的地方游去。有一个人朝小艇游去，提醒神父还有人没回来。不一会儿，另外几条船围了

上来,每个人都往水里张望。

人们喊着,叫着,指向水里。看热闹的人群也出现了一阵惶恐。乔治听到了米哈利斯的妈妈和姐妹们悲痛欲绝的哭声。很快就有人传话,去叫附近镇上的一位潜水员。

乔治搜遍翻着浪花的海面,眼前重现着他看到米哈利斯的最后一刻。他想起自己游近时,米哈利斯游走了,好像不是向着他游过来,而是游走。

人们又围住他。

"他在那儿吗?"

"你看见他了?"

"水下发生了什么?"

"是他拿到了十字架吗?"

"他先拿到的十字架,对吧?"

乔治又害怕又恐惧,感到一阵恶心。他能觉察到谣言已经散播开来。大家都知道他和米哈利斯在队里是死敌,也知道他取代了那个比他强壮、比他年长的人。米哈利斯已经成功地让队里的其他人与乔治为敌,这一点无论在水里还是在岸上都十分明显。这是激烈的攻击,比敌对更严重。尤其是上个赛季后,乔治的投球表现令那位经验更丰富的球员黯然失色。现在他们在找米哈利斯的尸体,而且知道他应该是最后一个看见米哈利斯的。

他们找了三天。市民组队沿着附近的沙滩搜寻,认为米哈利斯可能会被冲上岸。有规律的海潮很可能会将他冲到更靠北的地方,冲到延伸到北边的某处沙滩。结果什么也没找到,所以也没有葬礼,故事也就没有结局。米哈利斯的父亲在咖啡馆里很清楚地向大家指出,谁应该是受到怀疑的对象。

警察找每一个人谈话,最后一个是乔治。到了这个时候,他们对两个人之间的关系已经有了印象。尽管有流言说米哈利斯卷入了当地的一些犯罪活动,但人们不想把他们的体育英雄往坏里想。他们忽略了十二月中旬的武装抢劫,在那次抢劫中有两人被杀。米哈利斯的哥哥和叔叔被当场抓获,很快就要因谋杀罪被审判。目击证人都提到过还有第三个人,有些人还盼望着米哈利斯被捕。乔治从来没卷入过这种事情,但没有人在乎这些。相反,他们把他描绘成冷酷无情的竞争者,为了赢得比赛什么都愿意做。没有发现尸体,所以没有证据,乔治不会被捕,也不会遭到起诉,但大家打定了主意坚信有人应该受到谴责。

乔治不能离开镇子。假如像个逃犯一样溜掉,那就是承认自己有罪。去往异国他乡,没有家人,没有朋友,没有过去——没有人会那么做，除非他们有什么事要隐瞒。甚至连他也开始怀疑自己是不是在某种程度上真的有罪。

"人们不想听到的，就不会去听。"他朋友列奥尼达斯说。

教练告诉乔治，球队不能再要他了，并向他道了歉，但如果得不到其他队友的全力支持，他们就无法凝聚成一个团队。他以前的队友继续打球，在全国锦标赛中多次获得荣誉，有三个人还参加了之后的那一届奥运会。

乔治找了份离家开车一小时路程的工作，那是一家包装出口菲达奶酪①的公司。他还和母亲住在一起，但再也没在镇中心露过面。每年四月到十月，下班路上他会在一处荒芜的、人们难以接近的海滩游泳，冬天就直接回家。

米哈利斯"死"后三年，教堂举办了一场哀悼仪式。参加仪式的人很多，可以和主领洗日相比。

将近四十年，乔治一直像影子似的活着。他就在镇子里，但从不出现，最痛苦的可能是看着母亲一天天衰老。他们从不谈及那天的事，但乔治知道母亲承受着压力，因为从那个一月的早上起，儿子便失去了清白，一直没有得到澄清，家族的名誉受到了损害。这也影响了她的日常生活。

来参加主领洗日是他用自己的方式证明自己的清白。对他来说，这是唯一重要的一天，他要高高昂起头。现在参加游泳的已经是他们那一代人的儿孙辈了，但看热闹的还是原来那些人。

他不能到穿着长袍的神父那里请求宽恕，因为没有什么需要宽

---

①希腊最具代表性的奶制品，由羊奶制成。

恕的。想要请求神父免除罪孽,你得先说出自己犯了什么罪。四十年来,他只是孤独地站在那儿,既觉得有罪,又觉得无辜。他是一个没有犯罪的罪犯。

今年像往常一样,乔治看看周围的人群,确定没有和任何认识的人离得很近,那样他会很不舒服。他尤其要躲开米哈利斯失踪那天和自己一起游泳的那些人。

他向左边一望,有什么东西吸引了他。那是一个男人的后脖颈。透过一件廉价夹克衫的领口,他看见了一只海豚的吻状突起。那人几乎没几根头发了,所以图案特别明显。这些年来,文身越来越流行,但在这个年纪的人身上还不常见。

一种强烈的不适感传遍全身,乔治觉得背上出汗了。他前面的那个人戴着半透明的太阳镜和一顶深蓝色帽子,帽檐挡着脸,看不清面部特征。那人站在人群边上。是他吗?真的是米哈利斯·尼可普洛斯吗?这么多年过去了,真的会是他吗?看身高像是同一个人,但他的块头似乎没那么大了。

不管这是不是那个无形中毁了他一生的人,乔治本能地想拉开他们之间的距离。他试图走开,但颤抖的双腿让速度慢了下来。这时,乔治遇到了一个和他还有交往的人(这样的人不多了),是他上学时的铁哥们儿列奥尼达斯,他从没怀疑过乔治的清白。

"乔治……怎么了?"他问道,"你还好吧?"

列奥尼达斯关切地仔细端详这位朋友。乔治的脸一片惨白。

"你没事吧?"他碰碰乔治的胳膊肘,追问道。

"你知道……"乔治声音颤抖地回答说,"还是老样子。你呢?孩子们好吗?孙子们呢?"

"一切都好。"老朋友说。

这时十字架刚被扔进水中，人们蜂拥向前，看着泡沫四溅的海水。今年比往年来的人多，他们用扩音器播放着神父的话。洪亮低沉的声音滑过水面，列奥尼达斯不得不大声喊，让自己的声音盖过神父的讲话。

"你听说了吗？"

"听说什么？"乔治双手拢在嘴边喊道。

"老马科斯·尼可普洛斯昨天死了。"

听到这名字，乔治身子一震。他时不时会瞧见米哈利斯的父亲，但总是避免面对面碰上。

"他的葬礼是在——"

"今天？"

"今天下午。我刚看见告示。"

原来是儿子回来参加父亲的葬礼。这能讲得通。在当前的状况下，这是唯一能让人回来的事。如果他谨慎地躲在暗处，那么除了亲人，别人不会注意到他。乔治非常确定他看到的那个人是米哈利斯·尼可普洛斯。他知道他还活着。

泪水顺着他的面颊滚了下来。

列奥尼达斯一时疑惑不解。听见尼可普洛斯老人家的死讯，他的朋友为什么会这么悲痛？说不通呀。

乔治如释重负，人也快要散架了。洗脱冤屈了，无罪了，清白了。这些话一直在他脑海里打转。

他难以控制地抽泣着，列奥尼达斯搀扶着他。

所以你们必从救恩的泉源欢然取水。①

我们求主赐予这水,圣灵的力量、纯洁和降临让此水圣洁……

神父的声音从海上传来,犹如巨浪滚过。

---
① 《旧约·以赛亚书》,12:3。

主领洗日的仪式非常具有戏剧性，如此引人注目，如此出人意料。在一月看到人们下海有点不真实的感觉，因而给我留下了深刻的印象。伴随着音乐和吟唱，运动员活力四射，这让我期盼英国国教的传统更丰富多彩些。

　　我远远看着乔治的后脑勺，它似乎在诉说他这些年来的默默忍受。他这么多年一直活在可怕记忆的阴影里，无声的谴责给他造成巨大的伤害。他的大半生被一件模糊不清的事耗尽，米哈利斯·尼可普洛斯的再次出现给了他重新开始的机会，这是第二次洗礼。

　　我听着故事，告诫自己不能让时光在折磨中流失。我必须抓住生命，重新开始——还要知道自己犯了什么"罪"。在一月初温暖的日子里，我觉得自己重获新生。这些"宁静的日子"令人陶醉，列奥尼达斯告诉了我"宁静的日子"这种说法的来源。根据奥维德[①]的记载，风神埃俄洛斯的女儿亚克安娜管理着风，她丈夫溺水身亡时，她也投身于茫茫大海。夫妇二人化作了翠鸟。每当亚克安娜到海岸边做窝，她父亲便会让海面平静无波，以保护鸟蛋。据说冬季风和日丽的日子就是为这些筑巢的鸟准备的。我承认，这里温暖的天气也给了我美妙的安宁感。我继续待在普雷韦扎，享受着宁静的日子。每天晚上，我和列奥尼达

[①]奥维德（公元前43—?），古罗马诗人。

斯及朵拉共进晚餐。正像她丈夫夸耀的那样，朵拉是个好厨子。她下决心要把我喂胖。你没有应约而至后的几个星期里，我瘦了好几公斤，衣服变得肥肥大大不再合身。离开普雷韦扎时，我看上去又健康起来。

我从普雷韦扎往东，向卡尔派尼西开去。途中，我在一个地方走错了路，完全迷失了方向，开到高山上一条没修好的路上。有好几个小时，路上就我一个人。我很高兴能够独处，远离文明世界。走这条线路纯属意外，但这条路把我带进了不可思议的景色中。如果不是看错地图，我永远不会看到这样的美景。我开始琢磨起机缘巧合来。错误会不会让我们的人生受益？表面看来是大灾大难的事，实际上会带来好事吗？我愿意心怀这样的期望。至少我开始考虑这种可能性了。在高山上的旷野里，我度过了轻松自在的时光。

艾丽放下笔记本。现在她到希腊已经四天了,每时每刻都很开心。白天她去游泳,在托隆的酒店的沙滩上晒日光浴,下午晚些时候坐车去纳夫普利奥,每天参观一个不一样的地方(城堡、教堂、博物馆——一切都恰如安东尼描述的那样,这个城市美景众多,历史悠久)。参观完,她去广场那儿喝点东西,而后坐上回程的公交车,正好能赶上吃晚饭。到希腊的第二天,她给妈妈写了张明信片,妈妈一定在盼着她的明信片。写好内容,然后贴上六张邮票,几乎留不下写地址的空地,这似乎太老套了。写下对纳夫普利奥热情洋溢的描述后,艾丽笑了。"这个地方很特别。"如果不是有安东尼的明信片做证,她应该不会相信。对于朋友们,她只发了几条短信,配上以大海为背景的自拍照。

艾丽把安东尼的笔记本留到晚上看,在房间的阳台上每天看几个故事。就像这里的气氛一样,她渴望宁静的夜晚、明亮的星星、悠扬的蝉鸣,还有海浪温柔地拍打着沙滩。好像这才是正确的方法,可以私密地、静悄悄地读懂这个陌生人的想法。没有酒吧传来的流行音乐,没有人们打沙滩网球时节拍器似的单调的击球声。有几次,她在地图上查看纳夫普利奥和安东尼去的另外一个地方之间的距离。比较理想的是来个去普雷韦扎或佩特雷的一日游,但咨询了酒店前台,她得出的结论是,如果坐公交车往返,连跑趟卡拉马塔都不可能。她得在那儿过夜。托隆和纳夫普利奥都很让人喜欢,她不介意留在这里。到目前为止,安东尼的描述已令她十分满足。

通过安东尼写的日记和她的亲身经历,艾丽对希腊越来越熟悉了。这个国家的气息、语言的声音、食物的风味和人们脸上的笑容已经深深刻入她的记忆。她明白安东尼为什么决定继续旅行,而不是返回伦敦,去面对沉闷的秋天。这个秋天是有记录以来最潮湿的秋季之一。她很高兴他能远离它。让人无望的灰暗日子对他的情绪没什么好处。

艾丽从来没有过一段很认真的关系,当然也没有人给她带来这么多痛苦。她的女友们都面对过类似的痛苦经历,她总是她们哭泣时可以依赖的肩膀,但从来没有从一个男人的角度想象过这种复杂的情绪。安东尼描述的痛苦看起来很强烈,也很奇怪。

度假的时候,艾丽也是一个人,和她的日常生活没什么两样。她知道酒店的客人发现她总是一个人吃饭会觉得奇怪,但真想戴个牌子广而告之,她一点也不在乎孤独一人。有天晚上,一对六十多岁的和善夫妇坚持让艾丽和他们一起用餐,但主菜上来之前,她就了解得足够多了,比如他们孙女的考试成绩,他们去年坐游轮去了加勒比海。她更愿意独处,所以剩下的日子里,晚餐一结束,她就手里端杯葡萄酒,迅速躲到阳台上去。

那天晚上,艾丽坐在一把简易塑料椅上,把光着的脚趾搭在阳台金属栏杆上。她思考着安东尼说的"自在轻松"的感觉。可能是冰凉的葡萄酒起了作用,她觉得自己有些飘飘然。这一刻,她心中没有任何烦恼。多么珍贵的一刻,难得而又一闪而逝的感觉。她安静又好奇地继续往下读。

我几乎找不到恰当的词语来描述这个国家的美。在这里出生的人们，尤其是从没出国旅行过的希腊人，可能会认定世界上的其他地方和这里一样，也可能他们对此习以为常，这里的美丽已经不再让他们感动。在希腊，我有很多一见钟情的时刻，在那些瞬间，我觉得自己被闪电击中了，希腊语用"keravnovolos"一词描述这种感受。像瘾君子一样，我等待再次被意想不到的景色震撼，使我的心脏几近停止跳动。

　　从他们的雕塑和建筑上可以清楚地看出，在古代，美对于希腊人至关重要。当我透过玻璃罩看到五千年前的文物（比如说，基克拉泽斯时期的雕塑），我可以肯定这些绝对不是功能性的器物。希腊人不仅懂得美，还崇尚美。

　　或许这也是我在希腊看到丑陋的东西会震惊的原因。在路上，我常常因美驻足，有时也会因丑而止步。像其他所有事情一样，这个国家会因为极端而得奖。有些美景被各种巨型水泥建筑破坏，有建好的，也有烂尾的，矗立在那儿等待又一个千年。酒店、工厂、办公楼就这么建了一半就被遗弃了。有时看到已完工的建筑，我会奇怪它们为什么会是这个样子。比如，我吃惊地盯着一栋九层高的建筑看，它有淡橘色的窗户、破裂的水泥墙。有些地方好像没有规矩，风格、色彩、材料根本不协调，就像无政府主义者和防暴警察纠缠在一起。

快到一月末的一天，我看到了一座大坝。一座巨大的但被废弃的水坝。本该用于发电的设备锈迹斑斑，到处是成吨的混凝土，到处是涂鸦，地狱一般的景象，这显然是一种破坏。它将永远矗立在那里，就像一道撕裂的伤口。这是我看到的对美景最严重的践踏。上亿欧元被浪费掉，也让某地的某个人富了起来。我想象两千年后，参观者一定会试图弄明白：古希腊卫城、横跨阿克洛奥斯河的大坝，这两样东西怎么会出现在同一个国家里？出了什么问题？这会像费斯托斯圆盘①一样神秘。

我在那里停留了一会儿。不可能不停留。

就像在纳夫普利奥一样，我觉得自己是个游客，但这次不是领略美景，不是了解历史，而是看被破坏的景致。我还从来没见过这么大规模的破坏。最后我继续前行，想在天黑前拉开与这个地方的距离，越远越好，所以我不停地向前开呀开呀，仿佛在逃离地狱一般朝海边西行。

最终，我来到一个小村庄，我喜欢这里的样子。后来我发现这里离多多尼——一个古时的至圣所不远。村子里大多是传统的老石头房屋，有一个漂亮的广场，广场上有一家咖啡馆和一家小餐馆，我还在一个小巷里找到一家点心店。停车时，我在小教堂旁的告示板上看到十几个葬礼告示。不知什么原因，我总爱停下看葬礼告示。不论你去哪个地方，这都是最显眼的公共告示。如果人们看到熟悉的面孔，就得赶紧反应一下，是去还是不去，因为葬礼会在当天或第二天举行。

我发现，了解谁死了、死者多大年龄，会告诉我一些有关这个地

---

① 希腊克里特岛出土的赤陶圆盘，年代或可追溯至公元前2世纪，双面刻有图案，至今无人辨明图案的意义。

方的信息。如果死者都是八九十岁的老人，那么伤感中会带着几许宽慰。但在这里，在这些耄耋老人的死讯中间，有个年轻得多的男人，他叫康斯坦丁诺斯·阿凡尼提斯。他六十二岁。

我走进小餐馆才意识到，我在告示板前溜达时，店主一直在观察我。

"认识他们？"他问，"你认识上面的人？科斯塔斯·阿凡尼提斯？"

那天我穿了黑T恤和黑牛仔裤，所以他很可能猜测我是来参加葬礼的。

小餐馆里的人挺友善，很高兴这个平静的星期二晚上有生意可做。餐馆名叫"To Tzaki"（希腊语），意思是"壁炉"，在一角有个很大的原木火堆，店主一直让它烧得很旺。这里白天很暖和，但夜里温度会陡降，欢快的火焰是个友好的迹象。

"听说他死了，我们都吃惊极了。"老板娘说，"阿凡尼提斯身体好着呢，棒得很，一天到晚在他的小农场里忙活，从来没耽搁一天。精瘦精瘦的，可精神了，身上一块赘肉都没有。"

她拿来一壶水和刀叉，摆在我面前的桌子上。她一边摆餐具，一边继续聊着。她不像是在和我说话，更像是对着她丈夫唠叨。

"要问我，我就觉得该验尸，可他老婆说不用。那你还能做啥？医生写了诊断书，就这么完了。我可不喜欢他们这样做。"

"埃莱妮……别那么说。"

"亲爱的，太快了。一个人突然死了，老婆没掉一滴眼泪，就埋在土里了。竟然没有人去问一声。"

"咱们这儿很常见呀。"店主转向我说："葬礼二十四小时内就得办。这是传统。我想，送去太平间之前就得办葬礼。"

"话是那么说的，但现在不是有冷冻嘛，我的奥雷斯特。"老婆插嘴说。

"埃莱妮!"

"不管怎么说,反正明天举行葬礼。然后大家会回我们这儿。今天菜单上菜少,因为我把鱼留给明天了,为葬礼后的午餐备着呢。"

"没关系。"我说,"我吃点简单的就行。"

等到妻子进厨房去了,店主探过身来,悄悄地说道:

"我老婆老是不信,但真的,你信我好了,这里没什么犯罪行为。"

他看上去很确定。

"科斯塔斯总是很晚回家,老婆就疑神疑鬼的,她问我他是不是真的一直都在菜园子里……所以我就去看了看。"

店主显然很健谈,但好像同时又有些谨慎。

"你很快就走,是不是?"

他很放心,我不会去村子里到处乱说,于是给我讲了发生的事情。

为爱而爱

CARTE POSTALE

那个冬季雨水很少,所以土地很硬。虽然翻地花的时间比以往要多,但黄昏还能在外面干活,令科斯塔斯·阿凡尼提斯很高兴。那时候太阳正要下山,月亮从山后升起,山上柏树耸立,如排排利刃。

他一直在自己的小农场干活,把土翻了又翻,做好播种的准备。这里只有几公顷,一半都种了柑橘和橄榄。快到八点时,他准备收工。

这不是一见钟情,而是一声钟情。他的铁锹一下子碰到个东西。不是金属碰到硬石头让他牙齿发酸的那种响声,那种当的一声在这处多石的台地总能碰上,所以他总是没完没了地挖土除石。这次是另一种声音,像音符一般的叮咚声,干净清脆,像铃声一样。他以前从没听到过这种声音。

现在天几乎黑了,他弯下腰,想看看铁锹下是什么东西,但已经看不清了。他用手指甲扒拉了一下土,露出来的东西像块白色的大石头。他试着把它弄出来,但卡住了。只能等明天了。他收起工具站起来,向后抻了抻背,能感觉到骨头咯吱作响。干了几个小时的活,身体太累,但这一小块地是早上起床的理由,这是他的生活。

他慢慢穿过隔壁的橄榄园,打亮打火机照着树间小路。菜园子离他停车的石子小径大约一公里远,所有的工具都很沉,他扛着它们,越走越吃力。他在黑暗中走了半个小时。

他并不着急。二十分钟后,他回到村里。虽然晚了,他还是先在售货亭边停了停,然后去了咖啡馆。他想迟点再回家。

夜晚依然凉爽,这会儿又起了风。他觉得肺里吸进一阵凉气。店主人立刻在他面前的吧台上放上一杯烧酒,他很喜欢这种热辣辣的感觉。

"为你干杯。"咖啡馆老板说着把一个玻璃杯放在吧台上,倒进清澈的液体。

科斯塔斯仰头一口气喝了下去,轻轻地把杯子放回吧台上,要

求再来一杯。

他进来的时候,四个男人正在角落里打牌,根本没抬头,只是说了几句,或是笑了笑,算是相互打了个招呼。这里的人们最重视的是宁静平和。墙上高高挂着的小电视机的屏幕上没有图像。

这里没有人对别人感兴趣,人人在做自己的事,每个人的故事也都差不多。大多数人的孩子离开了村子,妻子在家等他们回去。因为观点一致,他们不讨论政治问题。右翼思想的人都去了村里的另一家咖啡馆。没什么好谈的,空气中一片寂静。

一踏进家门,科斯塔斯就听见一声尖叫。

"死哪儿去了?怎么又晚了?饭都凉了!买洋葱了吗?你就不能早点回来?又去咖啡馆了?一直在喝酒?"

他妻子在邻近起居区的小洗碗槽那儿大声吼他。连珠炮似的问题几乎每天都一样,他也总是嘟囔着回应她。

头发灰白、身高和身宽差不多的史黛拉摇摇摆摆地走进屋里,把盘子往他面前一撂,又把一只盘子放在桌子另一头。

他开始埋头吃饭,一勺一勺往嘴里送着饭,根本不抬眼睛。他们之间没话。每天都是这样,已经几十年了。他眼睛盯着食物,而不是妻子。她吧嗒着嘴吃饭,饭屑四溅。她只剩下四五颗牙齿,嚼起食物来很费劲。当然了,她继续唠唠叨叨,吧嗒着嘴发出噪音,肉屑和菜渣径直向他喷来。

电视开到了最大的音量,屏幕分成八个小画面。一个女人和七个男人,每个政治家都在陈述有关经济问题的个人意见,没有解决方案。所有参与辩论的人都在自说自话,都在提高嗓门,想盖过别人的声音。辩论从早上开始,一直持续到夜里。不是在这个频道播,就是在那个频道演。

科斯塔斯的生活分为两部分：白天和夜晚，安宁与噪音。

饭一吃完，他就准备上床睡觉。淋浴房和厕所都在室外。没有热水。六十年来一直是这样。他不在乎洗冷水浴，但对史黛拉来说这是避免洗澡的好借口。有时她皮肤脏得发黑，但屋里光线不足，也没有镜子，她也就不清楚自己干不干净。像村里的许多女人一样，她很多年都没有看过自己的身体。淋浴房外面有个小镜子，科斯塔斯照着它刮胡子，但镜子挂得太高，她没法用。饭总是煮糊说明她的味觉已经迟钝。每天晚上爬上楼梯上床睡觉时，他总会想起这一点。他们俩睡在水泥砌的床上。

她已经躺下了，盖着条薄薄的毯子，在睡梦中翻来覆去，喃喃自语。他在她身边躺下来，眼睛盯着天花板。一束光从窗帘的缝隙间透进来，投射到早已褪色的结婚花冠上，花冠钉在他们床背后的墙上。

终于，科斯塔斯睡着了。第二天清晨，他伴着妻子怪异的磨牙声醒来。他悄然无声地下了床，拾起衣服，蹑手蹑脚地下了楼，从门口架子上抓起车钥匙。不一会儿，他就出了家门，发动卡车，心里祈祷冰冷的引擎发出的噪音不要吵醒她。

天刚蒙蒙亮，等他到了菜园子，太阳会正好升到山脊线上方。他的关节还在疼，但他渴望把那块石头挖出来。

他的卡车是路上行驶的唯一一辆车。二十分钟的路程没遇上一个人。他使劲踩着油门，但速度表的指针还是很少指向每小时三十公里。通常他不会为这种速度烦心，因为他不急于到达目的地。他没有时间压力，既不急着去见什么人，也不急着做什么事。但今天例外，感觉有点不一样。

拐到土路上之后，他感到心跳得很厉害。终于，他在土路边停下了车。所有的工具都在皮卡车斗的防水油布下盖着。他拉出一把大铁锹，又摸出一把园艺铲。在副驾驶位的储物箱里，他放了一小瓶白兰地。他把酒装进上衣口袋，目标明确地向菜园子走去。

到了那里，往地上一瞅，他就看到了那块毫无生气的石头。他要先干这件活计，把石头弄出来才能播种。晚上，大风吹走了几毫米厚的土，等他走近，已经能看见石头更多的部分裸露出来。他用手拨了拨，扫了扫，才发现它有珍珠般的光泽。用铁锹挖似乎太野蛮了。不管是什么，这块石头看上去都很特别，他可不想弄坏了。

整个早晨，他都在用手抠。露出来的越来越多，那好像是一块

平坦的大石头,看不到边。他想不明白,这么多年来,他的西红柿、小胡瓜和豆子的根下面有这么大一块石头,它们居然也能长。最近这个地区有过地震,可能震松了土壤,大石头拱出了地面。从地里清理出这块石头,他的蔬菜才能好好长。

突然,石头好像又冒出来一点,他粗糙的大手摸到一小块鼓起来的东西。他拾起铁锹又往下挖,从四边铲出去一堆一堆的土。一个多小时后,周围就堆起一堆堆小山似的土包。

下午两点了,他脊背疼痛,手上起泡。几小时前,他已经把外套扔在地上,现在汗水浸湿了衬衫。他慢慢走到一排柑橘树前,靠着树干瘫坐在树下。过去几个小时支持着他的,是不时抿上一小口白兰地。

撬石头花的时间比他预想的长,但他铁了心要干下去。尽管因为太用力,心跳得特别快,他还是又干了几个小时才收工。

晚上,科斯塔斯没时间去咖啡馆,直接回了家。他狼吞虎咽地吃完晚饭,洗了盘子,到院子里抽了一天的最后一根烟。妻子又是不停嘴地抱怨他回家太晚,但外面迎接她的是一片安静。

第三天中午,他依然被听到的第一声乐音鼓舞着,确信他的怀疑是对的,这不是一块普通的石头,应该是一块平滑的雕刻过的石头。到了下午两点多,他意识到自己看到的是一位女性丰满的臀部。他把手放在她身体的曲线上,感觉着手掌下冰凉的大理石。到了三点,他扫净了更多的土,从臀部中间的凹处往上,他的手指能摸到精雕细刻出来的脊椎。

六点时,他大约估计了一下,石头已经显露出四十乘八十厘米大的一块光滑平面。他站起来直直腰,看着一天做完的活儿,才第

一次欣赏到眼前的东西。

这是一座人体雕像，女人的身体。现在她的后背全部暴露在外，还依稀可以看到腿、屁股、脖子和无疑是头发的线条。他小心翼翼地用手指抠着土。她俯身趴着，等清出更多的土，他能看到她一只胳膊叉着腰，另一只胳膊只到胳膊肘，没有小臂和手。科斯塔斯是在偏远乡村长大的,这样的东西他不熟悉。他一辈子都没去过博物馆。

他意识到真的不该用铁锹，于是开始用手小心地清理她周围的泥土。

碰触女人身体的记忆已是那么久远，几乎使他有种犯罪感。已经有三十多年没碰女人了，也许是三十五年。最后一次碰触妻子，或者产生想要摸摸她的欲望是什么时候？他已经没有特别的记忆了。他们结婚时，她十八岁，漂亮又性感。二十五岁时也很可爱。等有了两个孩子后，她好像什么都不在乎了。

长胖不是唯一的问题，科斯塔斯已经习惯了妻子比他胖。她不再讲卫生，这一点让他受不了。她几个月不洗头，说不上是她的皮肤还是头发弄得床上到处是难闻的味道。四十岁时，她看上去像六十岁。牙齿掉了，毛发从不该长的地方长出来。科斯塔斯不看别人的老婆，但他也不看自己的老婆。

他又花了几个小时，用手指甲刨着泥土，把土块一块块捡出来，试图挖松紧紧粘在她身上的土。他几乎难以相信自己正在挖这个东西。到了晚上十点，他筋疲力尽。天太黑了，他无法继续挖下去。

等他回到家，桌子上放着一盘食物，妻子已经上床睡觉。那块里面有软骨的肉已经冷了，但他几乎没怎么嚼就囫囵吃了下去，然后洗了个澡。今天他特别用力地抠了指甲里的泥。在菜园子实实在在干了一天活,每个指甲缝里都结结实实地存了泥巴。

淋浴完出来,他凝视着黑暗,一种不熟悉的满足感油然而生。他抽着一天的最后一根烟,听到了猫头鹰的叫声。

第二天,天还没亮,他带着从厨房里拿的刷子出发了。他要用刷子刷干净他发现的宝贝上的泥土。

或许,今天他能看到她本来的样子。

现在他更像一位考古学家,而不是一个园丁。他甚至忘了该播种。

早上,他觉得石头又翘起来一些。他太想看到雕像的脸,但得花点时间,等到整个身体从泥土里弄出来。即使到了那个时候,她也可能太重,根本翻不过来。

他又干了很多天,一丝不苟、小心翼翼,就像对待世界上最珍贵的东西一样对待这个女人。此时此刻,她就是最珍贵的。

在掏她身下的泥土时,他发现了一块细长的小石头。一开始他猜想可能是动物的骨头,后来看清楚了,是根手指。手指轻轻弯着,指甲形状完美,指节间有皱纹。他小心地把它放到衬衫口袋里。过了一会儿,他发现了整只手,那手细腻而脆弱,他小心地拿起来,放在自己的手掌上。它近乎完整,历经很多很多年后幸存下来。他小心地拿着,就好像拿着一件瓷器。他把这只手拿到放外套的地方,放在外套上。遗忘已久的温情在心中升起。

挖掘进行到第三周,一天早上,科斯塔斯被大雨重重砸在屋顶上的声音惊醒。他跳下床,尽可能不弄醒酣睡的妻子,费力地穿上衣服检查了一下,那根食指还在衬衫口袋里,之后便离开了家。

屋外的皮卡吼叫着发动起来,科斯塔斯吱吱嘎嘎地挂好挡,开着车就走。他头一天应该把他的女人盖起来的。

等他到了自己的地盘，发现挖出来的地方又被覆盖了，这次是湿泥浆。自己没能保护她，他生出一种负罪感。太阳升上天空，他用一块布把她擦拭干净，又继续工作。现在地上湿乎乎的，工作进程快了些。他把雕像躯干下的泥巴一块一块弄出来，然后开始清理腿周围的泥。这个过程很艰辛，但他不想匆匆忙忙的。期盼本身已经是一种享受。

随着大腿、小腿和脚踝一点点露出来，他也愈加迷恋她。她个头比他高，从头到脚将近两米长。

又是四五天一丝不苟的工作，她快获得自由了。

咖啡馆的其他人注意到，科斯塔斯来得一天比一天晚。随着白天变得越来越长，他挖掘的时间也越来越长。他们还注意到他现在有多瘦，头发有多乱。他腾不出时间每周去一次理发馆。他们还注意到他好像很开心，虽然邋邋遢遢，但满心幸福。

尽管这些男人通常都保持沉默，但这会儿开始叽叽喳喳地传起小道消息来。

"他好像有女朋友了。"一个人说。

"你是说科斯塔斯？"

"还有什么能让男人改变生活习惯？"另一个人说。

"但他的外表……"又一个人说，"他都不在乎自己是什么样了。"

科斯塔斯·阿凡尼提斯恋爱了。这一点毋庸置疑。他爱上了阿芙洛狄忒。他根本不知道她的名字，但那就是阿芙洛狄忒女神。她在那里躺了上千年，等着被发现，就像古代的睡美人，需要有人唤醒。她的美具有强大无比的感染力。几千年前，就像所有雕刻神像的工匠相信的那样，这个雕塑家不仅相信她代表阿芙洛狄忒女神，而且相信她就是阿芙洛狄忒。科斯塔斯正在体验这种坚定的信仰所散发出的力量。

最终,她脸朝下躺在那儿,全身完整,一丝不挂,完美无缺,性感而强壮。爱与美的女神。科斯塔斯盯着她,极为好奇她的脸到底长什么样,但他会等到第二天再把她翻过身来。

快到午夜时,他用毯子盖住了她。

"晚安,亲爱的。"他在黑暗中悄声说道。

从这一刻到第二天,他一心想着这个女人,梦里都是她的形象。突然,生活中有了一样东西,它超越了日常的艰苦,超越了性情乖戾的妻子的大嗓门,超越了政客们无休无止的辩论,也超越了咖啡馆里那些饱经风霜的面孔,面孔上深深的皱纹表明悲苦已经成了一种习惯。如今,爱情的出现替换了缺失的愉悦。

第二天他到菜园子时,太阳刚刚爬上山头。走过橄榄园,他的心脏就已经怦怦直跳了。把工具放下,拉开毯子,她完美无瑕地躺地那儿。第一束阳光洒在她身上,令她看上去更白皙纯净。大理石里夹杂着的水晶让她闪闪发亮。

他得用从车上拽下的长板条和绳子,把她的身体翻个个儿。这活得六七个男人干才行,但他不想和别人分享这个女人,决心自己一个人完成。花了些时间布置好一切后,第一次翻身失败了。整个过程中,他很怕会把她摔碎。

终于,下午三点左右,所有辅助工具都安排好了。当他往下压杆子时,女人从睡卧的姿势起来了一点点。

在她倒下之前,只有那么一秒钟,科斯塔斯看到了她的脸。只是匆忙看了一眼她的轮廓,就已经足够。

他看到笔挺的鼻子和一只完美的椭圆形眼睛的边缘。雕塑家用凿刀轻轻一点，眼角就显出笑纹。

不仅是身体，她脸上也没有一丝瑕疵。

科斯塔斯喘息着。当阿芙洛狄忒又一次倒下，脸陷进泥土，他感受到了她蕴含的情欲，就像在他之前，任何一个世俗的人看到她时感受到的那样。

他又大口喘着气。持续的急促呼吸很快令他觉得胸口发紧，胳膊疼痛。他知道试图立起雕像用了超出自己能力范围的气力。

科斯塔斯躺下来，希望能缓解这种陌生的疼痛感，他舒展开身子，离雕像近些，把头枕在了她肩上。惊奇的是，她很柔软，他的面颊正好卡进她的颈窝。

科斯塔斯再也没有起来。

等奥列斯特斯到了他朋友的菜园子，一切都太晚了。他注意到朋友脸上挂着微笑。奥列斯特斯伤心不已，轻轻地把科斯塔斯的身体挪到一边。挪动时，他摸到上衣口袋里有块石头。他把那根手指拿出来，然后用毯子把科斯塔斯包起来，那块毯子曾经用来保护阿芙洛狄忒。

奥列斯特斯知道，在田地里，甚至城里发掘古代雕像只是少数人感兴趣的事。这会破坏人们的正常生活。在希腊，如果怀疑建筑工地附近有古代遗迹，建设中的工程（塞萨洛尼基的地铁就是绝好的例子）就得比原计划多花十倍时间。村里没有一个人为发现这座雕像而高兴。谁知道下面还会有什么呢？大家最不想要的就是考古人员在他们的地里爬来爬去，然后禁止他们开发或耕种土地。

他又把雕像掩埋起来，培了一层又一层的土。他花了一个多小时才把土填回去,好像比原来的还高些,然后把地面弄平。

他全速开车回村,去见史黛拉。

"一定是心脏病发作。"她说。

医生同意这种说法。奥列斯特斯到咖啡馆叫人,和村里另外两个人把独轮车弄上卡车,用它去收尸。葬礼第二天举办,但下葬前,奥列斯特斯得去科斯塔斯家一趟。他的朋友躺在一具敞开的棺材里,他小心地把那根珍贵的阿芙洛狄忒的手指放进逝者唯一一身套装的上衣口袋里。他知道科斯塔斯想要这个。

或许多年以后,另一个男人会挖那块地,会有同样的发现。甚至科斯塔斯很有可能并不是第一个这样做的男人……

我想象着科斯塔斯去世时的样子，他肯定幸福而满足。可能这才是最重要的。我认为那几个星期里，对阿芙洛狄忒的情感唤回了他对生活早已失去的热情。希腊人认为有各种各样的爱，一个"爱"字概括不了。这些"爱"之间的界限不甚清晰，但大致是这样的："agapi"是对神和家庭的爱（或许是最理性的），"filia"是对朋友的爱，"erotas"是因性吸引产生的爱。科斯塔斯的生活中已经很多年没有男女之爱了，一时间，他完满地感觉到情爱，又一次充满力量。

在我经过的许多村庄，表面上看去，那些上了年纪的人牙掉光了、头秃了，对自己的长相也没了兴趣，很难想象异性之间还存在着吸引力。如果欣赏美是一种与生俱来的能力，这就很奇怪，为什么大自然只赋予很少的人这种能力，甚至只有短暂的一阵子呢？

我不是鄙视科斯塔斯对美的膜拜。他是被阿芙洛狄忒女神的神力俘获了。过去几个月里，我明白了欣赏美和被美诱惑完全是两码事。以后，我会更谨慎，因为心里清楚被美诱惑也会让人失去理性。苏格拉底曾说："美是短命的暴君。"他说得很对。

我参加了科斯塔斯的葬礼，他的家人邀请我参加葬礼后的午宴。我一点也不觉得自己是个外人。我观察着身着黑衣的史黛拉，注意到她似乎并不比我更悲伤。

奥列斯特斯和埃莱妮帮我在小餐馆楼上租了间房，我在那里待了好几个星期，像在家一样自在。我甚至喜欢上了那几只让人不得安宁的猫，它们总在我吃晚饭时卷成一团缠着我的腿不放。通常我会很不情愿地分它们一口埃莱妮做的可口饭菜。我白天写作，晚上大多数时间泡在咖啡馆里。那里有一个男人（他和奥列斯特斯一起把科斯塔斯抬回了家）教了我三种十五子棋在希腊的玩法："plakoto"、"fevga"和"portes"。玩棋的时候我会忘掉一切，因为玩这种棋至关重要的是一刻都不能掉以轻心。众所周知，十五子棋似乎是最好的隐喻，揭示了生命的原理。运气决定骰子怎么落下，可能是个双六，也可能是一或二，然后由下棋的人决定下一步怎么走。当你的手指把筹码从一个三角形移向另一个三角形时①，运气、技巧、经验、智慧、愚蠢、粗心大意和精力集中，一切都会起作用。我竟然偶尔还能下赢他。

到这个村子两个月后，书稿完成了一半。尽管奥列斯特斯和埃莱妮表示反对，我还是觉得应该继续前行。埃莱妮已决定将我介绍给她未出嫁的外甥女。

"她是个老师。"她说，"三月底她要从阿尔塔到这里来度假。她快三十五了。你们俩有很多共同点，而且你需要个好女人！"

"她不会想要我这把年纪的男人。"我坚持说，"我都四十五了。"

"嘿，你还是很帅的。"埃莱妮亲切地抚摸着我的脸说。

我得乖巧点，但最不想要的就是再开始一段新恋情。我没准备好，也没有兴趣。

其他的不说，希腊还有很多地方值得去看。小餐馆里我吃晚饭时总会坐的那张桌子上方，墙上有幅旧招贴画。看上去像是照片集锦，

---

①十五子棋的棋盘上印有三角形图案。

那是矗立在一块天然柱状岩石上的古老修道院，从地面上没法上去。

"你一定得去看看。"埃莱妮坚持说，"很值得一看。"

"她说得对。"奥列斯特斯一味地同意妻子的观点，"值得去。"

我向夫妇二人保证以后会来看他们，答应会给他们带本自己写的书（奥列斯特斯和我花了很多时间讨论雕塑的魅力），随后收拾好行李。一天早上十点，我伤心地离开了村子。在这里，我找到了真正的平静。

下一个目标比前面的更有计划性。

旧招贴画并没有充分表现迈泰奥拉超脱尘世的奇异景色。我觉得自己来到了另一个星球。迈泰奥拉的意思是"悬在空中"，修道院位于我头顶上方很远的地方，看上去就像是悬在空中，在六百米高的峰顶上。两千五百万年前，和修道院所在的位置一样高的都是水域，后来出现了大裂谷，水穿过岩石冲向爱琴海。多年以来，在风雨的侵蚀下，此处形成了这般神秘又壮观的地貌。

一千多年前，为了抵御尘世和肉体的诱惑，苦行者们爬上峰顶，找到了岩石中的风蚀岩洞。云端之上，远离尘世，他们找到了一种苦行的方式，让他们与上帝联系在一起。

又过了几百年，工程上的奇迹出现了。一些修道士把岩石背上峰顶，建了二十四所修道院中的第一家。今天依然留存着六所修道院和一个小小的修道士群落。与他们相伴的只有圣人们的画像。他们远离尘世，更接近天堂。

爬上陡峭的台阶去参观位置最高的大迈泰奥拉修道院，我很好奇过这种离群索居的生活对那几位住在这里的修道士有什么影响，依旧会带给他们精神上的安宁吗？

在离修道院很近的卡兰巴卡镇，我遇到一位神父。我们俩都在取款机前排长队。这长长的队伍与周边氛围不甚和谐。我们俩攀谈起来，先是说希腊银行对取现金的限定（限制制度执行了数月，到现在还在持续）。"就我个人来说，一天六十欧元没问题。"他对我说，"这比我一个月的开销还多呢。"

我猜这是真的。我问起修道士们在这个偏远地方的生活方式，他告诉我远离尘世离群索居的生活并不适合每一个人。他头一歪，指向我们头顶隐约可见的修道院，告诉我几年前发生在那里的故事。

山顶上的男人

CARTE POSTALE

Exterior of the church of Agios Andreas, Patras

起居室的电话响了。一个高大健硕、大约四十五岁的男人从电话听筒架上抓起听筒,电话那头没动静,但他知道是谁打来的。

"扬尼斯!"他对着另一间屋子大喊道,"过来,赶紧过来!"

扬尼斯出现在他面前。

"告诉那个女孩别再打电话了。"他生气地说,"在学校你见她见得够多的了。"

他狠狠给了大儿子一个耳光。

"你怎么就不能像你弟弟一样?"

迪米特里斯正在角落里静静地看书。前不久,他宣布自己要去当神父。他们学校有位老师带着一群男孩去圣山①参观了一所修道院。修道院离他们住的地方只有五十公里。那次参观后,迪米特里斯便与从前不一样了。

"我得到了召唤。"他对父母说。和哥哥扬尼斯不同,他从来不踢球,从来不惦记女孩,一味地勤奋学习。现在他最为关注的就是上帝。

---

① 希腊政府承认的宗教自治区域。

外祖母和他们住在一起。无论在火车上、公交车上还是大街上，她总是不停地用手在胸前画十字，叨念圣父、圣子和圣灵。无论什么时候看到路边的纪念碑、小礼拜堂或是大教堂，她都要前去拜谒。不出几百米总是会看到一个。在迪米特里斯去圣山参观之前，除了外祖母在复活节时带他们去教堂以外，看见这些教堂之类的建筑就是孩子们现实中最接近宗教的生活体验。父亲的宗教信仰是清静和酒。如果他不想让老婆去教堂，她就不能有异议。她常常是他酗酒后家暴的牺牲品，所以她可不想挑衅丈夫。

然而听到迪米特里斯的决定，外祖母的反应像被人扇了一耳光。

"我的上帝呀！"

她自己是个虔诚的女人，但怎么能让外孙把一生都献给上帝？这完全是两码事。他哪来的这主意？简直疯了。

"你就不应该把圣山的照片贴在他屋里的墙上。"她对女儿说，"一开始你就不应该让他参加这次旅行。你们把事情给搞糟了！对他这个年纪来说，这太不正常了。"

母亲觉得是青春期的问题。一个儿子祈祷，把《圣经》放在床头；另一个儿子长着青春痘，把肮脏的杂志掖在床垫下。她希望两个儿子都摆脱掉各自的毛病。她丈夫威胁说，儿子们要是不改就揍他们。

过了几年，扬尼斯不再长痘了，但迪米特里斯真的去学习如何做神父了，并最终被送到一个离家很远的地方。迈泰奥拉离海很远，在一千米高的空中，石灰岩柱上有二十四所修道院，只有几所还在用，它们摇摇欲坠，岌岌可危。神父们好像活在这个世界和另一个世界之间，悬在人间与天堂之间。岩柱阴影下的房子永远见不到太阳。

每年，扬尼斯都会长途跋涉去看弟弟。对他来说，每年一次的拜访是他和这壮观之地的唯一接触。当开着最新款跑车疾驶在始于卡尔季察的大路上,他觉得肾上腺素激增。这不是因为隐隐看见了前方偏僻神秘的修道院,而是因为能踏上几乎空无一人的大路。

每次去迈泰奥拉,他都开一辆比上次更招摇的车。弟弟刚上山的时候,他开着尼桑过来,后来变成宝马,今年是红色保时捷。不巧的是,弟弟从来没见过他的车,因为他得把车停到比较远的地方。

通常，扬尼斯每年都早早来，总是遇到雾蒙蒙的天气。这个月，希腊这个地区雪下得很大。等锁好车，他才心烦地意识到自己忘了带适合替换的鞋。他那双小山羊皮平底鞋根本不适合爬通往修道院的山路。长长的上坡路，要穿过古树丛生的森林，树叶会在脚下形成湿乎乎的地毯。

他不得不每一步都集中精力。雾气浓重，五米以外的东西都看不清。到小山顶时，他看到自己从云端冒了出来。

现在他能看清修道院了。没几分钟，他就走上铺着鹅卵石的小径，来到大门前。站在那儿四下望去，穿过波涛汹涌的云海，他看到一个身影出现了，毫不费力地从空中飘来。

扬尼斯笑了，迪米特里斯好像乘着宇宙飞船过来了。

迪米特里斯走出小小的缆车车厢，向哥哥走来。他手里拎着个蓝色塑料袋，里面装着满满的食物，那是当地一个商店每个星期给他留在山下的。

扬尼斯上前拥抱了弟弟，闻到了没有洗澡的弟弟皮肤和头发散发的怪味。他看到弟弟的胡子打了结。长袍外面套的手织黑色开衫上有好几个洞，袍子上的斑点不知是洒到上面的汤还是牛奶，反正是洒上了什么东西。他很吃惊一年来弟弟的外貌变化这么大。

"这样上来真不错。"扬尼斯评判了一番，"我还以为上帝来了呢。"

"比过去的老方法安全多了。"迪米特里斯微微一笑。在用上小缆车之前，修道士们用网把人从下面拉上来。

他们一起向修道院大门走去，扬尼斯注意到弟弟跛着脚。

"你的脚……"他问道。

"脚没事，没事的。是拖鞋断了。我得缝缝拖鞋了。"

绑带磨断了,所以弟弟只能拖拉着脚,让鞋别掉下来。

扬尼斯很恼火,想到自己的鞋可能也得扔了。连袜子都湿透了,他感觉自己的脚趾冻木了。

迪米特里斯头上和脸上浓密的黑色毛发下,是苍白纯净的皮肤,那是因为修道院高高的墙阻挡了大自然的影响,这里白天从来照不进阳光。他脸上几乎没有一道皱纹。尽管满脸胡子,但他看上去就像个孩子。

酗酒、吸毒、抽烟、熬夜和晒太阳,这些生活的乐趣——当然也是恶习——让扬尼斯显得苍老。除此之外,还有持续的焦虑。他要费尽心思想些歪门邪道去躲债逃税。尽管生活方式堕落,但他的体形保持得很好,他总是抽出时间,有规律地去健身房锻炼。他在健身房里练举重,并且时不时跑个半程马拉松。

迪米特里斯没有认真研究哥哥。他只注意到扬尼斯夹克上花里胡哨的徽标。他们俩穿过修道院时,身边燃烧的蜡烛散发的味道掩盖不住扬尼斯身上须后水的浓烈香味。

迪米特里斯把装食物的袋子放进大门旁边的一个碗橱里。兄弟俩穿过小礼拜堂,走进修道院。

墙上的壁画是希腊最珍贵、最稀有的画作,是四百年前一位从克里特来的画家赛奥法尼斯①画的。他在圣山也画过这样的画。现在他们身边那些脸上也一样呈现出欢愉与悲伤交杂的表情,希腊人称之为"harmolipi",它在那次旅行中对迪米特里斯影响很大。

他们面前的一张矮桌上放着一个大盘子,里面是切成小块的圣餐。爬了很长的山路,扬尼斯突然觉得饿了,但他不想吃圣餐。

迪米特里斯注意到哥哥的左脚紧张地上下甩着,每甩动一次,鞋上一个小小的马镫形饰物就闪一下。他意识到扬尼斯需要抽烟了。

"我想,你们这儿规矩没变吧?"扬尼斯问道。

的确有些讽刺意味,这里不许抽烟,但十六世纪的壁画却被香火和蜡烛熏得越来越黑,快要消失了。甚至连修道院外面也不允许抽烟,尽管在外面可以从几百英尺高的半空中往下弹烟灰。

"啊,没有。"迪米特里斯回答道,抬头望向天堂。

"上帝的规矩?"

"不是。"迪米特里斯说,"上帝之上的存在的规矩。"

"大主教的?"

迪米特里斯走进小礼拜堂坐了下来,扬尼斯更仔细地看着他。与年轻的面庞相反,迪米特里斯腹部突出,弯腰驼背。在扬尼斯看来,他就像个刚播完种回来的人。扬尼斯为自己健硕的体形而骄傲。

---

① 塞奥法尼斯·斯特里萨斯,16世纪上半叶克里特画派的领军人物,曾在迈泰奥拉修行。

迪米特里斯转圈的地方比监狱的院子还小。其他神父什么时候都可能出现，他们不想看到他不在修道院里。自从岩石上安装了送他上下的电梯，他本来就很少的运动量就缩减成一天走几百米了。

"爸妈好吗？"迪米特里斯问道。

"老样子。"扬尼斯答道，"没什么变化。爸爸还喝酒。姥姥死后，他喝得更多了。至少原来她还拦着爸。"

"所以他还是朝妈妈抡拳头？"

"当然了。"

"你不能做点什么吗？"

"你怎么不做呢？更努力地祈祷……"

扬尼斯还是想尽一切办法挑衅他虔诚的弟弟，就像他们小时候一样。

"我住在他们楼上，有时会听到他们在闹腾。可等我下去，一切都过去了，收拾好了。他们俩坐着看电视，好像什么都没发生过。妈妈吸着鼻子，假装感冒了。"

过了一会儿，扬尼斯不能肯定迪米特里斯是不是在祈祷，但他还是打破了平静。

"真该死！"

咒骂声在这样神圣的地方显得很刺耳，但迪米特里斯没有回应。

"妈妈给你做了甜饼干……我落在车上了。"

"妈妈真好。但现在是大斋期，你在回去的路上吃吧。"

迪米特里斯已经习惯了自己的家人根本不了解宗教日历。

扬尼斯不会问弟弟在做什么，因为他知道答案：读《圣经》、祈祷和冥想。到现在扬尼斯也搞不清这之间有什么区别。兴许听别人忏悔会让他感兴趣。他总是特别好奇人们会对弟弟倾诉些什么,而一个对原罪一无所知的人又会怎样回答他们呢。

"生意怎么样?"迪米特里斯问道。

"不管其他事怎么样,生意一直挺好。"扬尼斯回答说,"人们愿意在浓缩咖啡上花光最后一分钱。即使希腊在他们周围垮了,他们也会一直喝咖啡的。"

扬尼斯现在开了五家咖啡连锁批发店。在最近的经济危机中,他的咖啡定价是全雅典最低的,所以每天早上,他的每家咖啡店门口都排着长队。他做得相当不错。

"这么说吧,我在提供公共服务……和你的工作有点像。"

迪米特里斯是个少言寡语的人。哥哥的讽刺对他不起作用。

"你知道我是什么意思……就是忏悔,懂吗?咖啡与忏悔?你不认为它们之间有共同点吗?很快搞定,让人们感觉好些?"

迪米特里斯双手交叉,放在膝盖上,眼睛看着手。最好不要上哥哥的当,也不要辩论一杯有咖啡因的饮料和圣事之间的不同。他静静地向上帝祈祷,请上帝给他力量,让他宁静下来。他把一只手的指甲深深抠进另一只手里。扬尼斯提到的"忏悔"搅起他心中无法述说的痛苦。

那个女人。她一直都在他脑海里。

几个月前,一对夫妇来修道院参观。那是八月份,很多人来到迈泰奥拉游玩。他们大多是标准的游客,主要兴趣是拍照,但也有些人有精神诉求。

一天,来了一大车人,大多数七十多岁,所以对他们中的许多人来说，到达修道院得费不少劲。

还有一对年轻一点的夫妻，迪米特里斯看出来他们和那群老人不是一起的。

妇人的丈夫去了博物馆，她落在后面，就在他们现在坐的屋子里。那天很热，自然每个人都想休息一下。

迪米特里斯一下子就注意到她长长的金色卷发。所有大巴车上的妇人都是直短发。发型出自同一个理发师之手，专门为这次出游设计的。

那些老人没兴趣和迪米特里斯讲话，但他看出这个年轻一点的妇人想吸引他的注意。

"借一步说话，"她悄悄地说，"可以忏悔吗？我需要尽快忏悔。"

一双深绿色的眼睛乞求地看着他。她看上去瘦弱小巧，但身上有种野性。像狮子鬃毛一样不服帖的头发增强了这种狂野。

很奇怪，有人做这种事还要匆匆忙忙，但不一会儿，他明白过来，她是想在丈夫逛博物馆的时候忏悔。

"跟我来。"他说。

他们去了小礼拜堂。迪米特里斯带她到了圣坛，他从挂钩上取下圣衣，围在自己脖子上。这样他就变成了另外一个人，一个有力量豁免她罪孽的人。等她忏悔完毕，他会把圣衣盖在她头上，念宽恕的祷文。

他们面对面坐着，她开始讲起来。声音很小，他不得不倾身去听。

"我很惭愧，"她说，"我罪孽深重。"

"上帝会原谅你的。"迪米特里斯对她说，"上帝会洗刷你的罪孽。"

"我想上帝不会原谅。"她小声说，"因为我摆脱不了欲望。"她声音急促,喘不过气来。

"上帝原谅任何不净之事,他纯洁你的灵魂,免除罪恶。"

"但是每天,每时每刻,每一分钟我都有这种欲望,巨大的冲动让我无法抵制……"

女人嗓音沙哑,非常性感。这声音激起了他脑海中的记忆,所以听着听着,他大汗淋漓。她的话时远时近,飘飘忽忽。他努力集中精力听她说。在这么狭小,空气又不太流通的空间里,气温不断升高,直到他大口大口地喘气,头脑开始眩晕。他努力坐在那里,双手死死抓住桌沿,不让自己倒下。突然,他一阵害怕,心里明白过来,永远洗不清罪孽的应该是他自己——迪米特里斯。

等醒来时,他已经躺在了冰冷的石头地上。那个女人走了。迪米特里斯一晕倒,她就溜了,吓坏了一个刚上来的人。这人现在正在用湿布给他擦眉毛。圣衣在他身下揉搓成一团。

他躺着,痛苦地想起他十几岁时的罪孽,这个罪孽他每天都试图克制,但这会儿又涌了回来。

就那么一次,那是在他去神学院前一年左右,扬尼斯唆使他去外祖母的屋里,她和母亲参加葬礼去了。外祖母屋里有个电话座机。这已经不是扬尼斯第一次打"热线电话"给一个叫"纳塔莉亚"的人了。他以前和她聊过,这次他逼着迪米特里斯来听她想对一个充满渴望的少年做些什么。他身心一下子充满那种欲望,这种感觉陌生而强大。当扬尼斯把一份色情杂志塞到他面前时,他立刻幻想出了一个裸体的纳塔莉亚,珍珠般的肤色、硕大的乳房、大波浪的头发,一个前凸后翘的金发女郎。

与纳塔莉亚的邂逅被父亲摔前门的声音打断,迪米特里斯扔下话筒,但父亲已经进了屋。

扬尼斯远远地站在窗下,得意地坏笑。迪米特里斯此时正慌慌张张地拉裤子拉链,还满脸通红。父亲刚好从酒吧回来,从他的举动中明白了发生了什么,然后对着他的光屁股就是一顿暴打。

和纳塔莉亚的谈话是迪米特里斯最亲密的一次性接触,但是被"抓奸"的耻辱一直伴随着他,让他噩梦连连。电话那头的那个女人依然是他经常幻想的对象。

这个在圣坛听到的声音和过去十五年来困扰他的声音一模一样,太像纳塔莉亚了。

那个妇人的忏悔已经是几个月前的事了,但从那天起,他每天都回忆这个声音,被这个声音折磨着。他晚上无法入睡,躺在床上一直到凌晨两三点,然后起来跪着祷告,直到后背酸痛,膝盖跪在石头地板上疼得他眼泪直流。

他为自己忏悔,但什么也无法让他卸下沉重的罪恶,无法消除他的痴迷。几个月来,迪米特里斯一直在挣扎,周围圣像的面孔不再和善可亲,而是在斥责他。

扬尼斯看了一眼自己的劳力士手表。

"我得回去了。"他说。

迪米特里斯站了起来。

"谢谢你能来看我。"他说。

"见到你真是太高兴了。"扬尼斯说。他没有往弟弟跟前走,而是和他拉开了距离。

"告诉爸妈我爱他们。"迪米特里斯小声说道。

沉重的木门在他身后关上。要走了,扬尼斯一下子轻松了。他在修道院已经待了一个小时,足够了。下山比上山还难。他趔趔趄趄地下了山,花了四十多分钟,才终于看见自己那辆像熟透的西红柿一样的车在下面的路边若隐若现。

他走到车前,坐进去待了一会儿,俯身从副驾驶座上拿起甜甜的小点心,那是母亲专门为迪米特里斯烤的。他连着吃了五块,然后点着了一支烟。

扬尼斯离开后不久,修道院的大门又打开了。迪米特里斯匆匆忙忙地走出去。他再也无法忍受墙上和穹顶上圣人们的凝望,无法

忍受圣人周围那些天堂和地狱的画面。他们都在嘲讽他。他已经无可救药。他不知道等到那一天来临，他会和上帝的羔羊在一起，还是和淫荡的山羊在一起。咖啡……忏悔……或许哥哥是对的。或许他们是一样的，都没有什么价值可言。

在修道院的高墙内，他找不到上帝。他有时会到附近隐士们远离尘世、自我冥想的山洞里待一个晚上，但在那里只看到了自己灵魂深处的黑暗。马太福音中耶稣的话语跟随着他来到山洞中，似乎在岩壁上回响。

"凡看见妇女就动淫念的,这人心里已经与她犯奸淫了。"①

黑暗开始降临,他从修道院逃出来。一路跌跌撞撞,来到一条隐秘的小路上,绕道爬上附近的山,一座修士们没有建修道院的山。山顶上清静又自在,没有天国的面孔,没有最后审判的景象。就应该是这里。

雾气萦绕在他身边。

这时,扬尼斯已经把第二个烟头扔出车窗外。他习惯性地从后视镜里看了自己一眼,然后插上钥匙发动车子。引擎轰鸣,他加速开走了。

到拐弯处,他瞟了一眼昏暗孤寂的修道院。但他看到的下一个情景是孤寂也无法相比的景象。他看见旁边的山头上有个孤独的身影,雾气萦绕着他,风吹起时,云忽聚忽散。有一会儿,云雾完全将他淹没了。几秒钟后,云散了,人也不见了。山上空无一人。

扬尼斯调大收音机的音量,继续驾车前行。

---

① 《新约·马太福音》,5:28。

这样的与世隔绝。这样无处安放的罪恶感。这样悲剧的结局。对修道士们来说,发誓独身并不是一件容易的事。这对他们的身心肯定会有深刻的影响。

迈泰奥拉景色壮观,值得一去。它促使我思考独处与孤独的差异。希腊语中这两者是一个词"monaksia",这个词解释了为什么有些人看到别人独自一人时要怜悯他。在有些情况下,他们是对的。但随着时间的推移,在独处中,我愈加坚强。我现在已经懂得独处和孤独的区别了。

我在卡兰巴卡消磨了几天。每天出去散步,让美景融进骨子里。在长距离散步时,我禁不住分析我们俩的相处,寻找蛛丝马迹。我一定是在某个时间没有注意到出了问题。

到我停留的最后一天,内心已经一片静谧,所以出发去了塞萨洛基尼。有一条又好又快的大路通往那里,三小时就到。很高兴又感觉到人群的温暖,听到酒吧传出刺耳的音乐,在街上闻到了希腊烤肉的味道。

那天是三月二十五日,一个温暖的春日。登记入住酒店后,我去滨海大道散步,发现四周都是旗帜。阳台和公共建筑上飘扬着旗帜;大路上,人们挥舞着旗帜;广场上有人售卖旗帜。我很快就汇入路边排队

的人群中。人们开心地告诉我为什么站在这儿,看成千上万的小学生、士兵和穿着民族服装的人游行。这是他们的独立日大游行。

我理解为什么历史、激情(可能这两点在希腊是密不可分的)与旗帜联系在一起。我还听到过一个故事,这个故事介绍了旗帜的象征意义是如何在希腊人民心中扎根的。

希腊曾两度被侵占,饱受踩躏。最近的一次是在二十世纪,被德国人占领了三年。早先是被土耳其人占领了近四百年,正是为了纪念从土耳其的占领中解放出来,每年三月二十五日,希腊人都要举办盛大的游行活动。

这一天也是天使报喜节,大天使加百列告知圣母马利亚她将要有一个孩子的喜讯。在游行间歇,站在我身边的一位充满激情的老人告诉我,耶稣诞生和赶走土耳其人这两件事是如何联系在一起的。这让我怀疑他把争取希腊独立的反土耳其之战看成了一场圣战。

"我们的人远没有土耳其人多,人数悬殊,一点获胜的希望都没有,"他骄傲地告诉我,"但上帝和我们在一起,这才是至关重要的。"

尽管他和家人在一起,但我看得出他很高兴有我这么个新听众。他的妻子女儿已经多次听他讲这个故事。我认真听着,不时点点头。

像他这样的老人需要一些鼓励。他活灵活现地讲述着过去，就好像战场上依然浸透了土耳其人和希腊人的鲜血。

"几百年过去了，土耳其人还以为我们真的投降了！但我们心中燃烧着怒火。我们从来没有放弃我们的语言、我们的传统和我们的宗教！有位大主教挑选了这一天，让人民起来战斗！"

他举起手中的小旗挥舞了一下。周围的人都转身听他慷慨陈词。我们旁边的一个年轻妇女紧紧抱着孩子，赞同地点头。

"他选了这一天，天使报喜节，举起希腊旗帜宣称我们为自由而战。就这样开始了！我们战斗了九年，然后终于自由了！"

老人几乎要激动地跳起来，就好像亲自参加了十九世纪的那场战争。

"看！他们过来了。"老人的女儿说，她已人到中年，很有耐心地碰了碰他的胳膊。

然后她转向我，不显山不露水地对我说："等游行结束后，要是你有时间的话，我给你讲个故事。我们一家一会儿吃午饭，欢迎你也来。我们在天使报喜节会吃一道特别的菜。"

"今天也是我们外公的命名日，"其中一个十几岁的孩子说，"所以有大蛋糕！"

她告诉我外公的名字叫范吉利斯。

"你们真好，"我回答道，"但我是个陌生人呀。"

孩子的妈妈耸耸肩，好像在说："这要紧吗？"

"我们家就在那边。"她指着我们身后一栋丑陋的灰色混凝土公寓楼说，"忘了介绍，我叫佩内洛普。"

一群妇女列队走来，她们身着红色天鹅绒绣花短上衣，头戴装饰华丽的头巾，脖颈上金币做成的沉重项链叮当作响，我的注意力又回到了游行队伍上。地方色彩浓重而式样多变的民族服饰特别令人印象深刻——男人们身着华丽的灯笼裤和长靴，另一些人穿着白衬衫，鞋子上装饰着硕大的绒球。游行已然变成了表演。

两个小时后，我和佩内洛普、她父亲、丈夫以及两个十多岁的孩子一起坐在了她家起居室的餐桌旁。那里可以一览无遗地看到大海。我面前放着一大盘蒜泥腌鳕鱼。我太饿了，自顾自地大口吃起来，佩内洛普给我讲了一个有关爱情与战争的故事，不时被父亲打断。

"全是她自己编的。"她父亲探过身来，语气诡秘地说，但我不能确定……

"我会回来"

JE REVIENS

CARTE POSTALE
POSTKARTE — POST CARD

雨一直在下，今年的游行几乎要取消了。街面像玻璃一样滑，雨水冲刷着为市长和其他重要人物遮风挡雨的遮雨棚，每一阵倾盆大雨都让帆布雨篷松垮下垂，很是危险。乐队还在继续演奏，白手套里的手指冻得僵硬。只有用力地打了几个小时节奏的鼓手，身体里的血液一直在循环。他们沿着海滨行进在大路上，冷风从塞萨洛尼基海湾吹来。奥林匹亚山隐藏在灰蒙蒙的云朵后边。

观看的人老老少少什么年纪都有，有软底鞋上坠着绒球的婴儿，有穿着化装服的蹒跚学步的孩童，有大学生，有能休一天假就很开心的公务员，还有母亲、父亲和爷爷奶奶们。各色人等倾城出动。有许多人站在家里面向海边的阳台上观看。每个人都想看游行。

在马路边上看游行的人群中，一位老太太想起很多年前她曾在游行中做旗手。如果你在班里成绩第一，就有特权在游行队伍里举着国旗。尽管伊万吉丽娅的荣誉是很多很多年前的往事了，但每年她都回忆一番。现在她满心骄傲，期待着和她同名的外孙女也像她当年一样，举着旗走在游行队伍里。

有个人过来卖塑料小旗，七十分一个。她从口音能听出这是个

阿尔巴尼亚人。他的旧鞋已经浸透了水,袜子湿透,裤子泅到膝盖。因为雨水,他手指很滑,费劲地给伊万吉丽娅找着零钱。

她看看自己的小旗,简单的蓝白设计,意义深远,九道横条纹代表着希腊人驱逐土耳其人的战斗口号的九个音节。

"El-ef-the-ri-a i Tha-na-tos!"[①]

像许多人一样,她也相信在和土耳其人的战斗中,上帝站在他们这一边。在上帝的帮助下,他们摆脱了土耳其的压迫,国旗本身就是他们誓言的具体体现。

一队接一队的男孩和女孩走过人群,企图步伐整齐,动作却十分笨拙。"一二,一二,左脚。"

---

①希腊语口号,大意为不自由,毋宁死。

老太太前后挥舞着旗帜，试图跟上他们的节奏。

尽管在游行队伍里有一席之地是对学习成绩的认可，但很多女孩看上去更愿意找地方躲雨。她们穿着没有光泽的鞋子、肉色紧身袜、黑色短裙和白衬衫，所有的女孩都又湿又冷。毫无例外。唯一能努力打扮的一处，就是自己的头发，而她们瀑布似的头发现在全像老鼠尾巴一样。她们大多阴沉着脸闷闷不乐。

男孩们似乎在自娱自乐。穿过人群时，他们朝彼此傻笑。整齐行进变成了凌乱的滑稽表演，统一的不对称运动短发是发乳和剃头刀的杰作。又来了一支队伍，每组五十人左右，最前边各有一个专门挑选出来的男孩，骄傲地打着一面巨大的旗帜。

在小雨中等待很是累人，伊万吉丽娅希望自己的外孙女赶快出现。她九十岁了，站这么长时间非常需要力气。她注意到卖旗子的小贩正在休息，他也在观看游行，旗子在一边耷拉着。

这时，她在人海里看到了外孙女的脸。

"伊万吉丽娅！伊万吉丽娅！"她喊起来，企图吸引女孩的注意，"祝贺你，亲爱的！太棒了！"

十七岁的黑发女孩脸色灰暗，目视前方，集中精力平衡着旗子和架在她腰上的沉重的旗杆的重量。她没回头。

伊万吉丽娅的邻居们加入进来，都鼓掌欢呼。打这姑娘还是小婴儿起，他们就认识她。

"太棒了！小伊万吉丽娅！了不起！"

老太太脸上放射出骄傲的光芒。

后面是另一个学校的代表队。由男孩子领队。走在前面的是一个高颧骨的英俊无比的男孩。他头发黑黑的，个子比后面的男孩高。

他信心坚定地举着旗子。

伊万吉丽娅的一位邻居放下自己的小旗子，嘟囔起来。

"不对嘛，"她说，"根本就不对，他不应该举着我们的国旗。"

附近的另一个人接上了话题。

"阿尔巴尼亚人……"他不开心地小声说道。

另一个男人听到了。

"一个外国人扛着我们的国旗？"

"这可不对，根本就不对，"他妻子赞同地说，"只有纯正的希腊人才应该有这个荣耀！"

伊万吉丽娅看了一眼卖小旗的人，他手里抓着一把旗子，大概有五十个。他眼中闪着泪光。

交谈还在他的周围继续。

"他是班上最好的学生,迪米特里。"另一个女人说,"这就是为什么他扛着旗。你可能不同意,但规矩就是这么定的。"

周围都是不满的抱怨,他们这边的人群里出现一阵寂静。附近没有人为这一组孩子欢呼。

男孩走到伊万吉丽娅跟前,往她这边看过来,脸上泛起让人难以忘怀的微笑,然后转过脸朝着前进的方向。他挥舞着旗帜,蓝白色国旗随着他的动作一抖,舒展开来,在空中飘扬。

她看看身边静静站着的那个卖小旗的男人,他的眼睛里充满泪水,伊万吉丽娅明白了为什么男孩往他们这边看。

"祝贺你,"她转向那个男人,小声地说,"你一定很骄傲。"

他点点头承认了,没有说话,眼睛一直跟随着儿子学校的那组游行队伍,但现在只能看见儿子举着的旗帜的顶部。

伊万吉丽娅再次环顾四周,男人已拖着脚走开,融进了茫茫人海。随后过来的是士兵和新兵方阵。他们在大街上前行,靴子踏在柏油路上发出清脆硬朗的响声。他们唱着嘹亮雄壮的军歌,给人准备上战场的印象。

> 我为你战斗,
> 我为你献身,
> 我把鲜血献给你,
> 我全心为你战斗,
> 我要对你说"我爱你"。
> 我的希腊,我的希腊!!!
> 我为你战斗,

我为你献身。

似乎他们准备为国捐躯。

周围人的聊天转向了其他话题,但伊万吉丽娅却在想那个阿尔巴尼亚人可能听到了他们的话。她祈祷这个人的希腊语没有那么好,听不懂他们在说什么。士兵们在往前走,她愈加感到羞愧,不仅仅是因为她本应支持那个反对她邻居的话的女人。

如果那个阿尔巴尼亚男孩没有权利举着国旗,那她外孙女也没有权利。全世界只有她一个人知道这件事,但这就像国旗上的蓝白两色一样一清二楚。

像几分钟前从他们面前走过的那个男孩的父亲一样,她孩子的父亲只会讲一点点希腊语。她外孙女从血统上讲根本不是纯正的希腊人。

事情发生在很多年以前,但秘密依然是秘密。

德国士兵列队进入她的家乡时,伊万吉丽娅只有十八岁。当时她父亲有间咖啡馆,叫"我会回来",离码头很近。那是繁华地带一处很便利的位置,德国人不允许他关店。没过多久,咖啡馆就成为占领军士兵喜欢光顾的地方。

伊万吉丽娅的母亲拒绝与咖啡馆有任何关系,她的兄弟们都想方设法出城加入抵抗力量。只留下伊万吉丽娅给父亲帮忙,她洗杯子,收拾桌子,但父亲不允许她和那些士兵说话。

不执行任务的时候,许多士兵都喝得烂醉、不守规矩。伊万吉丽娅痛恨他们,但有一个人例外。他总是一个人静静地坐着,好像在监视他的德国战友。有人打架,他就惩罚捣乱的人,把他们扔到外面的大街上。他比其他人军阶高,从不和他们一起喝酒,他总是坐着看书。

一天,伊万吉丽娅端着放满酒杯的托盘从他们中间走过,一个下士摸了一下她的屁股。父亲看到了,就从吧台后面出来,与一桌正在戏弄她的士兵对峙起来。有个人站起来,冲她父亲拔出了枪。有几秒钟的时间,伊万吉丽娅以为自己和父亲都要死了。对这些年轻的新兵来说,他们俩的命一钱不值。

突然,她发现那个总是在角落里静静坐着的士兵也站了起来。他用德语大声嚷嚷着,年轻的士兵马上收起了枪。那伙闹事的士兵从此再也没有在咖啡馆出现。从那以后,一看到他不引人注意地坐在那个角落里,伊万吉丽娅心里就很踏实。他喝咖啡,有时也喝杯茴香酒,她父亲从来不收钱。

那次拔枪事件几天后,当咖啡馆几乎没人时,伊万吉丽娅注意到那人在看法语书。法语是她在学校里成绩最好的功课之一,尽管父亲严格要求她任何时候都必须和客人保持距离,她还是抓住这本法语书给她的机会,禁不住和他说起话来。

"谢谢你,"她用法语说,"你救了我爸爸。"

他对她说那就是他的工作。然后他们简单聊了几句。两个人都为能用他们喜欢的一种语言交谈而高兴。他告诉她自己叫弗朗茨·迪特尔,她也说了自己的名字。

她总是把法语和诗歌与文学联系在一起,听到他讲这种音乐般的语言,他在自己眼中的形象也随之改变了。德语那种喉音不适合他。

连续几个月,他们经常用这种语言说上几句话。对他们俩来说,

这是外语,对咖啡馆里的其他人来说,这是种听不懂的语言。

"请您不要认为所有的德国人都想要一样的东西,都思考一样的事情……"

这是一个礼貌的请求,他希望她能理解。他想让她相信不是所有的德国人都有着同样的想法和信仰。他再多说大概就得上军事法庭了。他只是要求她把自己看成一个普通人。

后来,通过进一步的交谈,她发现他不是自己想要当兵,他既不想放弃在大学教法语的教职,也不想离开在德累斯顿的家,但这些都没法自己选择。

之后的一年里,伊万吉丽娅每天盼着他来咖啡馆。如果出去执行任务,他总是提前告诉她一声。他知道——他们俩都知道——他们越来越相互依恋。在例行的对话中,他们可以表达更多,如果说哪一天对他们俩很重要的话,那就是他第一次问是否可以用"tu",即法语里"你"的非正式用语来称呼她的那一天。

伊万吉丽娅的法语进步迅速,父亲不能反对他们交谈,因为弗朗茨某种程度上为咖啡馆提供了保护。

他们进驻三年后,开始有传言说德国人被打败了,要离开希腊。人们悄悄地庆祝这个消息,但大多数人都不相信,除非他们看见这些士兵离开的背影。一天晚上,伊万吉丽娅得知他们真的要走了。

咖啡馆空无一人。一定是出了什么事。她独自站在吧台后面擦着玻璃杯。她父亲还没从二层的公寓里下来为晚上开业做准备。她背朝大门,小心翼翼地放回玻璃杯,把架子上的瓶子摆正。叮的一声铃响,有人进来了。

伊万吉丽娅飞快转身。是弗朗茨,手里拿着一小摞书向她走来。

"这是给你的。你知道我们要走了吗?"

伊万吉丽娅从吧台后面出来,他把有些磨损的书递给她。她接过来,看着书脊,眼中含着泪水。

巴尔扎克、福楼拜、拉辛、《爱情诗歌》。

这些都是他这几个月看的书。她低头看看书,抬头看看他,毫不掩饰自己的情感。

"我不能带着这些书。"他说。

伊万吉丽娅情不自禁地放下书,抱住了他,透过单薄的裙子感受他制服上的金属纽扣。

弗朗茨本能地往后退。他很清楚,如果她父亲或者另外一个士兵出现的话,会发生什么事情,但她的天真无邪,她头发里鲜花般的气息让他陶醉。这几年他们从来没有站得这么近。和人接触、女性甜蜜的拥抱,这些对他来说太陌生了。她抬起头看着他的脸,他低头吻了下去。

伊万吉丽娅回应着,将内心对这个年轻士兵的全部情感都释放了出来。这是最后一次见他。她伤心不已,甚至是悲从心起。

对他们俩来说,这有一种发现的快乐,但也有痛苦的感觉。

"你会回来吗?"

伊万吉丽娅问道,勉强藏起了绝望。

弗朗茨没有回答。

他们站在咖啡馆中心,看着彼此。直到伊万吉丽娅伸出手,把他拉到暗处。她急切地想最后一次亲吻他。

第一次拥抱的羞怯不见了，代替它的是带着强烈激情的告别之吻。这个金发士兵从来就不是她的敌人，现在他的国家战败了，对他表示自己的爱是再自然不过的事。

在一间小储藏室里，弗朗茨摸黑把自己的上衣铺在地上，伊万吉丽娅躺了下来，他们在黑暗中做爱，直到被父亲的脚步声打断。

弗朗茨握着伊万吉丽娅的手，默默无言，直到最后不得不松开，他从另一扇门悄悄走了。像其他事情一样，这一刻在他们生活中很快就过去了。

伊万吉丽娅整理好裙子，用手指梳理好头发，走出储藏间去了吧台。书还在桌子上放着。

"是谁的书？"父亲生硬地问。

"我的。"她说着很快整理好书，紧紧抱在胸前。

接下去的几个月，和其他普通的希腊家庭一样，伊万吉丽娅一家也挣扎着重建自己的生活。

德国人走了，大家兴高采烈。然而等希腊人清醒过来，调查德国人留下的破坏时，才发现没什么值得庆祝的。他们只是幸存了下来，一切都要重建。伊万吉丽娅的兄弟们又陷入左派和右派之间新的战斗中，几年后他们才回到塞萨洛尼基。

希腊一片混乱。德国占领时期，成千上万的希腊人失去了生命，其中很多人是饿死的。每个人都营养不良。或许正是出于这个原因，家族以外的人在她已有七个月身孕时，才发现她怀孕了。她父母没有别的选择，接受了现实。对她的家人来说，编造一个故事也很容易。情人上了战场，一去不归——不管怎么说，在那个失去亲人的黑暗时期，一个没有父亲的婴儿不算有多么不寻常。

孩子出生后，周围每个人都对她爱护有加。在尘土飞扬的砖头瓦砾中有新生命诞生，是上天的赐福。他们都这么说。

没人告诉埃菲她的父亲是谁。她在和平中长大。很快，她有了自己的孩子。她用母亲的名字为大女儿命名。

大自然很仁慈，埃菲长得更像母亲。她没有父亲的金发，没有条顿人的面庞，秘密就这样一直被保守着。

三月二十五日下午，像往常在自己的命名日做的那样，伊万吉丽娅去了教堂，为她失去的弗朗茨点上一支蜡烛。他没许诺会回来，但她一直希望有一天会再见到他。每次看到从德国来的旅游团，她都会认真看看那些面孔，寻找他那蓝宝石一样的眼睛和文雅的笑容。

仪式完毕，她坐出租车去港口，在已经废弃了的咖啡馆外面站一会儿。每年的这一天都如此。她从手提包里拿出一本破旧的书，静静地读一首特别的诗。直到现在，她还渴望见到那个她深爱着的男人。直到现在，她还梦想着他会回来。

在上帝面前
马克斯·雅各布[①]

晚上我寻遍充满爱的天空，
温柔的母亲之夜
星星是指引回家的灯火

[①]马克斯·雅各布（1876—1944），法国诗人、画家、评论家。

彩虹般层层叠叠
我在星星之间读出了这句话:
"我会回来!"

我马上查了马克斯·雅各布的信息。他是位犹太诗人、画家，是阿波利奈尔和毕加索的朋友，一九四四年三月死于去奥斯维辛集中营的途中。我猜伊万吉丽娅也知道这些。

德国人占领并掠夺了这个国家的资源和金钱。一九四四年从希腊撤退时，一路上他们（可能弗朗茨也在其中）破坏了能破坏的一切。旅行的一路上，我遇到很多人，他们无论老少都认为德国人应该赔偿他们至今依然亏欠希腊的东西。

纳粹未赔偿的损失、对基础设施的破坏，以及强行从希腊银行借出的贷款，据说今天加起来有三千亿欧元。这笔钱能够偿还眼下重创希腊的债务。

大屠杀让塞萨洛尼基伤痕累累。五万多人，绝大多数生活在希腊的犹太人被赶上火车，送往奥斯维辛。只有少数人逃过了劫难。如果马克斯·雅各布没死在去集中营的途中，他们中的某些人可能遇到过他。塞萨洛尼基遭遇过的艰难困苦在这样一个阳光明媚的春日几乎是难以想象的，但记忆依旧留在人们心中。

我在塞萨洛尼基停留的时间比计划的要长。这是一个美丽迷人的城市，从早到晚生机勃勃。庞大的大学令其充满青春活力。我和一家考古博物馆的馆长成了朋友，他邀请我参加了一系列的讲座和活动，他们甚至邀请我做了一次讲座。我又回到了人世间，有了写完书的第一稿的力量和灵感。

一天下午，漫步在拉达迪卡（这个城市的一个区，到处都是橄榄油仓库）铺着鹅卵石的小巷里，我听到一个让我回到过去的声音。十几岁时的伊万吉丽娅很熟悉这个声音，那时德国人的长筒靴还未踏进这里。

那是一种介于钢琴和弦乐之间的声音，不时加进叮的一声铃响，像三角铁的声音。这让我想起雅燃音乐①，一种起源于安纳托利亚的音乐。我深深感受到一种陌生却深切的怀念，是对一个我从没经历过的时代的怀旧之情，对某个我从没去过的地方的思乡之情。

我拐进广场，看到了音乐的来源。那是一个带轮子的、装饰漂亮的大木箱，上面有个把手，演奏者正在摇，让它发出声响。是手摇风琴。演奏的人大约七十多岁，穿得非常正式。我把五欧元放进他翻过来放的小手鼓里，他有足够多的时间回答我的问题。

老人名叫塔索斯，他告诉我在留声机出现之前，手摇风琴，也就是手摇钢琴曾经是最早流行的用机械生成音乐的方法。它们风行了一个多世纪。第一批手摇风琴是君士坦丁堡的一个意大利人制造的，因此就叫"La Torno"，意为"会转的东西"。生产一直持续到二十世纪五十年代，现在这种琴已经很少见了。

他掀开盖子，这样我能看清里面的结构。把手摇动时，上百个金属钉转动，刺向一个圆木桶，一个钉子碰撞上一排带弹簧的小锤中的一个，小锤升起又落下，碰到一根弦，发出一个音符。

琴做工精良，但更吸引我的是琴箱侧面有一张用康乃馨围出边框

---

① 雅燃音乐（rebetiko），被称为希腊蓝调，是希腊的城市地下音乐。

的黑白照片。

"它们都会有张照片。"塔索斯告诉我,"但这张照片很让人伤感,对琴的主人来说意味深长……"

"你不是这琴的主人?"我问道。

"我现在是,"他说,"但它最初属于帕纳约蒂斯。"

"谁是帕纳约蒂斯?"

"我所知道的最快乐的人。"他回答道,"故事从一九五四年开始,但我得从二〇一〇年说起。那时我们国家的经济已经一团糟。我到小餐馆卖纸巾和打火机。突然,人们一下子没钱买这些东西了。唯一有零钱收入的就是我朋友帕纳约蒂斯——他那架手摇风琴的声音永远会让人们翻遍口袋找硬币。"

《手摇风琴、贫穷与荣誉》

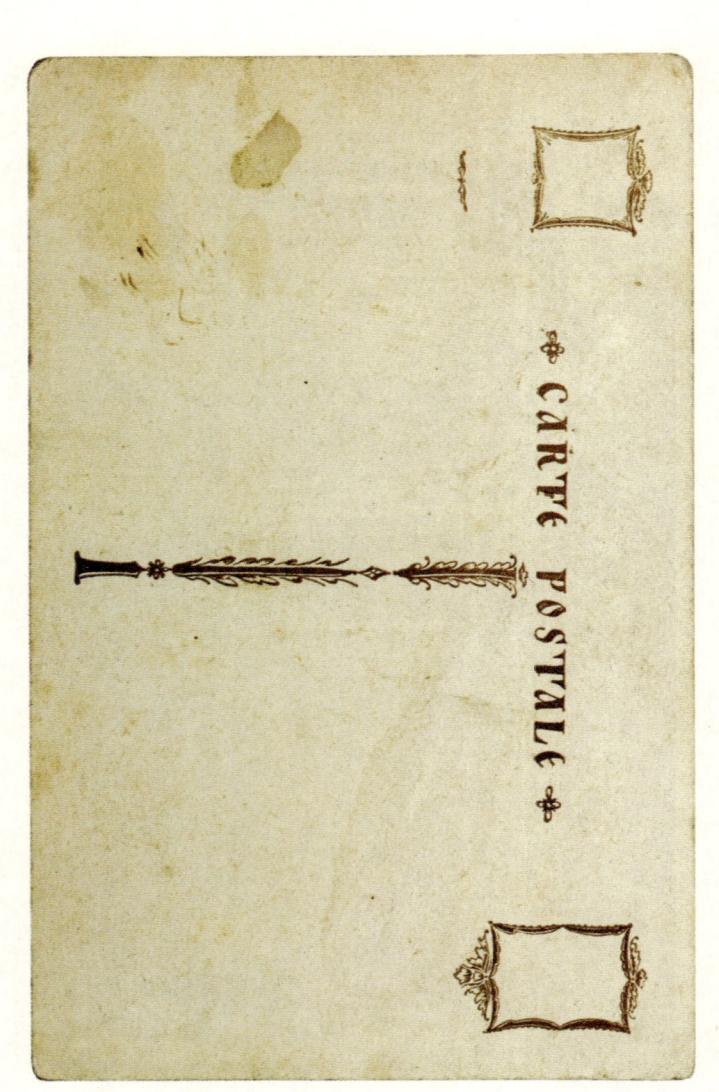

塞萨洛尼基的街道上人来人往，但卖萨列普的小贩没什么生意。只是偶尔有几个游客停下来，从他的推车上买这种浓稠的甜饮料。大多数人喝不完一整杯。萨列普是用兰花块茎制作的，这是一种古老的配方，有一种需要适应一下的味道，现在人们买一杯就是为了满足好奇心。

"现在的年轻人呀，"卖萨列普的小贩嘟囔着，"他们只想要果汁刨冰。"

看着海滨大道人流如潮，人们手牵着手散步，他愤愤不平。四十年前，父亲把带大铁桶的手推货车交给了他。这是家庭作坊生意，他觉得肯定要葬送在自己手上了。没有人想喝这种饮料。生意一年不如一年。咖啡一直是他的竞争对手，与之相伴的咖啡文化让人着迷。冬天人们喝热咖啡，夏天是冰咖啡。他没有机会了。

"这些孩子需要三只手，"他说，"一只手夹烟，一只手搂女朋友，一只手端咖啡。"

卖栗子的生意稍好一些。新鲜烤栗子这种便宜零食吸引着每个人。从亚里士多德广场和尼基大街拐角的小贩那里买芝麻小圆面包，加上一把热乎乎的栗子,永远都是最好的早餐。现在,这个城市庞大的大学生人群更喜欢吃快餐。

对于老一辈人来说,希腊好像正在经历一个过渡期。他们悲叹国家变了,传统正在消失,叹息他们认不出自己的祖国,认不出生活在这个国家的人。

街上唯一不抱怨的人就是帕纳约蒂斯,手摇风琴的演奏者。消费者唯一没有改变的习惯是想重温过去,他贩卖的像是一种香气,一种无形之物,一种对"黑白片"时代的回眸一瞥。他生活在过去,也让人们回想起自己的过去。路过的人都很乐于给他一枚硬币。实际上,是很多硬币。

大多数人都认为他很单纯,因为他看上去很快乐。他推着珍贵的手摇风琴到处游走,从老城到新城,从广场到海滨,来来回回地往返。但他认为自己是个艺术家。在他孤独的人生中,这个信念与人们扔到他脚边那个翻过来放的小手鼓里的硬币一起支撑着他。

他对手摇风琴的热情是十岁时产生的。那是二十世纪五十年代初,这个国家又重新学习在和平中生活。每天都阳光灿烂,帕纳约蒂斯和朋友们整天在雅典大街上,要么玩捉迷藏,一躲就是几个小时,要么占据一条小巷踢足球玩。他们永远也玩不厌这些游戏,但一九五四年的夏天,他们的日常活动被打断了。

"他们在拍电影!"帕纳约蒂斯的好朋友欢快地说,"他们现在在广场拐角那儿拍,马上就要到这边来了!"

五个十岁大的穿着短裤的男孩停下了游戏,在一堵墙上坐着等待,有节奏地晃着细瘦的腿。

终于来了两个穿西装、戴软呢帽的男人,其中一个年纪大些,

也胖些，留着帅气的小胡子。年轻的那个背上背着手摇风琴。后面跟来一伙人，大约二十多个，带着笨重的设备。三个男人背着巨大的摄影机，其他人搬着沉重的灯光和话筒设备。除了需要搬运这些东西的搬运工，还有一队专管服装和化妆的人，然后就是导演自己。

电影拍摄时，孩子们看着，本能地保持肃静。有两个人交头接耳了一下，然后就听见离摄影机很近的一个人大喊，之后他们又交谈了一番。这个过程一遍又一遍地不断重复。孩子们不断听到一个词："停！"

等拍完这一幕，演员和剧组人员都走了，可能吃午饭去了。一条街上空空荡荡的。几乎在同时，孩子们也离开了那堵墙。

如同注意到其他拍摄设备一样，帕纳约蒂斯还注意到他们丢弃的那个手摇风琴。琴体设计得很华丽，周边用花朵装饰，在最突出的地方是一张黑白照片，照片上是一对魅力十足的男女。他抵不住诱惑，向着琴跑过去。和平时一样，别的男孩紧跟着他们的头儿跑。

帕纳约蒂斯伸出手，摸了摸被太阳晒得暖暖的木外壳，然后抓住把手，开始摇起来。音乐响起，甜美动人，音符遇到墙反弹回来，小街上充满音乐。其他男孩都闹腾着，随着乐曲声上下跳动。

演员们和剧组人员休息后返回片场。

"哎，就是说你！"摄影师大喊一声，"别动它。"

导演也看到了他们，但瞬间，恼怒消失了。他意识到孩子们的顽皮可以拍下来。他想捕捉孩子们喜爱音乐的天真模样。

当孩子们沿街乱跑一气时，他喊起来："停下！停下！别跑！"

　　他派助手去追他们,很快,助手和五个活泼的男孩回来了。整个下午,他们拍了一遍又一遍孩子们围着手摇风琴玩耍的场景。其中帕纳约蒂斯和一个更小的孩子摇响了琴,然后其他男孩追着他们俩疯跑,就像街上的野孩子一样。

　　休息的时候,帕纳约蒂斯掀开琴盖,想看看手摇风琴是什么结构。那比他看到的任何一件东西都要复杂,他被一系列精密协调的联动迷住了,这些联动产生出美妙的音乐。

　　那部电影《手摇风琴、贫穷与荣誉》第二年一放映就大获成功。故事讲的是两个走街串巷的小贩遇到一个从家里逃出来的富家女,他们选择帮助她,而不是背叛她,放弃了把她送回去就能拿到一大笔钱的机会。一九五五年的一个温暖夏日,帕纳约蒂斯和父母一起去一家露天影院看这部电影。他们满怀期待,在银幕上看到了熟悉的普拉卡街区。每个门洞、每级台阶和每扇窗户搬到屏幕上之后都变得魅力无穷。

等儿子的面孔一出现,帕纳约蒂斯的父母起劲地鼓起掌来。他刷地一下脸红了,既骄傲,又不好意思。

在那一刻,他明白了这就是自己一生想做的事。看完电影,他告诉父母自己有事要说。

"我知道长大要做什么了。"他说。

他们都不出声。当演员可不是他们想让儿子干的工作。

"我要做个手摇风琴琴手。"他宣称。

从那一天起,帕纳约蒂斯一直在游说父亲。

"我就是想做这个。"他对父亲说,"你根本不用担心我的前途!"

"一生都在大街上?"母亲绞着手问。

"让大家欢笑,让大家跳舞!"帕纳约蒂斯说。"还有比这更好的吗?我就需要一架手摇风琴。"他又加上一句。

这部电影的魔力在于演员活力四射,希腊美景如画,再加上一个从此过上幸福生活的好故事。帕纳约蒂斯想过电影表现的那种生活,只需要心满意足就行,荣誉高于一切。

买一架手摇风琴远远超出父母的能力范围,但三年的时间里,他们尽可能地攒着每一分钱。父亲希望帕纳约蒂斯毕业后能到铸造厂来帮他,但你不可能让一个想演奏手摇风琴的男孩去焊接围栏。

他尊重儿子执着的职业追求。

终于,他和妻子攒够了钱。那天晚上,他们用一条毯子盖住那些钱,等着儿子回家揭开它。如同他们期望的那样,儿子激动无比。这就是他的梦想。按照传统,帕纳约蒂斯穿上燕尾服,上衣扣眼插着一支花。他十七岁了,已经准备好走自己的路。

正如他从那部电影里看到的,这是一种走街串巷的生活。在地图上,他看到其他城市的名字:拉里萨、拉米亚、特里波利、约阿尼纳和塞萨洛尼基。他心跳加快了,计划着要去看看这所有的城市。

帕纳约蒂斯对电影里的一些话记忆犹新,经常给观众们朗诵这一段,他们都很熟悉那部电影:

> 艺术家不是那个拉小提琴的,也不是那个吹长笛的,
> 艺术家就在这里。

他说最后几个词的时候,手指着自己的心。

装饰他手摇风琴的那对男女是浪漫片《手摇风琴、贫穷与荣誉》里的演员珍妮·卡瑞兹和阿莱斯科斯·亚历山德拉基斯。然而大家停下脚步认真听,又很快发现帕纳约蒂斯自己也在那部电影里。人人都记得男孩们嬉戏的场景,于是他成了名人,他也就扮演起自己的角色,穿得有模有样,好让大家都知道他和"大屏幕"的关系。

在路上跑了十年后,这个衣冠楚楚的人决定在塞萨洛尼基这处理想之地安家。这座城市总有大量新人来到,他潜在的观众永远是那些新游客、学生和到处跑的销售员。留声机已经开始生产了,但还是有许多人愿意随着手摇风琴的琴声起舞。他在老城租了间

小房子安顿下来，一层放琴，之后开始了在城里大街小巷演出的生活。

有时候，在亚里士多德广场上，会汇集一大群围着他跳舞的人，然后外面再围一圈，再外面又一圈，最后形成三到四层的同心圆。每逢这种时候，每个小贩都获利颇丰，他们之中有卖萨列普的、卖栗子的、卖芝麻小圆面包的，甚至连卖纸巾的都生意兴隆。

很多年过去了，人们开始把演奏手摇风琴看成一种乞讨方式，而不再将其看成一种文化，但帕纳约蒂斯依然相信自己是艺术家，人们也继续往他的小手鼓里扔硬币和纸币。琴声激起他们纯真的记忆，大家愿意回馈他。他把钱看作自己的劳动所得，仅仅花在必要之处，过着朴素而简单的生活。

这些年来，他赢得了最幸福的塞萨洛尼基人这样的美誉，没有其他街头小贩的焦虑痛楚。一天晚上，在白塔①附近成功演出后回到家，他发现家门大开，走近一看，发现门框上钉着一个像是官方信函的信封。那是要逮捕他的警告。

他把手摇风琴安置在一层，像平常一样东倒西歪地爬上楼梯，使劲一推门，把门后面看不见的障碍物推开，走了进去。地板上铺了厚厚的一层硬币，他每天一进屋就会把一天挣的钱倒在地上。他点燃破旧不堪的桌子上立着的那支蜡烛，然后嘎吱嘎吱踩着铺满地板的硬币走到洗手池边，用一个破口的杯子接了一杯水，又嘎吱嘎吱走到床边。蜡烛的火焰照着金色和银色的硬币的边缘，在天花板上映出了闪闪发亮的图案。硬币大多面值很小，一个硬币买不了一个芝麻小圆面包，但已经积攒了几百万个，是一大笔钱。帕纳约蒂

---

① 当地著名建筑，由马其顿国王卡山德于公元前 316 年至公元前 315 年倡议兴建。

斯能听见几枚硬币从地板缝掉了下去,他写了张字条,提醒自己早上去捡回来。

第二天,警察拿着搜查证回来,而帕纳约蒂斯已经出门了,正在城里某处摇着手摇风琴演出。房子里有那么多硬币,他们不得不回去弄了一辆卡车来。法官需要这些做证据。

这些是他几十年间挣来的钱。警察的报告在当地报纸上登了出来,说地板上有些地方的硬币有一米半厚。一个高个子警察不得不弯着腰,以防天花板碰着头。一层又一层各种面值的硬币,足有几百万个,三个警察花了两星期才数清楚。

帕纳约蒂斯已经六十年没交税了,一分钱都没交过。他或多或少忽视了自己的收入,相信自己坚持着有尊严的"贫穷"原则(尽管已经放弃了"荣誉")。

这个案子审理了很长时间,即使在晚上,他也没心思演奏手摇风琴了。成吨的欧元硬币存在一家银行里,直到案子结束。钱变得越来越少,等付完律师费、交完税和罚款,他就只剩下了手摇风琴。帕纳约蒂斯最担心的是坐牢,但法官觉得经济处罚是最合适的。"这是最适合这桩罪行的处罚。"他说着签署了文件,这份文件有力地剥夺了老人的一切,除了他的乐器。

"我还是个艺术家。"在法庭外,帕纳约蒂斯说。他戴着帽子,穿着西装,扣眼上别着一支康乃馨。"我的手摇风琴就是我需要的一切。"

几年后,他在自己睡了近五十年的床上死去了。房东太太在他屋里发现了一张纸条,说手摇风琴要送给他的朋友塔索斯。她猜想应该是街上那些小贩中的一个,所以没费多少功夫就找到了那个人。

对塔索斯来说，这当然比卖纸巾好多了，但和帕纳约蒂斯不一样，这不是他的行当。他和这架手摇风琴没有感情。他演奏时从来不笑。他没法把人们带回过去的时光。

塔索斯结束他的故事时，一辆法拉利呼啸而过。从敞开的车窗里爆发出的音乐声盖过了街上所有的声音。

　　"我想念过去的时光！"他在喧嚣中大声喊着。他不仅仅是特指某种音乐、某个时间或是某个地方。他是在说现在的政府甚至想让每个小贩都付自己要付的那份钱。

　　结果我们激烈讨论了交税的问题。我从来没有想过自己会在希腊的某个广场，和一个沿街卖艺的小贩辩论这种事，但我了解到了很多，知道这里的一些人是如何看待税收体系的。他们不认为自己应该是其中的一部分，就像帕纳约蒂斯一样。这个男人塔索斯觉得挣的钱一分都不应该交税，别管税率有多低。在他脑子里，他和学校、医院、道路、打扫街道等需要付费的事物从来没有任何关系。

　　他的观点很简单，所有政客都腐败，他付给政府的钱都会直接掉进某些人的口袋。这种态度存在于希腊人的血液里——当然也不是没有道理。在过去几十年里，上百亿被偷或被浪费，或打了水漂，这些都是位高权重的人干的。进而扩大为大规模的未偿债务，现在已然让这个小国负担不起。所以我在一定程度上理解他对自己所作所为的感受，但还是禁不住问他："事情怎么才能好转呢？"

　　他也没有答案，只是耸耸肩，给我的印象是这个人不在乎社会怎么发展，只在乎自己：在很多方面，他就是单人乐队。除非有一种新的透明的文化自上而下席卷全国，否则不会有机会改变。

对话很快就陷入僵局，就在我即将走开时，我注意到，离我们站的地方不远处，有一排装得满满的垃圾箱，垃圾箱旁边躺着一个人。很难判断那人是睡着了，还是死了。

我不禁在脑海里把这两点联系起来，即塔索斯觉得自己作为个人没有义务，而政府帮助不了这个躺在街上的人。我很气愤自己给了他钱，哪怕只是一欧元。

据说，在希腊有像塔索斯这样置法律于不顾的人，也有完全在法律管辖之外的地方。人们议论那些从没被警察拜访过的小镇和村庄。它们自治，俨然是独立王国。或许这只是传说，但我觉得并非所有的故事都是编出来的。

不久前，有条新闻说，在某个岛上有个村庄，警察不管不问已经很多年了。该地区的新警察局长上任时，决定去看看。村民们拉起路障，开枪打伤了几个警察。包围几天后，警察终于进了村。他们发现岛上各个地方的取款机都被从银行的墙上拽了下来，村里有几十辆保时捷，但很多孩子不上学。欣欣向荣的经济是基于利润丰厚的毒品交易，这个地方已然形成了自己的一套法则。这样的村庄在旅游地图上几乎找不到。

在旅途中，我有时会遇到那种典型的能印成明信片的地方，但实际上不太对头，有种我不喜欢的感觉，就是某种直觉。同样，我还去过一些很破旧但令人陶醉的地方。当然，这和我那天到达的时间有关，和小店老板是笑脸相迎还是一脸不悦有关，和侍者怎样招呼一个像我这样的游客有关。非常难以界定是什么让一个地方充满善意或者敌意，但常常事出有因。

离开塞萨洛尼基后，我用了大约一个星期，慢慢沿着东海岸前行，这期间经过了卡泰里尼、拉里萨、沃洛斯和拉米亚。

一天，我拜访了一个离拉米亚不远的渔村。那里的景色如此漂亮，连画家都难以画出。为了去那里，我沿着一条公路（比小径好不了多少）一路颠簸而下，穿过青翠的草地，经过成熟的庄稼。柑橘和柠檬堆积成山，无人收拾。

渔村位置理想，坐北面南，渔港有自然屏障，五颜六色的渔船整齐地拴成一排。附近甚至还有一处宜人的沙滩海湾可供游泳，水边还有几棵松树。旁边的山坡上，古老的橄榄树枝叶繁茂，银色的树干粗糙多节。似乎这里的居民衣食丰足。

这里的人对旅游不感兴趣。从临海的餐馆里的摆设上，我能看到鱼儿顺从地游进渔网，养活了这里的人们。在餐馆吃饭的看上去都是本地人，当我问是否有空座位时，有几个人不屑地发出"啧啧"的声音。能证明他们对外国游客没有兴趣的证据，就是没有一家店铺卖防晒霜、草帽，甚至连明信片也没有。这对希腊海滨地带来说太不正常了。没有酒店，没有小旅馆，甚至没有写着"有空房"的标志。这真让人无法理解。

这个地方在热情好客方面真的很欠缺。我在村庄周围游泳、散步，第一次想在这个地方拿出相机拍照。我想起过去用胶片捕捉一个地方的景色是多么高兴的事。尼康相机那熟悉的分量令我很舒服，感到在一个像别处那样充斥着许多幸福情侣的地方，也不是孤独得那么明显。天一黑，吃了一顿开价过高的晚餐，接受了很不情愿的服务之后，我就开车离开了。

等上了大路，已经到了半夜，我马不停蹄地开了五十公里，来到一座普通的小镇。我在看到的第一家酒店门口停下来。那是一家二星级酒店，每晚二十五欧元，有最整洁的床单和我睡过的最舒服的床。提供免费早餐，其中包括几个星期以来我喝过的最好的咖啡。

"你还要再住一天吗？"店主问我。我还没开口，他又端来一杯浓缩咖啡。

"是的。"我不假思索地做了决定，"非常愿意。"

"太好了。"他说，"你的日程安排不是特别紧张吧？"

"不紧张。"我回答说，"跟着感觉走。这才是最好的方式。"

"就一个人？"他问。

我点点头，但已经不是一两个月前那种伤心的样子了。这个问法已经不那么让我难受了。

他好像真的很想知道我去了哪些地方，所以我给他讲了最喜欢的几个地方。我说的很多地方他从来没去过。我告诉他昨天发生的事，那个地方令我不适。我一说出名字，他马上就有了反应。

"你去那儿了？"他怀疑地问，摇摇头表示不相信，"没人去那儿。

游客当然更不会去。"

"为什么不会去?"我问道。

"据说,"他含糊地说,"那里发生过很可怕的事。"

他给我讲的故事,让我明白了为什么在那里会感到不安。

蜜 月

POST CARD
CARTE POSTALE

K

他们驱车经过一栋古老的石头房子时,塞尔维对新婚丈夫说:"让-卢克,真漂亮呀!快看,那座漂亮的小屋,爬满爬山虎的那座,太浪漫了!"

因为并不知道是什么使这些建筑破败不堪(仇杀、死亡或悲剧都是再普通不过的原因),游客看到的只是他们想看到的,这样的废弃房屋很迷人,成了美丽画面的一部分。甚至连一度准备修复的木船残骸,在阳光下都显得赏心悦目。

"看那个!简直像雕塑一样,是吧,亲爱的?像鱼骨!实在是太漂亮了……"

让-卢克只是嘟囔着附和,他的眼睛不能离开公路,怕他们的车顺着别人的车辙溜下去,消失不见。

塞尔维和让-卢克,两个年轻无畏的法国专业人士,选择了大多数度假的人不常走的一条线路。这是他们第三次来希腊,也是他们的蜜月之行。他们走在一条通往海滨的路上,比乡间小路平坦不了多少。这里人迹罕至,是他们寻求的让人满意的幻境的一部分。他们想深入光鲜亮丽的明信片深处,自己发现"真相"。

从巴黎起飞的飞机晚点了，他们急于上路，所以谁也没注意到租的车只剩下一点点汽油。等到油表警示灯亮起，所有加油站都已关门。最终，他们的高级吉普车剧烈抖动着在路边停了下来，太阳渐渐消失在山的背面。

他们得找个地方过夜。塞在副驾驶位储物箱里的公路地图显示，前方很长的一段路是没有人烟的，但让－卢克查了一下谷歌地图，上面标示不远处有个小拐弯可以下大路，拐弯尽头有几户人家。

"只走十公里，我的甜心，"让－卢克说，"我们能走到，对吗？"

他也就是那么一问而已。去年夏天,他们俩爬上了乞力马扎罗山。让－卢克在那里向她求的婚。这十公里算不了什么。

往塞尔维的爱马仕包里塞了换洗的T恤和牙刷后，他们就上路了。沿着荒芜已久、坑坑洼洼的主路走了两个小时，他们来到几座房子跟前。窗户黑漆漆的，没车停在外面。

"我觉得这儿没人住。"让－卢克说。

路上没有任何标志，也没有转弯处。他们俩轮换着用手机上的手电照路。

"你确定是这儿？"塞尔维问道。

"如果不是这里的话，那肯定是在别处。"让－卢克说，他的逻辑无懈可击。"肯定有些什么的。"

他们一边走着，让－卢克看了一下手腕上的百达翡丽古董表，那是他们订婚时塞尔维的父亲送他的礼物。已经九点半了。

过了不久，又出现了几座房子。他们来到了村子边上。

"真奇怪，它们不在地图上。"塞尔维发表着自己的意见。用希腊的标准来说，这应该是座小镇。

塞尔维被色彩柔和的优雅的房屋吸引，锻铁做的阳台，巨大的花盆中长着茂盛的罗勒。她又来了精神，又有了探险的热情。可是，让-卢克情绪低落，他抱怨由于妻子的疏忽，汽油没了，还不知道在哪儿睡觉。最关键的是，由于她的过错，他现在饥肠辘辘。

他们来到一条街上，那里有几家铺子，但是肉铺、点心店和杂货店都已关门。

"怎么都关门了？"塞尔维问丈夫，"现在是周五晚上呀！"

他们本来期待这个钟点，多数店铺会开门营业。

"我怎么会知道？"让-卢克烦躁地说，"我和你想的一样。"

他把鼻子贴在一家葡萄酒商店的窗玻璃上。

"看上去他们还有些上好的葡萄酒。"他说,"可惜关门了。"

透过窗户,他看到几瓶圣埃美隆一级葡萄园的葡萄酒,几乎让他兴奋起来。这个小镇还有人懂得欣赏美酒。

四月末的周五,村子里怎么会没什么人,这真的很奇怪。但他们也看不懂店里窗户上的说明,那可能是用来解释原因的。

他们经过的一家咖啡馆也关着门。他们穿过小镇,竟然连一家小旅店都没看到。

塞尔维指着一个牌子说:

"我想那上面写的是'警察局'。"

一个小小的箭头指向二层。

"可能他们会帮个忙。"她说,"我去看看,问一下。"

塞尔维学了几个希腊语单词,包里还塞着一本手册。

在又长又窄的楼梯尽头,她发现了一扇门。她敲了敲,用手一推,门开了,她发现自己走进了一间空屋子。里面没有桌子,甚至连椅子都没有。天花板高高的,没有窗户,刷着亮绿色油漆的墙上钉着一些黑白的嫌疑犯照片。她关上门,回到街上。

"运气如何?"她出来时,让-卢克问道。

"嗨,这儿大概没什么犯罪活动。"她说,"但可能也没有旅馆。"

"我呸!"让-卢克说,"看来我们只能一路走回去,到车里睡觉了吧。"

他觉得应该把这个显而易见的状况向塞尔维陈述一遍,要强调现状让人很郁闷。

"很显然,这个镇上没有加油站。"

"我们试试吧,乐观点。"塞尔维说着,拉起丈夫的手,"睡在星光下,应该很美……"

她心里想着应该不会太糟。夜晚的天气还是挺暖和的。

这个偏僻的社区显然是要节约在街灯上的花销,而天上又是一弯新月,基本看不清路。

尽管天很黑,塞尔维还是意识到他们不止一次地经过了同一家糕饼店。

"我们可能在绕圈圈。"她沮丧地说。

他们又继续走了几分钟。

"真见鬼,你怎么就没检查油表……"她突然发话了。

他一时没有反应过来。

"怎么能怪我?"他反驳道,暗示这应该是妻子负责的事。

他改变了语气,试着平静下来。毕竟,他们刚结婚两天。

"这样吧,我们找个地方吃饭。"他建议说。

村子里的小巷呈复杂的网状分布,拐过一个街角,他们意外地来到一个广场上。塞尔维注意到附近有座教堂,门开着。等走近一看,里面人满为患,人几乎要挤到街上了。

"终于看见人了!"塞尔维说。

他们站在门口,她小声问:"发生什么事了?"

让-卢克个子高,视线能越过前面那群人的头顶。在过道的尽头,他看见几位神父和一群人站在一具被鲜花覆盖的棺木旁。清一色的白花。

"好像是葬礼。"他平静地说。

他们俩退了出来,怕会有些冒犯。

现在两个人都开始觉得饥肠辘辘。这儿应该有餐馆的。

在下一条街的尽头,他们看到有灯光亮着。那是个综合商店——一家杂货店。

"我忘了从车上拿牙膏了。"塞尔维说,"这里应该有卖的吧。"

她没有理会丈夫抗议说自己很饿,径直推开了门。让－卢克待在店外面。尽管店面很窄,但比他们看到的深得多。她开始在商店前面的架子上仔细找寻要找的东西。

这家杂货店架子上东西的分类很奇怪。很难说清哪些是新货,哪些是二手货。有些物件可能从二十世纪七十年代起就在那儿了。什么都有,带塑料小绒球的头绳、磁带、亮蓝色和亮绿色的眼影、只有一种尺码的老年妇女用的棉质胸罩和只有一种样式的棕色塑料拖鞋。令塞尔维大惑不解的是,还有一些褪色的外套和女士手提包,以及一些古怪的首饰。那里甚至还有几本破旧的德希双语手册和一部旧诺基亚手机。她看到了各种各样的物品,从修正液到包装平整的玩具娃娃衣服。从前到后,每个架子上都满满的,还有些东西从天花板上垂下来。

昏暗处,有个粗声粗气的声音问道:"你要什么东西?"一听就知道是个常年抽烟的人。

一个身子宽宽的、让人有压抑感的人出现了,塞尔维吓了一跳。她猜店主大概只会讲希腊语,便用食指做了个刷牙的动作。

"找牙膏?"那女人粗声粗气地回答,"没有,没有牙膏。去药房问问吧。"

店主抓着一串钥匙,示意塞尔维离开。塞尔维很高兴能赶紧走开,她猜这个女人和自己一样,知道药房已经关门了。

被赶出去之前,塞尔维还是问了她,这里怎么会如此安静。

"耶稣受难日!"她生气地低声说道。

杂货店外面,让－卢克点上一支烟,正来回踱着步。

"嗯,她不太想帮忙。"塞尔维对他说道,"没有牙膏。"

"走呀,"让－卢克不耐烦地说,"我们走。要是没地方吃饭,你也就根本不用刷牙了。"

他们一边走,塞尔维一边告诉他店主说了些什么。

"可复活节是在三月,现在都快五月了。"让－卢克说,"她拿你寻开心吧。"

这对夫妻没搞明白,希腊东正教的复活节和天主教的复活节是不一样的。他们在飞机落地之后,只和租车行那个态度简慢的职员说过话,但他没提起复活节。当然他也没提在假日或周末,公司要额外收取费用。

让－卢克发现离杂货店不远处有家小餐馆,他抓住塞尔维的胳膊,把她拉了过去。

"你们预定了吗?"店主问。

里里外外所有桌子都空着,所以这个问题让他们吃了一惊。

"没有。"让－卢克说,"需要预定吗?"

"现在是复活节。"男人冷冷地说,"复活节都是要预定的,特别是耶稣受难日。"

让－卢克和塞尔维对视了一眼。塞尔维看出他又要抗议。

"你们只能用一小时。等复活巡街游行结束,人们回到教堂,你们就得走了。那时候大家就过来吃饭了。"

他们没再接着问,在人行道上的一张桌子边坐下。

"原来是复活节。"塞尔维说,"那个店里的女人说的是真的。大概这就是教堂里人很多的原因吧。"

服务员端来了几个碟子。没有菜单,没有选择。上来的菜只有鱿鱼、章鱼和希腊红鱼子酱(他们哪个都不会点的),还提供了水。让-卢克对葡萄酒很挑剔,现在这里只有桶装的。

"我想吃点肉,"让-卢克说,"或者像样的鱼。"

"我猜大概还在大斋节期间呢。"塞尔维嚼着炸鱿鱼圈说。

塞尔维边吃饭边拿出手机,查询"希腊东正教复活节"。她语速飞快地解释道:

"是的,他们今天晚上要抬着耶稣像在镇上游行,明天要烧犹大像,星期天庆祝耶稣升天。这上面说,希腊人今晚只吃海鲜,星期六吃羊内脏汤,星期天吃烤羊肉。"

"好吧,我可不打算待在这儿吃烤羊肉。"让-卢克冷冷地说。

菜一道接着一道上得很快。快要吃完饭时,他们听到了乐队的声音。他们俩向左边望去,看到了行进的队伍。走在前面的四个男人抬着一个类似棺材架子的东西,上面铺着成千上万朵白花,架子四周也装饰着花朵和叶蔓。这就是让-卢克在教堂里看到的"棺材"。架子后面跟着十几位神父,神父后面是辅祭,辅祭后面是三十人的大乐队,演奏着哀伤的葬礼进行曲。再后面的就是各色人群组成的队伍,有军人、水手、男童子军、女童子军和镇上的居民。他们迈着庄严的步伐缓慢前行。有几个人站在离小餐馆不远的地方往他们走的路上撒花瓣。每个人都开始哼曲子。架子从他们前面经过时,塞尔维和让-卢克闻到了柠檬花的甜香味。

"这就是他说的复活巡街游行吧。"塞尔维说。

服务员把账单放在他们面前的桌子上。

"我想人家是让我们走了。"她压低嗓音说。

让-卢克从钱包里掏出五十欧元,甩在桌子上。

等服务员拿着五欧元零钱回来时,塞尔维询问了关于旅馆的事。

"这儿没有旅馆。"他很不客气地说。

到目前为止,这个小镇没有对他们显示出一丁点希腊式的热情好客,这和他们以前的经历大不相同。

塞尔维和让-卢克面前的桌子被清理得很彻底。服务员甚至撤换了桌上的纸桌布。他表现得再明白不过了,他想让他们离开。

"走吧。"塞尔维说,"我讨厌这个地方。"

"哪里有加油站?"让-卢克恼火地问了店主最后一个问题。

"从大路的交叉路口往前面走二十公里,有一家,是返回雅典方向的。"

"让-卢克,快走吧。"

他们能看出这个人成心不想帮忙。刚才聚在教堂里的人一起过来用餐了。塞尔维注意到每个人都表情忧郁。没有人笑,也没有人开口说话。

"我猜,要是有宗教信仰的话,耶稣受难日应该是个十分悲伤的日子。"她说。

"那我们打算怎么办?"他们起身走回街道上时,让-卢克问道。

塞尔维注意到杂货店还亮着灯。

"我去问问那个女人,看她知不知道哪儿有房间,或者她能不能卖给我们一个油桶。"她满怀希望地说。

塞尔维进去时,女店主正坐在钱盒子前面,好像在等她。

"你知不知道有什么地方能让我们过个夜？"塞尔维问。

女人从猜字谜游戏上抬起头，看了她一眼。

"瞧，我们走不了了。"塞尔维说，"车没油了。没办法，只好等明天了。"

女人的眼睛从塞尔维身上扫过，转而看向让－卢克。

"警察局上面有个房间。"她说，眼睛还在看着这个年轻的男人，"这就是我的建议。"

"警察局？"让－卢克重复了一遍，"塞尔维，就是你先前去的那个？"

"就过一夜。"塞尔维恳求丈夫说，"哪儿都行，我太累了。"

"太感谢了！"她满腔热情地对那个女人说，不想让女人收回她的允诺。

"我弟弟是这儿的警察。我肯定他不会介意的。"

让－卢克感到不太舒服。

"真不敢相信我们要在宪兵队过夜。"他唠叨着，只有塞尔维能听见。

"我们没的选。"塞尔维说，随后他们跟着大屁股女人穿街过巷。

等到了警察局，女店主带他们上了楼。

第一个房间正如塞尔维记得的那样，但她没有注意到后面还有扇门通向另一个房间。

"有两张单人床。"他们走进去时，塞尔维开心地说，"看，角落里还有个洗手池。"

让－卢克一言不发。他有些生气地犹豫着。

塞尔维把包往一张床上一扔，就像在高级酒店里一样。让－卢克用手指戳了戳另一张床的床垫。

"我们蜜月的第一个晚上……"塞尔维大笑起来。

"我想累成这样,脏毯子也不会让你睡不着的。"他说道,以为他们相互之间用法语交谈,这位希腊女店主是听不懂的。

塞尔维回头看了看,想谢谢那位女店主,但她已经离开了,门在她身后关了起来。

"我们早上一定要去谢谢她。"塞尔维说。

塞尔维在洗手池那儿刷了牙(没有牙膏),往脸上拍了点水,然后躺到了床上。让-卢克已然睡着了。没一会儿,她也睡着了。这一天太长了,他们都累坏了。

第二天早上,塞尔维先醒来。屋子没有窗户,所以不是光线唤醒了她,而是她渴得难受。鱿鱼很咸。她昨晚在饭店拿了一小瓶水,又在洗手池那里把瓶子灌满了。

让-卢克还睡得很死。她看了一眼手机,已经中午了。她想着喝杯咖啡应该挺不错的,于是决定出去看看哪里卖可以外带的咖啡。

门把手好像很紧,上下动不了多少。她晃了晃,又慢慢试了试,然后使劲扳,但门根本打不开。

让-卢克还在睡。塞尔维感到越来越焦虑。这间天花板很高的屋子突然让她觉得窒息,而头一天晚上她丝毫没有这种感觉。现在似乎连空气也变得稀薄了。

她又试了一下门把手,然后转过身,惊恐得喘不过气来。

"让-卢克,让-卢克!"她晃动着他的肩膀。"打不开,让-卢克。我们被困在这儿了。出不去了!"她尖叫起来。

让－卢克揉揉眼睛。

"怎么了……"他睡眼惺忪地问。

"我们被困在这儿了。"她满脸泪水,重复着刚才的话。

让－卢克镇静地坐在床上,甩动着长长的腿。

"让我试试。"他说,"我想不会真是卡住了吧。"

他紧紧抓住把手往下拉,第二次更加用劲地拉。把手从门上掉了下来,抓在他手里。

"让－卢克,看你干的好事!"

"塞尔维,这不是我的错!"他厉声说。

他的妻子开始哭泣。

"我们得镇静。"他说,"害怕是没用的。"

他太渴了,走到洗手池前直接对着水龙头喝起水来,又用水拍了拍脸。

他洗脸时,塞尔维开始用拳头使劲砸门。

"救命呀!救命呀!"她大声喊起来。

让－卢克拉住塞尔维的手,让她挨着自己坐在床上。

"你手机还有电吗?"

塞尔维伸手从包里掏出手机。还有一点电,但没有信号。让－卢克发现自己的手机也没信号。

"那我们就这么坐在这儿?等有人来警察局?要是没人来怎么办?"塞尔维说。

"不会吧,就因为是复活节?好像不太可能,是不是?"让－卢克说。

"那……现在怎么办?"

"你有指甲锉吗？"

塞尔维翻遍手提包，在包底找到一个金属指甲锉。

"我用这个看看能不能做点什么。"

让－卢克花了一个半小时，用指甲锉捣鼓着门锁。塞尔维躺在床上看着天花板，紧张地拨弄着自己的结婚戒指，将它转了一圈又一圈，好像这能帮助她消磨时间。

突然，她听到嘎吱一声，一下子坐了起来。门打开了！

"让－卢克！"她大喊一声，激动地跳了起来，门大敞而开。

等她看到门的另外一边是什么的时候，开心立刻变成了沮丧。全是铁条。这些铁条肯定是和墙齐平的，门一关上，就悄悄地滑了过来。

"我们在牢房里。"让－卢克平静地说，"你看……"

塞尔维走上前去。

"你看这个挂锁。"让－卢克说，"他们不想让我们从这里出去。"

有人把他们锁在这里了。

塞尔维明显在发抖。

"为什么？"她虚弱地说，"我们做错什么了？"

"我想是因为我们本不该来这儿。"让－卢克答道。

被囚禁的困惑之外，现在又增添了让人愕然的恐惧。

有那么一会儿，他们俩互相抱着，后来让－卢克看看屋子，又往上看了看天花板。在墙的上方有个空调系统的通风口。

"从封住的门是走不出去了，或许我们俩有一个能从这里出去。"他说着指指上面。让－卢克又高又瘦，但是肩膀很宽。显然只有小巧的人才合适，那就是塞尔维。

若想够到通风口，只能把铁床架子竖起来当梯子用。一张铁床不够高。让-卢克费了九牛二虎之力，终于把第二张床弄到了第一张床上面，用脏毯子把它们绑在一起。

他看到妻子眼里满是恐惧。

"这是我们离开这里唯一的希望了。"让-卢克恳求道，"来，拿着指甲锉。爬上去之后需要这个。"

塞尔维默默地把指甲锉放进牛仔裤的口袋里，开始往上爬。爬到通风口那儿之后，她开始卸螺丝，一共有八个螺丝卡着格栅，全锈死了。

"我弄不下来。"她怕得不行，声音很小。

"亲爱的，你得再试试……"

差不多三个小时后，格栅哐当一声掉到地板上。现在她得试着从洞里爬出去。

"让-卢克……我不敢。"她低头看着丈夫说。

"求你了，亲爱的。为了我们俩，求你试试吧。"

塞尔维用尽全身力气，把自己撑起来，爬进那个狭窄的空间。她的脚消失了，留下让-卢克一个人在牢房里。他向上朝着那个黑洞喊，但没人回答。

在墙的另外一边，塞尔维头先着地，跌到一个阳台上。两把塑料椅轻轻接住了她，但她呼吸困难，身上还有不少瘀青。

她慢慢站起身，看了看周围。她告诉自己要勇敢，让-卢克指望着她。天已经黑了，下面昏暗的街上一个人也没有。房子里没有灯光。塞尔维发现她能沿着一排阳台爬过去，然后下到街道上。从那里能找到回去的路，去救让-卢克。

十分钟后,浑身青一块紫一块的塞尔维走上台阶,又一次来到警察局。这次外面结实的大门紧锁着,她使劲敲着门,希望丈夫能听到,知道她已经安全了。

牢房里面,让-卢克坐在地板上,试着看看自己和塞尔维的手机能不能有信号,但毫无结果。两个手机都显示已经晚上九点了。昨天那种饥饿难耐和今天这种感觉比起来,已经算不了什么。外面,恐惧驱使着塞尔维,她需要找人帮忙来救他。

她想避开杂货店。肯定是店主把他们锁在里面的。要是她到海边瞧瞧,可能会找到其他游客帮助她,或许还能找到法国人。

街道弯弯曲曲的,它们的走向似乎没有任何逻辑,但她知道,如果沿着下坡路走,早晚都能走到海边。

一只狗从阴影里向她扑来,一条巨大的锁链阻止了它。她很害怕,本能地喊了起来。从那时起,她的心一直怦怦跳。

突然,在黑暗里,她被矮矮的系缆柱绊了一跤。她本能地伸出手,不让自己摔倒,紧接着清清楚楚地听到碎裂声。她的双膝重重地摔在鹅卵石上,但摔断的是左手腕。很快,手腕肿了,手指开始僵硬。在手指肿胀起来之前,她摘下了结婚戒指,放到牛仔裤口袋里。她的手指不一会儿就肿得像香肠一样。她坐在马路边,疼得前后摇晃,痛哭流涕。巨大的痛苦撕扯着塞尔维,她还对着排污沟呕吐起来。

"见鬼!"她紧紧抓着手腕大喊,"见鬼!真见鬼!"

血顺着磕破的牛仔裤渗了出来。她膝盖磕了个口子,伤得很重。她坐在那里待了几分钟,想克服恶心的感觉,努力让自己别晕倒,并扶着系缆柱站了起来。她走了几步,意识到最好还是坐下。于是她回到人行道上,把头埋在两膝间,试图抑制住因疼痛和挫败而开始的哭泣。

过了一会儿,她头脑清醒了一些,又站了起来。她得继续找人帮忙,离开让－卢克至少有一小时了。她扶着墙支撑着自己,缓缓走到街上。远处就是海边,她能看到那儿有动静。她小心翼翼地往那边走,一刻也没忘记镇上有人不想让他们待在这里。

她看见前边不远处的海滨大道上人来人往。还有几百米才能走到路的尽头。她走得很慢很慢。走近后,她看到人们沿着水边排起了队。没有街灯,水边的小餐馆和咖啡馆也没有点灯。

有千余人站在那里,其中有男人、女人,也有小孩。黑暗中,她能看到每个人手里都捧着一支未点燃的白色长蜡烛。一位神父在唱诗,但人群静悄悄的,人们的脸上毫无表情。

他们在干什么?塞尔维问自己。

她小心地走到人群边,每个人的眼睛都盯着前面的一个东西,并不在意谁站在他们旁边。塞尔维意识到水里在发生什么事。

在她身边,一个男孩指着天上的一处亮光。

海港另一端的悬崖上出现了橘黄色的光亮。光亮运动的速度很快,顷刻到了半空中。那是雷管。

刹那间一声巨响,声音在岩石间回荡。大火在港口中央点燃。

黑色映衬着大海的深蓝色,水中央造出了一个形如海岛的东西,模拟的是一个鹳鸟的巢。现在整个鸟巢亮了起来,火焰升腾着直冲天空。

"岛"上有个构件。起初很难辨认,现在火焰升腾,她看清楚了。是脚手架。应该是绞刑架,架子上耷拉着一个柔弱的身影。

她想起昨天查到的信息，人们会在复活节的星期六烧犹大雕像。

这时，焰火升空，震耳欲聋的爆炸声响起，鞭炮也在周围被点燃了。此时的海边变得像战场一样。她往后缩了一下。

站在她左边和右边的人纷纷点着了蜡烛。火焰从一个人手中传到下一个人手中，直到一千根蜡烛都亮了起来。火焰沿着海边闪闪跳动，从下面照亮了一张张面孔。人们似乎比头一天晚上高兴些。

一个女人把一支蜡烛塞到塞尔维的右手中，用自己的蜡烛点着了它。

"Christos Anesti!" 她开心地说，"Hronia Polla!"①

塞尔维不知道她在说什么，也不喜欢点着的蜡烛的火焰，那是当天下午才从耶路撒冷传递过来的，是神圣的光。耶稣复活了。

现在，很多人都转身离开，该吃饭了。

塞尔维继续观察着那个雕像，它让人着迷。火势很猛，看情形还会烧上一段时间。那瘦长的身形让她想起让-卢克。一定是疼痛让她有些神志不清。

风向时不时地转换着，火舌伸向码头这边。一股味道朝她飘过来。很明显是烤肉的味道。奇怪，到明天才可以烤肉的。

"我的天啊……"塞尔维低声说，她呆若木鸡，"我的天哪！我的天哪……"

过了几分钟，火焰熄灭了。焦黑的尸体仍在闷燃。绞刑架的支撑柱翻了，掉进了大海，她此刻只是一动不动地站着。不知是什么做成的"犹大"剩下的部分也一起掉进海里。人造小岛和上面的一

---

①两句均为希腊语，大意为耶稣复活，生日快乐。

切都烧成了灰,漂浮在海面上的是烧黑的稻草碎片。

剩下的人也散开了。她害怕一个人站着,她得回警察局,但不能找警察。塞尔维已经意识到一切都是徒劳。她绝望地往海上看了一眼,转身离开。

她一瘸一拐的,尽可能走快些,用右手扶着断了的左手腕,每走一步都钻心地疼。现在有些房子亮起了灯,终于,她看到了熟悉的标识。

警察局。

她既害怕又担心,拖着身子爬上台阶。台阶尽头的门开着。

外面的屋子没有变化,里面的门关着。头天下午她没注意到的那一根根铁条都滑了回去。

"让-卢克!让-卢克!"她叫了起来,虚弱得几乎说不出话来了,"让……"

门把手一拧就开了。她打开门。两张床像他们第一次看见的时候一样,灰色的毯子披得很整齐。空调通风口已经复位。丝毫觉察不出有人在这里睡过觉。她丈夫也不见了。她往床底下看看,想找到车钥匙、他的牙刷……什么都行。屋里没有任何证据能证明他们在这里待过。好像他们根本没来过。

飙升的肾上腺素让她从村里逃了出去。她只能确定一件事,就是必须离开。然而她花了前一天两倍的时间才走回大路上。

当然,吉普车还锁在那儿,没有一丁点汽油。早上四点,有一辆卡车路过,但没停。司机大概喝醉了。她绝望地坐在路边,震惊让她麻痹,手腕和膝盖阵阵抽痛。她在某个时刻把手伸进了口袋。过去的几个小时里,结婚戒指不知在什么地方掉了出去。天亮了,一个农夫路过,捎了她一路。他只知道她的车抛锚了,手腕摔断了。

他不会说法语,也不会说英语。她很高兴能安静一会儿。他把她带到了邻近的一个大镇子上,离这里五十公里远。

医院里有位医生法语很好。现在她有些歇斯底里,几乎不能理解任何语言,但还是挣扎着断断续续地讲完了她的故事。当那位医生替她翻译时,其他的医生和护士都围了过来,有几个人点了点头。至少他们相信她说的。希腊这一地区的人都知道一些关于那个村子的传言。据说过去几个世纪中,村民们会在复活节的

星期六吊死一个罪犯。很少有人知道这个传统又恢复了。让-卢克和塞尔维在错误的时间去了一个不该去的地方。或者说,他们不知不觉破坏了村里的恶法,即便那恶法没用文字写下来。他们侵扰了村民的生活。

没有尸体,没有证据,也没有人证实塞尔维的故事。更让这个年轻女人害怕的是,她成了被调查的对象。一切都对她不利。甚至连她刚结婚几天就丢了婚戒这件事,都暗示着他们起了争执,而争执导致她受伤。警察和当地人意见一致。最后只是因为没有发现尸体,所以谋杀不能成立。

希腊媒体一时间曾对这桩案子着迷,但开庭之后,这个故事很快就被忘掉了。过了一段时间,杂货店的橱窗里出现了两枚式样简单的婚戒,挤在一堆塑料梳子和一块摔破的百达翡丽手表中间。

我感到毛骨悚然，想起我曾经一边吃晚饭一边眺望那个海港。那天晚上，我做了个噩梦，梦见了让-卢克。

在那家舒适又便宜的酒店待了几天后，我决定继续前行。现在我已经旅行了近九个月，尽管想你的次数越来越少，但又增添了新的烦恼。先是经济拮据，然后是焦虑什么时候必须回伦敦。我决定把这些事放下，至少再放一段时间，先在这里过个复活节，或许会让自己摆脱有关塞尔维和让-卢克的可怕想象。最后，我在一个山村里度过了这个重要的宗教节日，在村里待了几天，被一群热情好客的陌生人接纳。我亲眼看到烧犹大塑像的场景，吃了他们的羊内脏汤，在现场听着音乐，一直熬到夜里三点。

村子离塞莫皮莱不远。那里很出名，是三百位希腊勇士与十万波斯入侵者（有的历史学家认为不止十万人）英勇决战的地方。我在一个空荡荡的停车场停好车，停车场边有一座巨大的纪念碑。尽管战斗发生在两千五百多年前，我还是被这座纪念碑纪念的超凡勇气所打动。列奥尼达国王[①]手持长矛的巨型雕像旁写着："冲啊，干掉他们！"这是他对要求他放下武器的人的回答。他拒绝投降，决不妥协，着实令人钦佩。

[①]列奥尼达国王（？－公元前480），古希腊斯巴达国王，抗击波斯入侵的英雄。

我站在那儿时，另一辆车开了上来。一对老夫妇从车里出来。他们大概刚过八十。像大多数这个年纪的人一样，夫妇俩都身材矮小。他们讲究的穿着和开的破旧丰田车形成鲜明对比。男人碰碰帽子，对我打了个招呼，然后我们三人都静静地盯着列奥尼达看，他的轮廓映着血红的天空。男人转身对着我，开始说起来："Filé mou, ehoume akomi sto ema mas tin andistasi. Etsi, alloste, ehasé ti zoi tou kai o aderfos mou. Kapii apo emas dev…"

我喜欢他激情奔放的表达方式，但觉得应该告诉他我是个外国人，一点都不懂他刚才说了些什么。

"对不起，对不起，朋友！"他说，"我是说抵抗精神依然流淌在我们的血液里！我兄弟就是在抵抗运动中牺牲的。我们中有些人是不会向德国人投降的！"

希腊是这么一个小国，常常是人没有别国的多，武器也不如别国的好。这可能就是为什么这座纪念碑今天依然令人感动的原因。对土耳其人和德国人的抵抗依然深深印在人们的记忆中。列奥尼达国王的英勇壮举已成为传奇。很多人甚至在今天还能感到德国人的压迫。当然，现在的压迫是经济上的，但抵制的意愿依旧强烈。

太阳下山了，我们各自上路。

现在，夜晚越来越暖和，夏天就要来了。

尽管我一直随心而行，但行程单上一直有个特别的地方要去，原本打算带你去看看的，但现在我已准备好独自前去。某天早上醒来，我将自己此刻的感觉和九月那个黑色日子的感觉做了一番比较。乌云已散。我意识到可以不带伤感地去那里了，我也不再为你写下面这样的文字了。

"德尔菲:美丽而神秘的地方。"

数十年前,我在一次学校组织的旅行中去了那里,在一本练习本的页边写下了这句话。点燃我想象的不是古老的石柱,也不是露天剧场和运动场,而是那里的氛围。那是一种神秘感。作为一个十多岁的孩子,我感觉到了,总想回去看看是不是真的有超自然的东西,又或许那只不过存在于一个少年的头脑之中?

古时候,伟大的领导者在做出重大决定前,总是先求询德尔菲神谕。一位女祭司坐在阿波罗神庙中,用特有的方式说话。等到男祭司将她的话解释完毕,这些话便会引导领导者做出决断。今天,神庙已经没有多少遗留下来,不过有许多理论探讨是什么让这些女祭司在讲话时处于半睡半醒的状态。那不着边际的话语和幻觉,现在被认为是地上裂缝中冒出的烟气导致的(可能是乙烯或甲烷)。

几千年来,德尔菲一直是宗教中心。周边的人们走很远的路来祭祀,寻求引导。后来人们渐渐地不再相信德尔菲了,开始寻求替代的方式,祈祷、占星、看塔罗牌、凝视水晶球,在希腊是看咖啡渣形成的图案。今天人们寻求启迪的兴趣与以往一样高涨,只不过到不同的地方去寻觅了。

有时候,再度探访一个地方,会有一种它似乎变小了的印象,或许你会有些失望。可是德尔菲比我记忆中的更不平凡、更辉煌,现在那里有一座优雅的博物馆收藏着它辉煌的雕塑。在五月一个令人目眩的日子,我又一次感受到了它的神奇。

去过德尔菲的那个晚上,我住进了附近一座渔村的一家小酒店。第二天早餐,有一个女人在独自吃饭。餐厅里的宁静让人尴尬,于是我们开始聊天。

一开始，我没意识到她是希腊人，猜想她和我一样是来旅游的。她留着利落整洁的短发，身着昂贵的夹克衫，驼色手提包上有某个名牌的标牌。不过，在她介绍自己叫雅典娜时，我猜到了她的国籍。

"我是来过周末的。"她说，"我住在德国。"她的英语说得很完美，但有一点点急促。

这就解释了她为何不怎么像我印象中的希腊妇女。当我明白她在欧洲北部安了家，是位职业女性时，她的短发和别致的中性衣着就说得通了。

"住在德国不错吧？"

这样问应该很得体，我就不用问她为什么搬去德国了。她应该是希腊成千上万经济移民中的一员，离开希腊到别处找工作。

"还行。"她含糊地答道，"银行业的收入不错。"

我没再问下去。我们说到了德尔菲，说到各自印象深刻的事，说到是否喜欢博物馆的展品陈列，等等。

突然，她转到完全私人的话题上，让我不知该说些什么。

"我来寻找我自己。"

她抬起头来，不再盯着盘子，第一次在谈话中冲我微微一笑。

"你知道阿波罗神殿门楣上刻的那些字吗？"她继续说着，"'Gnothi s'eafton'，认识你自己。"

我点点头。

她刚才一直在拨弄盘子里的一块西红柿，但突然抬起头和我对视。

"我想平生第一次，我明白了我是谁。"她说。

她的眼睛激动地闪着光，严肃的神情不见了。讲述自己的故事时，她变得越来越活泼。不再是德国人的模样，而是希腊人的模样。
　　"我看到了我的未来！"

"认识你自己"

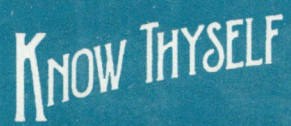

DELPHI

CREECE

ΕΛΛΑΣ

Printed in Greece

就在一个月前,雅典娜还在杜塞尔多夫一座办公大楼的二十八层上,透过有色玻璃窗向外看去,眼前是别处的有色玻璃窗。整个街区被闪闪发光的玻璃幕墙大楼占据。在雅典娜看来,它们就是为了相互映衬而矗立在那里的。大楼里都是些国际大公司,那些银行家、律师、经纪人、对冲基金经理和金融家在一个自给自足的活动圈子里相互服务。

"再融资""蓝筹股""税务重组""尽职调查""离岸",还有其他类似的词句在会议桌上方飘来飘去。她仔细揣摩商务语言。不论英语、德语还是希腊语,这些都不难掌握,重要的似乎是你如何说,而不是你说什么。

每位高管面前,除了一个记事本和一支削好的铅笔,还有茶杯和茶托,杯里的过滤咖啡还是满的,但早已凉透。这些东西堆在桌子上,同会议本身一样缺乏目的:每个人都用iPad记笔记,每个人都喝外卖的卡布奇诺。

雅典娜偷偷看了一眼时间,会议已经持续了快两个小时,但议程只进行到一半。她忍住了一个哈欠。她刚刚做完关于一家新电信公司需要再融资的报告。现在轮到另一位同事发言,用幻灯片展示财务预测。他是团队刚录用的新人,太急于表现,准备得太多了。

我在这儿干什么呢?雅典娜问自己。住在杜塞尔多夫的最初几个星期里,她一直很兴奋,一旦新鲜感逐渐消逝,这个问题每天都会浮现在她脑海里。这种状态已经持续一年多了。

她为什么要生活在异国他乡?气候寒冷,远离家人和朋友,还做着一份让自己不开心的工作?这一切是怎么发生的?

会议终于结束了,已经是晚上八点半。她把笔记本电脑扔进公文包,没同同事们打招呼便悄悄溜出了屋子。她发现唯一能让她安静下来、平复心中呐喊的只有瑜伽。比克拉姆瑜伽、阿斯汤加瑜伽、冥想,她都试过,其中有一种抚慰。她怀疑这是唯一一件能让她依然保持理智的事。

她要是不跑起来,就要错过瑜伽课了。

整整一个小时,她沉浸在香气和印度祷文中,但一切都只在这"一时"。一旦这种如爱抚般的潺潺水声和悦耳的风铃声消失,一旦香草和佛手柑精油的香气消散,瑜伽的益处也就消失殆尽。健康幸福只不过是另一种商品,按小时出售。瑜伽馆外面的墙上,有张海报上写着"发现自我",但如果说她明白一件事的话,那就是在瑜伽垫上找不到"自我"。

练完瑜伽,她步行回家。又一次穿过没有树的市中心,又一次在混凝土高楼的缝隙间抬头凝望,找寻星星。她急匆匆地回家,已经迟到了。雅典娜每周都要和住在拉米亚的父母通网络电话,但她知道他们会熬夜等着她。从最近的车站上车的话,她也要坐半小时火车才能回到家。

"亲爱的,你好吗?杜塞尔多夫怎么样?冷吗?"

问题一个接着一个。

"亲爱的,我希望你不要总吃香肠和炸肉排。我知道德国饭菜比较油腻。我多想给你寄点葡萄叶饭团啊。算了,那给你寄点橄榄油吧。迪米特里斯叔叔刚收完橄榄,他说这是十几年来最好的。亲爱的,我们为你骄傲。我们都想你。乔治亚婶婶问你好。昨天是她的圣日。祝她生日快乐了吗?她说没收到你的信息……"

"妈妈……"

屏幕上出现了爸爸的脸,把妈妈推到了一边。雅典娜喜欢看到他们俩,很高兴能看一眼自己家的老屋,那么熟悉,一点也没变。她喉头一阵哽咽。

"我的宝贝,你表兄扬尼斯丢了保险公司的差事,去酒吧当酒保了。他弟弟冬天一直在申请工作。还没找到。这里没什么活儿可干。卡泰里尼有份工作,但是……"

"爸爸。"她说,"他为什么不去干这份工作呢?"

"我们和他说了,让他找你聊聊。你能给他在德国找个事做吗?有没有什么人可以问问?他是个好孩子。你觉得你能帮他吗?你姑姑肯定特别高兴。现在这边情况真的很糟。"

"我们真为你骄傲。"母亲突然插话。她脑袋靠在丈夫肩膀上,这样女儿就能看见她。是真的,他们的独生女在学校一直很优秀,还上了大学。他们也为有能力送她去英国读硕士而高兴。可不是所有人都能负担得起的。

她父亲决定继续讲最新的消息。

"这阵子政府好像把事情弄得更糟了。今天有人游行,下个星期有大罢工。'激进左翼联盟'惹上麻烦了。所有人都不满意,连那些投他们票的人也不满意。"

妈妈的意识流和爸爸对希腊经济的忧虑几乎都无法打断。她根本没试着去打断他们。

"看上去你住的地方并不舒服呀。"妈妈说着,往屏幕里看了一眼,"够暖和吗?还在下雪吗?你的室友怎么样?"

雅典娜的室友是位医生,曾经在希腊的《每日报》上登了一条广告,为自己在杜塞尔多夫的住处找室友。医院的工作让她在家待不了几个小时,但她还是想和希腊人一起住。雅典娜每天早上七点穿过拥挤的城市,常常夜里十点以后才回家,所以两个女人不常见面,只是有时会在浴室外聊上几句。

"她挺好的。"雅典娜答道,"上班时间特别长。"

"你也很辛苦。"妈妈心疼地说。

她听不清爸爸在妈妈耳边悄声讲了什么,她认为自己听到的是"总比没有工作强……"。

这些年来父母的观点总是起冲突。父亲很为她骄傲,他对女儿期望很高,希望她干一番事业;母亲则一心想把独生女拉回家里。父母就这样来回拉扯着她。她对两者都很抗拒。和他们对话让人疲惫,所以她对他们隐瞒了很多,试图避免陷入他们好意但强势的各种指导。至少她在杜塞尔多夫不会像在家乡一样被他们压制。

她告诉父母自己挣一千六百欧元,但从来没告诉过他们这不是一个月的工资。事实上,这是一周的薪水。对希腊的水准而言,这可是个天文数字。刚开始她也不相信自己所在的银行居然这么慷慨,但后来开始把这个收入当成补偿。有时她感觉好像把自己卖给了这家毫无个性的公司。

第二天,在早会上,雅典娜凝视着这个毫无生气的城市,几公里长的整洁的钢铁和玻璃,她意识到自己该走了。

接下来是个长周末,待在德国没什么事可做,和一个同事还在萌芽状态的关系也告吹了。这可能是件好事,因为在公司内部谈恋爱不太受欢迎。

早会一结束,她就用 iPad 订了往返希腊的机票,但她没打算回家。父亲会因为她在杜塞尔多夫不开心而不安,妈妈则会产生错误的期盼,以为她要回希腊。而她另有打算。

海报上的"发现自我"让她想起在学校学的东西。那是刻在德尔菲的阿波罗神殿门楣上的句子——"认识你自己"。

她从没去过德尔菲,但作为一个在希腊长大的孩子,她知道几千年来人们都到那里去寻求有关未来的指引。

祭司和女先知早已不知所踪,但还是有很多人造访这个地方。她想知道为什么。至少去那里可以给她些时间思考思考,同时也可以看看蓝天。

雅典娜在飞机上看航空杂志里有关她的星座的文章打发时间。如果你跟随指示,听从占星家的建议,至少能找到一条活下去的路。那些写手的话听上去总是信心满满,语气如此肯定:天秤座的她一定有怎样的性格,生活中肯定会做这件事或那件事。或许这在今天就相当于当年咨询传神谕者。只不过是个信仰问题,她妒忌那些有信仰的人。

一走下飞机,自己国家的香气便扑面而来。连机场都有特别的香味。可能只不过是空气清新剂,但她想让自己的肺里充满那种甜甜的味道。整个机场好像充满活力,到达大厅的咖啡吧里挤满了人。排队租车之前,她给自己买了一杯"elliniko metrio",一种加了一点糖的浓浓的希腊咖啡。她就像一个熬了很久才抽上一口的瘾君子。

"今天过得好吗?"赫兹租车公司柜台后的男人问道。

她脸上挂着笑容,大多数来租车的人都很紧张,但这个穿着讲究的年轻女人似乎很惬意。

"是的。"她答道,"非常好。"

"要去什么好地方?"

"去以前从没去过的一个地方。"她说,"德尔菲。"

"去咨询传神谕者?"他开起了玩笑。

"差不多……"

他递给她车钥匙。

"祝你好运!"

她驱车在高速公路上行驶,车子好像自己认识路似的。那条路很好开,几乎笔直地通向她的目的地。租车公司那个人肯定给她升级了,奥迪车的音响系统传出了乔治·达拉莱斯熟悉的声音,乐音冲击着豪华的内饰。仿佛这位歌唱家在给她一个人唱小夜曲。

> 我爱你因为你很美丽,
> 我爱你因为你就是你。

离家在外的时候,她不允许自己听希腊音乐,因为那样会想家。但现在她"回家"了,可以放纵一下自己。她随着乔治一起唱了起来,对着前面郁郁葱葱的群山大声地唱出歌词。

这条路带她从绿色的风景中穿过,路的两旁盛开着耀眼的金雀花。天空是一片蔚蓝。她驱车穿过了景色壮观的山谷,仅仅为此而来,便已不虚此行。

两个小时后,她看到了第一个指向德尔菲的路标。

她透过树丛瞥见几根廊柱,明白已经到目的地了。

停好车之后,她溜达着进去买票,去参观遗址和博物馆。

"先去阿波罗神庙,"售票台前的女人对她说,"然后再去博物馆,这是最好的线路。"

她老老实实地听从指示。那是个阳光充足的下午,但晚春时节没有几个游人。雅典娜沿着"圣路"小径徘徊,想象着两千五百年前这里是什么样子。这儿还有一处金库遗址。在古时,人们许诺把钱财留给祭司,以换取预言和忠告。

阿波罗神殿遗址处残存着一些令人印象深刻的柱子,她并不只是想看看考古遗迹。那好像是看着一个骷髅,而去试图想象一个活着的喘气的人。她时不时看看导游手册上的复原图,在脑海里构建它原来的形象。圆形露天剧场和运动场则不需要多少想象力。它们都完好无损,似乎银灰色的石头依然能圈住激动的人群的欢呼声和窃窃私语。

她很快从景点说明中得知,原来的神谕所早已因一次地震被掩埋在废墟之下。对人类来说,那肯定是一场大灾难,他们失去了智慧和指引的来源。她自己禁不住感到一阵失望。

博物馆里展览的是从废墟里挖掘出来的雕像和其他古董。进博物馆之前,她去咖啡馆买了瓶水,然后坐在外面的平台上欣赏景色。

即使没有这些文物,这里高低起伏的自然之美也是一景。

到德尔菲之前,她在阿拉霍瓦停下车买烟。自从一年之前回了一趟希腊,她在德国再没抽过烟。在德国抽烟而不触犯法律法规是根本不可能的。她深吸一口,自由地抽烟的快感胜过吸入尼古丁带来的满足。

柏树散发着浓郁的香气,阳光温暖地照在脸上,雅典娜感到自己慢慢暖和起来,她闭上了眼睛。去年一夏天,她每天都穿着冬季

外套。十八个月来,她第一次脱下了外套。外套此刻依旧放在车后座上,杜塞尔多夫的单调乏味和毫无变化的灰蒙蒙的天空似乎都远离了她。

她掐掉烟头,站了起来,准备去博物馆。

一走进去,她就被宽敞的展厅迷住了。这里收藏着她见过的最优美的藏品。所有的东西都有几千年历史,大多是极好的金色石头做成的。有些神殿顶部的带状雕刻讲述的是特洛伊战争:诱拐、战争、狮子、巨人和希腊诸神。这些雕刻作品动态十足地叙述着他们的故事,好像展开的电影胶片。

还有一些小雕像,只有几厘米高。更多的是丰碑似的库洛斯雕像[①]。这两个身材健硕的双胞胎兄弟的故事是个悲剧。

他们的母亲需要坐四轮车去神庙,但没有牛来拉车。于是两个年轻人自己套上挽具为母亲拉车。母亲被他们感动,祈祷他们获得能得到的最好的回报。于是他们就躺下睡觉,从此长眠不起。

雅典娜十分震惊。

安详之死就是最高奖赏吗?她思索着。

这苦乐参半的故事结局让她心里空落落的。

不远处是安提诺乌斯的雕像,据说他是世界上最英俊的男人,被罗马皇帝哈德良宠幸。他在尼罗河溺水身亡后,哈德良让他成为受人崇拜的半人半神。雕像很凄美,是对逝去的美与青春的挽歌。

这些过早死亡和意外死亡的形象困扰着她。这三个人在前一天都不知道生命将逝。他们取得了想要的成就吗?她心中疑惑不解。

在德尔菲还有许多其他的死亡警告,但她不太需要被提醒不要

[①]古希腊时代的青年男性塑像,以塑造贵族男子为主。

浪费生命。这不是上帝的启示。来的路上,死亡已经呈现在她面前了。路边有无数纪念交通事故受害者的纪念物,几处墓地里,很多树上钉着逝去的男人和女人的照片,预示着即将到来的纪念仪式或葬礼。

她真正想要的是指引方向。就像古时来这里的人们那样,她渴望得到一些忠告,透彻地告诉她应该怎样对待自己的一生。

离开之前,她决定到雅典娜神庙,也就是所谓的圆殿去看看。它在博物馆门口那条路对面。

已经过了六点,其他的游客都已离开。五点一到,几辆旅游大巴就立刻开走了。她沿着凹凸不平的路走到神庙遗址,四周荒凉得让她感觉自己像个入侵者。

遗址四周茂密的黄色玛格丽特花和野草令它呈现出被彻底遗弃的景象。金翅雀在附近的橄榄园中唱着悦耳动听的歌,不知躲在哪里的布谷鸟柔声附和着。其他的鸟儿也叽叽喳喳地鸣叫。空中到处是小飞虫。

围成一圈的廊柱气氛温馨，让她陶醉。这个圆殿有一种德尔菲其他地方不具备的完美感。或许这种亲切感来自于它的名字？雅典娜在石头上坐了将近一个小时，听着鸟鸣，凝望着周边的风景。

她没有注意到角落里藏着一栋小房子，当一个男人突然出现在她旁边时，她吓了一跳。

看到他身着制服，她松了一口气。

"这么晚还上班呀。"她说。

"上夜班。"他回答道，"附近有一个很兴旺的古董黑市，所以我们得保卫这些财宝。"

"偷这些太难了吧？是不是？"

雅典娜指着高耸入云的石柱上的三人雕像。组成圆殿的是二十组雕像，现在只恢复了三组。

"你要是知道那些人都偷过些什么，一定会吃惊的。"他说。

"这里真漂亮。"她说。

"在我看来，这儿是这个地方最可爱的一部分。"他说。

似乎他做这份工作不是为了钱。她能感觉到他真心热爱自己看守的这些石头。

"雅典娜至圣所……"

"预言？"雅典娜问道，导游手册上有这个问。

"先见之明。有先见之明的雅典娜。"

"她预测未来？"雅典娜问道。

"有人相信是这样的。人们不只是从神谕所寻求建议。"

"天黑之后……这里会是什么样子?"

她猜想夜晚时,这里到处是坍塌的石柱和灰色的石板,一定很恐怖。

"我习惯了。"他说,"夜晚会给我巨大的回报。"

一时间,雅典娜不知道他的话是什么意思。

"看看你身后。"他说。

雅典娜转过身去。

眼前的美景让她大吃一惊。夕阳异常奇诡而明亮,令她倒抽一口气。粉色的天空烟气弥漫,像是远处有火山喷发,火焰和灰烬直冲云霄。

她已经有一年没看过夕阳西下了。在杜塞尔多夫,太阳总是在云朵或高楼背后悄悄沉落。

此时此刻,雅典娜回忆起夕阳落山的威力和感染力。在她去德国生活之前,太阳、月亮和星辰是日常生活的一部分,永远在那里,永远看得见。她从没意识到自己会如此深切地思念希腊之美。

落日似乎成了一种超自然现象。她与那位保安并排站着,静静地观看这不同寻常的景象,感受落日那超自然的力量。

"我百看不厌。"他说。

就像其他孤独了很久的人一样,他很爱说话,她也很爱听他说话。

"兴许有人能搬走石柱,但什么也搬不走大自然的馈赠。"他说,"在这个国家,我们得到了大自然的祝福。"

他们沿着圆形神殿走着,他继续说下去。

"有时候我很纳闷,人们总是谈起雅典娜的预言和德尔菲的传神谕者,但风景和日落才应该是真正吸引人的东西吧?你能想象当天

上挂着一轮满月时,这里是什么样子吗?我跟你说,那值得一看。会让你窒息。"

雅典娜仔细听着他说的每一个字。

"我不想去其他地方,他们想让我去埃皮达鲁斯,但我不想去,拒绝了。有时候你很清楚你想在哪儿待着。那就是真正令你开心的地方,不管是只待一天,还是有机会去几次。如果值得为这些时刻而活,你就没有荒废生命。这里就是我想待的地方。"

他吸了一口烟,眼睛盯着西面,第一颗星星在深蓝色的天空中出现。

这一刻,雅典娜醒悟了,感觉自己自由了。她知道自己想去哪里。最后,神谕终于降临。

雅典娜的决定让自己的生活又充满了活力。显然，她可以自由地开始新生活。她告诉我在德国工作期间攒了很多钱。在雅典，她会过得很舒服，尽管可能再也挣不到杜塞尔多夫那份工作那么高的薪水。父母对她的决定一无所知，直到她永久地回到希腊。

"这样更简单。我知道对我来说，这是最正确的。"她坚决地说，"但你能想象到家庭讨论会没完没了了。"

我提到在英国，大多数孩子做生活中的决定时，是不跟父母商量的。大家鼓励他们独立。

"在这里，他们什么事都管。"她说，"如果可以的话，他们都会到学校来看着你考试！"

我们俩都觉得这种心态可能永远不会改变，但这也的确是希腊社会吸引人的地方：家庭力量强大。凡事总是有利有弊。

"我二十八岁了，但在父亲眼里永远是个孩子。"她深思起来，"不过这终归是我的人生，我得自己过。"

我告诉她我是干什么的，也是第一次对别人吐露自己最近一直在旅行的原因。之前我从没向任何人讲述过。她没有回应我，没有评价，也没给我心灵指导。她的眼神表明，她很同情我经受的一切。对我们两个人来说，德尔菲都是一个转折点。

那天晚上，雅典娜赶飞机，要去收拾行李。我们交换了邮箱，以便我以后去雅典的时候找她。我们同时付了账单。尽管她表示不用，我还是帮她把包拎到车上。几小时后，我自己也上路了。

现在天气很好，天空晴朗，温度适宜，一点也不会让人萎靡不振。我想通读一遍《基克拉泽斯雕塑与现代性》的文稿，在结束旅行前去参观几个小岛。我的钱坚持不了多久了。这意味着我得掉头往雅典方向走。但没过几个小时，我又在拉斐那的渡口排上了队，准备乘船去安德罗斯岛。

在希腊渡轮上出发的一刻非常令人期待。我坐过许多次渡轮，但当最后一辆车驶上船，跳板拉起，锚链松开，船尾离开船坞，这个时刻总是让我激动。周五傍晚，甲板上有种聚会的感觉。上百位乘客期待着前往同一个目的地，进行同一次海上游览。那一晚的爱琴海波澜不惊。我坐在甲板上，咸咸的海风包裹着我，像是第二层皮肤。两小时后，我们到达终点。大家回到自己的车里，车都在满是烟气的货舱里。程序反着来了一次，轮渡慢慢靠上了大陆，孤独的汽笛声像是在说再见。

不管我对希腊岛屿上的建筑有什么先入之见（刷得白白的小房子，水边谦逊的石头小屋），这些印象很快就消失了。我到霍拉（岛上主要的城镇）时，首先注意到有很多巨大的宅邸。房子雄伟优雅，显得与此地格格不入，几乎可以说是荒诞。很多房子都有罗马柱和拱廊，有些是粉色的，或是其他的柔和色彩。另外一些房子放在威尼斯运河两岸更合适。

神奇的是，一个如今人口不足万人的小岛，当年曾富甲天下。这真的是不同寻常的现象。如同房屋一样，这里的公共建筑也非常壮观。一位友善的店主非常熟悉岛上的历史。他骄傲地夸口说，岛上的经济曾以海上贸易带来的巨大财富为基础，在安德罗斯登记的船只数量曾经仅次于比雷埃夫斯的数量。我注意到一座雄伟的建筑——一家老人医院。那是安波留克斯家族捐赠的，这个家族曾拥有希腊最大的船队。描述捐赠人的题词是"行者与归者"，因此可以看出，岛上出海的人总会回到他们虽说不大但十分可爱的小岛，即使常年在外，也终究会回来。

在岛上，我还发现了一座令人激动的当代艺术博物馆，该馆由古兰德里斯家族建立。这对这个小岛来说是意料之外的好事。馆里有些震撼人心的雕塑，是生于安德罗斯的艺术家米哈利斯·托姆布罗斯创作的，还有一些精美的油画。我坐在博物馆外面的墙头上，看着大海的景色，又看了一遍展品说明书。这时，一个妇人停下来和我说话。我认出她是那个售票员，但当时没太在意。她问我是否喜欢这个艺术馆。我对她说，在这样一个小岛上居然能发现这么了不起的艺术，印象非常深刻。

"是的。"她说，"但安德罗斯一位最好的艺术家的作品没在这里展出。"

她告诉我，她指的是一位女艺术家，她所有的作品（包括一幅她父母的肖像）都遗失了。

显然，她想告诉我发生了什么。我非常愿意倾听，并不仅仅因为她美得就像一幅画。

孤独的妻子

THE LONELY WIFE

CARTE POSTALE

Correspondance   Adresse

Andros

婚姻不是激情，而是一个实实在在有用的东西。安提格妮快三十岁时，她父亲代表她接受了求婚。比她年轻漂亮的妹妹伊思米妮已经有人追求，但按照传统，她不能先于姐姐结婚。

一个春天的下午，在比雷埃夫斯海边，姐妹俩出来散步，她们在一家点心店停下喝咖啡。安提格妮注意到一个矮胖壮实的中年男人从旁边走过，并往她们这边瞧。瞧了不止一次，是三次。她以为伊思米妮是他关注的目标。

赫里斯托斯·范迪思不想找那种貌美如花的轻浮新娘，就是那种他不在时让人不放心的新娘。作为安德罗斯富有的船主，他常年在海上，正在寻找一位可靠的妻子——一个长相一般但又不是一点都不吸引人的女人，来给他打理家事。不美不丑就够了。他经常路过比雷埃夫斯港，这不是他第一次见到这个年轻女人，她留着时尚的深色短发，鼻子高挺。赫里斯托斯已经四十五岁，父母都去世了，他继承了遗产。他必须得找个人结婚，而且寻找妻子的时间有限，因为他很快就要回到海上。经过几次慎重的咨询后，赫里斯托斯得到了需要知道的足够的信息。女孩的父亲是港口经理。这就可以了，赫里斯托斯不是在找有钱人。

安提格妮接受求婚是为了妹妹，而不是为自己。妹妹渴望离开娘家出嫁，她知道自己是妹妹完婚的障碍。如果妹妹伊思米妮不是那么完美无瑕，事情可能就是另外一种模样了。她有淡绿色的眼睛、丝绸般柔顺的金发和明亮的肤色，小巧的鼻子上雀斑不多不少正合适。她就是个洋娃娃，换句话说是像个洋娃娃。妹妹一直是男人们关注的对象。

伊思米妮总是想着未来，而安提格妮满意于在比雷埃夫斯的生活。在二十世纪三十年代，比雷埃夫斯发展很快，人口接近二十万，文化生活很丰富。戏院和电影院总有新的影剧上演，还经常有艺术展。安提格妮十五岁时，她们的妈妈去世了，她和妹妹知道从此以后，她们可以在这个生机勃勃的城市有很大的自由。

安提格妮读了很多书，也常常坐在法式长窗前画风景。她经常画海上的船，或是大海映衬下的城市里那些宏伟的新古典主义建筑。偶尔也会给街上的行人画素描，然后回家给人物上色。"你应该去教书！"伊思米妮说。于是她真的开始教人画画了，这样她可以有些收入，也更独立。

一年又一年过去了，她渐渐明白，自己未来也许会成为一位得和父亲一起过下去的单身女教师，这是她决定结婚的另一个因素。

她清楚成为赫里斯托斯·范迪思的妻子会是怎样的一种牺牲，他的财富对此补偿甚微。从小到大，安提格妮开心地享受各种不间断的友谊。在嫁给赫里斯托斯的婚礼上，她见到了所有熟悉的面孔，但婚礼结束时，她才意识到这是一场告别的聚会。

婚礼后，她和丈夫在雅典的布列塔尼大酒店待了两天，然后回到比雷埃夫斯,马上又出发驶向安德罗斯。她父亲、妹妹和三位好友去给他们送行。当船越驶越远,送行的人变成小到看不清脸的小人儿时,她开始怀疑那些她一直盯着看的小小的形象是不是她熟悉的人,或许只是陌生人吧。

安提格妮很高兴新婚丈夫去了驾驶台那边。看着熟悉而热爱的一切——亲人、房屋、停泊在码头的船从视线中消失,她的胸口和咽喉都收紧了。

她用刚才告别时像小旗子一样挥动的手帕,轻轻擦拭起眼睛来。她还从未对比雷埃夫斯这么深情过。她心情沉重,知道会有很长一段时间见不到家乡。

船驶进加夫里奥的码头,她从舷窗里第一次看到安德罗斯。她躺在船舱的床上,晕船晕得厉害。只有等船完全停下来,她才能睁开眼睛。她看见了头顶上的蓝天,胃里的翻江倒海也停止了,她可以坐起来了。水边是绿色的群山和一排房子。不知什么人很贴心地在床上方的壁架上放了一杯水。她稳住自己,喝了水,用舱门背后的小镜子照了一下。一张蜡黄的脸看着她,眼圈青紫。她梳了梳头,麻利地涂了点口红和腮红。

一阵急促的敲门声响起。同时,门把手转了一下,赫里斯托斯走了进来。

"好了吗?"他说,显然没察觉到过去几个小时中她在受罪,"有车在等着带我们去霍拉。会有人给你收拾包的。"

她勉强挤出一丝微笑,然后跟着丈夫走过一条狭窄的铺着木板的过道,又爬上一架磨得发亮的梯子,到了甲板上。

她长大的比雷埃夫斯和安德罗斯有两处极其相似：海与船。除此之外，安德罗斯和她的老家完全不一样。汽车行驶在蜿蜒的海滨公路上，赫里斯托斯时不时和司机聊着天。他和司机坐在前排，安提格妮安静地坐在后排。从加夫里奥出发的两个小时的旅程中，她又晕车了，中途不得不两次叫司机停车。

车在弯弯曲曲的路上行驶着，安提格妮盯着窗外看，偶尔出声表明她在听赫里斯托斯说话。他告诉她将会进入一个什么样的社交圈子。在一阵阵晕眩中，她听到一连串名字。谁是谁，谁是亲戚，谁娶了谁，应该亲近谁、疏远谁。听起来应该接触的人好像只能是其他船主的老婆。

等他们停在一栋宅邸外，她已经有点神志不清，好像灵魂出了窍。那是一栋两面临街的奶油色大宅，有表面带凹槽的立柱和华丽的铁艺阳台。司机给她开了车门，看出来需要扶她一把。这时赫里斯托斯已经进了门，所以管家和女仆对女主人的第一印象是：这是个病怏怏的女人，正重重地靠在司机的胳膊上。这个形象会留在他们脑海里。

许多上了年纪的安德罗斯人没有去参加婚礼，所以第二周，宅邸的大餐厅里办了一场招待宴会，让她认识大家。在丈夫祖先油画的盯视下，安提格妮和一百个穿着讲究的陌生人握手。其中有些老人长得很像那些更严肃的肖像，她好奇地猜想他们是不是丈夫的亲戚。

后面的几天，在赫里斯托斯进一步的指导下，安提格妮明白，她在比雷埃夫斯的古怪行为和特立独行在这里得避免。她丈夫无疑希望她安全，但她有种感觉，他的真正目的是把她储存起来，放在

冰箱里冷藏,只等着他回家。听起来他好像宁愿安提格妮不要跨出家门半步。

七月末,也就是婚礼后的三周半,赫里斯托斯·范迪思去了北美。纵使航行条件良好,他也得离家一年。安提格妮顿时觉得遭人抛弃,孤独无比。她远离家乡,被流放了。

一个又一个星期过去了,如果没有走廊里的画像,她肯定记不起丈夫的长相。被他抚摸的记忆也早已消失。唯一能回忆起来的就是他的气味。她走进赫里斯托斯的更衣室就会想起这种气味,闻闻他的西装,那上面依然留着烟草和古龙水的味道。或是在经过咖啡馆时,她也会记起这种味道,那里所有的男人都抽烟。在短暂相处的这段日子里,他们之间有了一点点相互喜欢的感觉,可如今这种感觉正在烟消云散。

夏季的几个月天气炎热，日子过得很慢。她每天的活动通常是拜访某一位船主的妻子，或被她们回访。她很少和其他人说话，甚至与仆人之间的交集也大多是告诉他们想吃什么。那些日子里，连这些话也少得可怜。安提格妮无精打采，但无事可做并没有她想象的那么心烦。烈日炎炎，街道寂静无人，连时钟都要停摆了。慵懒的白日变成了不眠的夜晚。

天气转凉，夏日转入秋季，安提格妮又精神起来。她不能只待在家里，管理大小家务事。她从过去的生活中带来了画架和油彩。十月的第一天，太阳升起时，她就起床了，把背包斜挎在肩上进山去了。出门时，她从厨房拿了一瓶水、一片奶酪和几个西红柿。女仆静静地看着她。她留在仆人们心中的第一印象的毁灭性影响永远不会改变。他们认为她很虚弱，而且还是个局外人。安提格妮无从知道她转过身时他们做了什么。现在出了家门，她就更无从知晓了。她只知道家具上永远有厚厚的灰尘，但她猜想，看见她离开，他们一定会松口气。她不在乎这些。

油彩成了她的伴侣，成了她在岛上探险的理由。她以前从没画过这种风景画，所以这是个冒险的尝试。这种冒险让她发现了岛上纵横交错的古迹，发现了漂亮的石墙，发现了意想不到的瀑布和溪流。这是个迷人的地方。

她常常在山中完成一幅画。她在风景画里纵情刷上浓重的绿色，那代表柏树锋利的树尖。再加上一座白色的小教堂、一座风车磨坊，或是一个鸽舍，让画面有个焦点。她永远画不够蓝天下有穹顶的教堂，画不够夕阳映衬着的城堡废墟的轮廓。

十一月中旬，尽管白天阳光充足，但她已经觉察到了空气中的凉意。一个下午，突然下起了雨。雨很大，把她的画冲刷殆尽。在山崖上画画的好日子一去不复返了。

回到家，她把刚才的画摊放在餐厅地板上。绘画驱散了孤独，但她现在需要寻找新的绘画对象。当她把几张风景画放进画夹时，妹妹的肖像画从里面掉了出来。她非常想念伊思米妮，画像让妹妹的形象在她脑海里活跃起来。安提格妮对自己的画很挑剔，但她知道自己的天赋是画肖像画。

看见妹妹的肖像画，她倍受鼓舞，第二天早上就出发寻找绘画对象。那些苦瓜脸的仆人肯定不行。

她漫无目标地向着海边走去，而不是像过去几个星期那样远离海滨，走进山里。她远远看见了多次出现在画中的小教堂和城堡废墟。她发现自己经过了一扇嵌在悬崖边的刷了油漆的门。门是亮蓝色的，就像是一栋房子的门，但这是一个洞穴。

从门口经过时，门一下子开了。一个女人朝她冲了过来，挥舞着胳膊尖叫。

"不！不！不！不！"

安提格妮愣住了。女人正对着她停下来，死盯着她。她的蓝眼睛和门的颜色一样明亮，毡子一样湿漉漉的头发如花岗岩一般黑亮。

两个女人静静地站了一会儿。这个眼神狂野的女人让安提格妮恐惧。女人重复着那个词，但安静多了："不，不，不，不……"随后变成了喃喃自语："对不起，对不起，真是太对不起了。那一定是个噩梦。"

安提格妮摇摇头，想让对方安心。

"别担心。"她说着退了一步。

赫里斯托曾警告她小心住在岩石深处洞穴里的"潮湿的女巫"。这个岛上水资源丰富，所以湿气会从石头中渗出来，从土里涌出来，会让房屋的墙滴水。这个洞穴的地板是个水坑，据说潮湿的女巫不需要用嘴喝水，因为她用毛孔吸取所需的水分。她浑身滴着水，透明的衣服紧贴着身体。经常会有一群男孩在她门外游荡，希望能看见她臀部和胸部的轮廓。

人们说她能治病，也会诅咒，依靠用双手从浪涛中捧起的生鱼为生。除了一些渔夫，大多数人都离她远远的。渔夫们知道鱼很狡猾，是不能用手捧起来的。他们经常给她带来些他们卖不掉的小炸鱼，希望能在洞穴里待个把小时。有传言说，在和他们做爱前后，她都会用清纯完美的嗓音唱歌。

女人从噩梦中完全清醒过来。安提格妮能看出她的脸如雕塑一般，五官比例完美。

"你就住在这里？"她问，尽管答案显而易见。

女人点点头。

"你是新来的？"她问安提格妮。

"是的，刚来。"

"我猜你就是新来的。"她说。停了一下，她又接着说："没几个女人停下来和我说话。"

安提格妮心想她根本没有选择，但答的是："嗯，见到你很高兴。"之后她就走开了。

一整天，那个女人的面庞一直萦绕在她脑海中。她的形象那么狂野，那么深刻。她想画下来。

第二天早上，她在大致相同的时间又去了那儿。一个男人从洞穴屋里钻出来。过了一会儿,她鼓足勇气上前去敲门,听到一个声音从里面传来。

"滚开,今天我不需要鱼。"

隔着紧闭的门,安提格妮解释了她是谁,以及她想干什么。过了一会儿,她才哄着那个女人把门开了一条缝。

"你可以进来,但不能待太久。"她说,"我不喜欢坐着。"

安提格妮走了进去。她几乎是在黑暗中快速地完成了女人脸部的素描。她可以回家再画其他部分。她双手潮湿,铅笔从手指间滑落了一两次。在暗影中,那女人看上去既邪恶又漂亮。

接着几个星期,她每天工作几个小时,沉浸于绘制那幅肖像,对取得的进展非常开心。

还没等在画上做最后的修饰,她已经找到了下一位模特。

在福音会招待会那天,安提格妮去了山上的大教堂,她很快发现自己可能是唯一来参加聚会的。因为米纳斯神父有颠覆性的观念,没人去听他布道。"别理他。"赫里斯托斯说过,"那人不安全,他是另一个凯里斯。"

在市区的一个广场上,安提格妮曾见过一座雕像,那就是赫里斯托斯说的凯里斯。特奥菲卢斯·凯里斯,安德罗斯之子,是位神父,也是一名知识分子,曾在十九世纪鼓动教会与政府分离。直到现在,安德罗斯人还认为应该将他逐出教会,流放海外,因为他的思想骇人听闻。有些人说这位神父的思想和凯里斯的思想如出一辙。大多数人都离他远远的,除非是某些人生中的重要仪式不得不找他,比如洗礼、婚礼和葬礼。

安提格妮听他说着必须要说的话,心思却全在他那张不同寻常的脸上,椭圆形的大眼睛、飘逸的头发、长至胸前的胡须、打着手势的双手。他的手指如同蕾丝线轴一样细腻,而且比她见过的任何人的手指都长。他激情洋溢,声音饱满,很适合唱礼拜圣歌。

从那以后,安提格妮又去听了几次布道,但带着素描夹子。他布道时,她就偷偷地画他,想捕捉他手和脸的丰富表情。

她花了好几个星期才完成了神父的肖像。她愿意画他一千次,永远也不会厌倦画他的表情。在画布上最后定稿时,安提格妮捕捉到他双掌合十的瞬间,或是在祈祷,或是在鼓掌,有点说不清楚。

她的下一个目标是校长。塞奥佐罗斯·索特里奥做中学校长已经很多年了。他教过赫里斯托斯。

"这个人是否在墙上写过柏拉图的名言不重要。他头脑里没有一点智慧。除此之外,他也不适合做孩子的榜样。"

安提格妮的丈夫从来没解释过这句话的含义,而且在他离开前那匆匆忙忙的几周里,他们也没有去拜访校长。

学校和她家在同一条街上。每天她都从旁边过。她能从走廊看到校园,看到孩子们在玩耍。他们的笑声被四周的墙反弹回来。看上去孩子们在这个地方并没有不快活。她常常看到校长,他总是开心地和她打招呼。校长长得很帅气,修剪利索的小胡子和服帖整齐的灰发都暗示着他经常光顾理发店。他永远穿西装三件套,手里还会拿本书,纵使是骑车回家时也是如此。

有一天,她正从学校大门前经过,校长出现了。

"下午好,基里娅·范迪思,"他说,"你丈夫什么时候回来呀?"

"大概秋天吧。"她说,"还得有些日子呢。"

"你要是想看书的话,艾利尼和我有间不错的图书室,欢迎你来

借书。书是生活中的必需品。没有什么比一个好故事更能帮人打发时间的了。"

"您太好了……我很愿意去借书看看。"

她算了算,校长肯定有六十多岁了,但依然充满活力。他毫不费力地跨上自行车骑走了。

几天后,安提格妮派女仆拿着一张字条去了校长家,询问是否能占用他点时间兑现他借书的承诺。自从她画完神父的肖像,日子就过得很慢。和校长约定好时间后,第二个星期她去了他家。艾利尼给她开的门。

校长夫妇坐在长沙发上,安提格妮坐在他们对面,和他们一同喝咖啡。艾利尼是个迷人的女人,刚过四十岁,十分优雅,有一双会笑的眼睛。她看上去比实际年龄年轻。

聊了一个多小时后,开始选书时,安提格妮鼓起勇气问他们是否愿意坐下来,让她画一幅双人肖像画。除了年龄上有明显差距外,他们是很漂亮的一对。校长夫妇很高兴,立刻同意了。安提格妮将在第二天的同一时间来为他们画素描。

等她回到家,那个送字条的女仆给她讲了校长二十年前的绯闻。有个他教过的女生搬过来和他一起住。那时候她十八岁,而校长已经四十岁了。他们一直没结婚。很多人想赶他们走,但没有人能替代他当老师。整件事如今被人们忽略了,但没有被忘掉。

对于安提格妮来说,画这对夫妇欢愉的神情和彼此之间的爱意,是种纯粹的乐事。安提格妮没对绯闻做任何评论,这一次完成的画作是她迄今为止最满意的。

四月末的一天,下了一早上的雨,但天空很明亮,月亮和太阳同时挂在天上。她沿着海滨向港口走去,注意到那个洞穴的木门紧紧地关着。那天没有男孩子在那里闲逛。

鹅卵石路上的坑洼处总是积水,她皮鞋的鞋底已经在路上湿透了。安提格妮朝着停成一排的五六艘船走去。渔船看上去像是新刷洗过,黄色的渔网和蓝白色的船体都像新的一样。她一边走,一边看那些船的名字,有些写着船名的饰板已经磨损,很难辨别字迹。玛利亚、索菲亚、米哈利、伊思米妮……想起妹妹,她满心怜爱。妹妹现在已经和一位有钱的烟草商的儿子订了婚。安提格妮盼望着八个月后去比雷埃夫斯参加她的婚礼。

码头已经荒废。城里十几座教堂钟声齐鸣,六点钟了。太阳很快会落到地平线之下。她有种强烈的愿望,想抓住这一刻——浓重的影子,鲜明的色彩,具有几何感的图形。太阳下山的前一刻,似乎所有物体都被赋予了一种力量,一种最后的兴盛。水边有一排低矮的拴船用的金属系缆柱。她把一个系缆柱当作凳子,坐了下来,掏出一张新画纸。这是个温馨的傍晚,她开始迅速画起一艘船的素描来。她坐在那里,决定用自己的色彩表达这一切。她甚至画了附近像蛇似的盘成一堆的缆绳,那堆缆绳本身就是艺术。

她被这艘小船的细节吸引了。没有任何一部分是装饰性的或无用的,一艘打鱼的船,一个有用之物,和她空荡闲适的大宅完全不一样。

突然,她听到船里传来咳嗽声。

一个男人从船舱里出来,她能看到他身后有一张窄窄的床铺,一条灰毛毯皱皱巴巴地搭在床上。她总是很注意细节,一眼就看见了毛毯上的洞。

"你在找人吗?"

连声调都不是她习惯听到的那种。声音很粗,毫无恭敬之意。

"我刚才在画你的船。"她怯生生地说。

渔夫跨过甲板,开始熟练地片鱼,往鱼线上挂饵。他继续做着,一刻都没有抬头。刀子、鱼钩、刀子、鱼钩。很难想象他居然没割伤或刺伤自己的手指。她出神地看着。

"这个我不找你要钱。"他笑着说。

他脸上布满皱纹。长时间的风吹日晒已经让那张脸变成了熟栗子色。他说不上是四十岁还是七十岁,但长得很英俊。

"你喜欢画画?"他问道,眼睛闪着光。

"是的。"她答道。

她调转画夹,给他看自己的水粉画。

"你要是喜欢,可以留着。"

他大笑起来。

"那我放哪儿呢?"他抬头问,"我墙上可没地方放艺术品。"

她没有意识到这艘船也是他的家,于是有些尴尬。

"是的,我想是没地方放。"

他友好的态度让她有了些胆量。

"我能画你吗?我要是画一幅很小的画,你能找到地方放吗?"

"为什么不能呢?只要不耽误我干活就行。太阳一下山,我就得把船开出去。得弄好所有的鱼饵。"

"在这之前我会画好的。"安提格妮快速地说道。

他们俩静静地坐了一个多小时。到最后,她画了五张画,给了渔夫一张。

六月气温开始升高,她很愿意在凉爽的餐厅(她已改成了画室)里工作。她心存感激,高高的天花板和严实的木质百叶窗把耀眼的阳光挡在外面,铺着地砖的地板冰着她的双脚。时不时地,女仆会给她送来新鲜的柠檬水。仆人们都安安静静的,从不议论她的那些画。

她花很长时间为每幅肖像做最后的润色。她着了魔,努力要抓住被画者的本质。四幅油画在墙根立着,每幅宽度都超过一米(那张夫妇俩的更宽)。它们看上去还未完工。她叫来了当地的木匠,木匠高兴地做了几个很沉的深色木画框。面孔僵硬的祖先肖像被她自己的画作替换。这些减缓了她过去几个月的孤独的新面庞,现在从墙上俯视着她。

赫里斯托斯离家一年多后,来了一封电报,说他的船将于一个星期后回港。尽管有些担心丈夫看上去会像个陌生人，但安提格妮还是很开心，憧憬着见到他。他衣服上的味道早已消散。她站在门厅里他的肖像下，让自己重新熟悉这个人，她已经好几个月没看它了。

丈夫回来的那天晚上，那个餐厅第一次恢复了原来的功能。安提格妮收走了画架、画笔和颜料。有位女仆还擦净了溅落到地上的颜料。

她在门口迎接他。正如她所料，两人之间有点拘谨。赫里斯托斯离开之前，他们彼此不甚了解，需要再从头相互熟悉。

他们一起走进餐厅。餐厅已经布置好，可以正式用餐。赫里斯托斯围着餐桌走着，之后停下脚步，盯着墙看。

起先，他没说什么，只是盯着那些画像。安提格妮把"潮湿的女巫"画成半裸，几束头发几乎遮不住她的乳头，还画了鱼美人的尾巴；特立独行的神父的双手富有表现力；校长夫妇比现实生活中更像父女；粗犷英俊的渔夫特别性感。他们的眼睛看着他，挑衅地盯着他。这些都是杰作，活灵活现，几乎令人窒息。但赫里斯托斯没有意识到她的斐然成就，一点都没有。

他终于开口了，声音小得几乎听不见。他说：

"家人的画像呢？你把他们弄哪儿去了？"

他没有看她，抬高声音咆哮起来。

"把这些东西都撤下来——现在！马上！"

他生气地冲出餐厅，安提格妮看到他愤怒的脸涨成了酱紫色。

因震惊和恐惧而发抖的安提格妮去了厨房，她知道管家正在那里准备晚餐。管家和两位女仆已经听到了赫里斯托斯·范迪思的大喊大叫，她们一点也没有感到惊奇。安提格妮打开厨房门时，他们一脸假笑。

"能把画放回去吗?"她的声音颤抖着,"把其他的画放到门厅里好吗?"

夜里,三个长得几乎一模一样的、留着胡子的男人的肖像画和一幅画着船的画被替换了上来,墙漆褪色的地方又被完美地掩藏起来。

第二天早上,赫里斯托斯在早餐桌上怒斥妻子。

"我在海上的时候,你就是这么打发时间的?这就是我期待的妻子的所作所为?满大街转悠着画妓女和变态狂?你还画了谁?"

安提格妮试图反驳,但他继续说下去。

"你怎么敢把他们挂在这座房子的墙上?而且换下的是我家先祖?你还干了什么?"

"还画了些风景画……"她努力说了出来。

"我找到了。"他说,"我在床底下找到一个画夹。你跟我过来。"

她跟着他出去,来到房子后面铺整过的小院里,发现那四幅肖像画放在一堆柴火上,顶上是她的皮画夹。安提格妮看到火苗已经从下面舔了上来。

"你不可以……"

赫里斯托斯抓住她的胳膊,不让她去救那些画。

"照我说的去做。"他说,"放尊重些。"

这个男人怒火中烧。他看不见别的,怒火已经比火焰还高。

当画夹开始熔化,每幅画都卷曲上翘,从火焰中飘起,她在其中看到了伊思米妮的那张画像。一看到燃烧着的妹妹的形象,她立马挣脱了丈夫,奔跑着穿过大宅,冲出前门。

第二天清早有渡轮。她愿意面对自己行为的一切后果。很快,她敲开了校长家的门,校长自愿给了她坐公交车和渡轮的钱。

几个月后,她送给他一幅油画作为感谢。这可是丰厚的回报。十年后,安提格妮成为著名画家,而校长卖掉了她送的静物画,终于能退休了。

赫里斯托斯·范迪思继续在海上度过漫长的时日,其间会回到自己布满灰尘的家短暂休息。安提格妮再也没有离开比雷埃夫斯。范迪思大宅现在已经变成了一处家庭旅馆。

像安提格妮一样，我每天也会走上几个小时，但没拿画笔。我走在小岛上纵横交错的古老石径上，但不是独自一人。安吉利奇向博物馆请了几天假来陪我。这里地势平缓，不像迈泰奥拉那样险峻，是完美的适合漫步的乡村。天气温暖，我的皮肤已经变成了深棕色，开始看上去像个吉卜赛人。我也像吉卜赛人一样自在。现在我不能确定，要是在大街上相遇，你是否还能认出我来。

我和安吉利奇一起，在安德罗斯度过了最后一个晚上。我们俩都很随性，没有急于许诺要再见面。似乎该离开了，但我还想去拜访伊卡里亚岛。途经比较热门的旅游景点米克诺斯岛（我不想在此停留），去位于埃夫迪洛斯的港口，只是短短的一程。

别人告诉我的有关伊卡里亚的很多事都是负面信息。听说那个岛上风很大，几乎寸草不生，海水汹涌，岩陡山秃，沟壑纵横。过去那里常常被海盗侵扰。那个地方的男人经年在海上，留下妇女艰难求生，得不到保护。到了二十世纪，那里变成了一个流放政治犯的"开放式监狱"。有个人告诉我现在"那里只有老人"。伊卡旦亚是个与世隔绝的地方，年轻人都离开海岛去寻找更美好的生活了。对希腊政府来说，这个地方被忽略不计、视而不见已经有很多年。各种各样的禁令可以列出很长很长的单子。一个特里波利人说，除了两件事，即去看狄俄尼索斯的诞生地和品尝浓烈的普拉姆尼奥斯红葡萄酒，那里根本不值得一去。这个人还告诉我这座岛"非常左派"。我倒是注意到他在看极右翼的报纸《金色黄昏》。巧合的是，他早上就着咖啡喝着茴香烈酒。我不会把他的建议当回事，当然也不会听他说该去哪儿旅行。

第一天下午，快要结束在这个崎岖偏远的岛上的探险时，我知道凭着直觉去那里是对的。我还感觉到自己不会匆匆离开。这里几乎看不见其他车辆，山石嶙峋的壮观风景震撼人心。我在一个地方停下来。一块光滑的白色岩石斜伸向大海。我在岩石的平坦开阔处坐了几个小时。太阳照在背上，我感到了不同寻常的宁静。我只能将此归功于光，浸淫着我周围的一切的光。那天的大海和天空明亮湛蓝。在旅途中，曾经有几次我也悄然体验过这样的快乐时刻。那天我尤其感到时间在此静止了一千年。

我到伊卡里亚不仅仅是为了看风景和独处，我对那儿的人也很感兴趣。在关于这座岛上都是老年人的评论背后，有更引人入胜的故事。这座偏远小岛上的人远比欧洲任何地方的人都长寿。像那些到岛上调查的科学家一样，我也很想知道长寿的秘密。

每天我都会遇上精神矍铄的八九十岁的老人，他们打理店铺，经营咖啡馆和小旅店，打鱼或者修补小船。他们满头银发，但看皮肤和身体状态的话，又仿佛只有四五十岁。有人说他们长寿是因为过着一种没有压力的生活。他们起床很晚，不慌不忙地开门做生意，想怎么做就怎么做，想什么时候做就什么时候做，从不刻意鼓励游客到岛上游玩。他们能长寿或许和岛上涌出的流向大海的富镭温泉有关。没有人知道答案，但他们说这里三分之一的人会活到九十岁。

我遇到的最不同寻常的人是位妇人，她说自己叫阿里阿德涅，住在圣基利考斯镇。我收集的有关她的看法很混杂。很多人说她是个幻想家；另外一些人就没那么客气了，他们说她是个疯子。有一件别人无法反驳的事，她声称自己是岛上最老的人，因为别人没有证据证明自己比她更老。她有一头很硬的银发，像绣花线一样；孩童般的皮肤苍白而光滑，像鸡蛋白似的。她可能处于任何年龄。

她是岛上的"怪人"，是游人好奇的对象。通常你能在海滨的某家咖啡馆找到她，她在那里为"伊卡洛斯之旅"做广告推销。

我参加了一次这种有导游的短途旅行活动。在圣基利考斯镇的码头上，我们十个人站在一座巨大的现代雕塑下，那是一双翅膀。阿里阿德涅挥手指向南方，声称要给我们讲一个故事——"来自克里特的两只鸟"。

等她开始讲故事，所有听众立刻被迷住了。她像历史学家一样，为了让故事栩栩如生用了现在时。在她活灵活现地描述着事件的时候，这群人的想象力被激发了出来。

我听着，相信她不仅是伊卡里亚最年长的人，还相信她出生在我们所有人出生之前的几千年前。有时候，讲故事的人和故事本身一样会留给人难以磨灭的印象。

振翅待飞

CARTE POSTALE

POSTKARTE — POST CARD

Sculpture by Nikos Ikaris
Ikaria

"每天,我都先冲个令人振作的凉水澡再开始一天的生活。水就来自山上的溪流。我希望冰冷的水流把我震醒,赶走所有梦境和头脑里的种种思绪,消除那些断断续续的片段,它们只会让我的偏头疼更剧烈、更频繁。这是对长寿的惩罚,头脑的空间里有上百万条记忆在横冲直撞。

"然后,我往沙滩走去。只有大海和海浪轻轻拍打沙滩的节律,才能平缓我狂躁的心跳和脑海里旋转的思绪的旋涡。看着冉冉升起的太阳,我才能让呼吸慢下来。如果遇到个好天,太阳腾然升起会带给我片刻的宁静。

"一个法国女人在附近办了所瑜伽馆,有时会带客人去沙滩。我看到几排穿着紧身裤的瘦骨伶仃的女人,她们面朝大海,被教导着要'活在此刻,活在此时此地,不要忧虑过去和未来'。这听起来很简单,但对我来说,很难找寻到这种宁静。当然,我每天还有一件事要做。以后我再告诉你。现在我得讲故事了。这才是令你们付钱给我的要紧事。那是在很久以前……

"那是个美丽的日子,天空湛蓝,阳光明彻。那是七月中旬,万里无云,海上没有一丝风。

"我朋友发现远处的天空中有个物体。在海岛上,我们已经习惯了看到各种猛禽,鹰、猎隼、秃鹫都十分常见。就在昨天晚上,我在黑暗中往家走,一只巨大的猫头鹰俯冲下来,掠过我身边,落到一棵树上。我走过那棵树,它就站在树上观察着我。我们已经习惯了在岛上和这些大鸟共处,这也是为什么我们非常肯定看到的是一只巨鸟。

"但当它越来越近时,我们开始害怕了。这只鸟比我们见过的任何一只鸟都大得多。一只超乎想象的巨鸟。接着我们意识到后面还紧跟着一只,另外一只小一点的,但无疑也是巨大的猛禽。

"那是上午九点或十点。如果你清早就起床了,通常这个时候会休息一下。消息很快在村里传开,我们都聚集在海边的岩石上观察。时间一分一秒地过去,空气中弥漫着恐惧。没有人说笑。许多男人远在海上,我们这些女人感到非常无助。

"这是我们必须得看的壮观之事,还是必须准备好面对的威胁。没人说得准。

"我们已经对海盗和流氓从海上来袭见怪不怪。那是常事!我们有山洞和其他秘密的藏身之地。要是空中袭击就麻烦了!那可不一样。

"有几个人吓坏了,拉起孩子跑开了,但我看得入了迷。那时候我眼睛非常尖,当然现在我的眼睛也很好。我们几十个人就站在那边的岩石上。我们看到鸟儿优雅地飞着,巨大的翅膀缓缓挥动,一上一下,一上一下。"

阿里阿德涅挥动双臂模仿鸟儿,手臂慢慢上下飘动,纤细优雅的双手微微倾斜,像鸟的翅尖。她双臂向下压时,手就指向天空,然后手臂改变方向,指尖向下垂。就这样一上一下,一上一下,她的手腕很柔软。

"它们越来越近,径直朝我们飞来。空中两个黑点之间的距离原本很近,现在拉大了。飞在前面的那只大约离海岸二百米远,正在逼近我们,人人都吓坏了。

"突然,人群中有人喊了起来:'是个人!'

"所有人看法一致,但大家都不相信,紧紧盯着看。现在我们全都看清了。没错,是个男人,一个鸟一样的人。

"我们不是常常梦想长出翅膀飞向天空吗?不应该只有我有这些幻想吧?从孩童时起,我们都是这样梦想的,对吗?

"他的翼很宽,可能有四米,像一架小型的两座飞机。现在,又聚起了一群看热闹的人。我们在寻找更多的鸟人,但后面似乎没有了。好奇已然代替了恐惧。

"人越聚越多。流星雨、日食,什么事也没能聚集起这么多的观众。第一只'鸟'似乎停了下来。就好像看人踩水,只不过是在空中。他的双腿摆动着,翅膀不停地上下扇。他在等另一只'鸟'跟上来,但这时后面的那只'鸟'也停了下来。

"现在我们看得更清楚了,他稍小一些,羽毛是浅棕色的。他似乎开始炫耀。不知道他是不是专门为我们表演,但大家都开心地欢呼起来,拍手叫好,鼓励他做空中表演。他转了几个圈,一个猛子扎下来,又蹿上去,然后越飞越高。那只大一点的'鸟'不玩这些把戏,依然保持着之前的姿势。现在太阳很高,好似在空中燃烧。

"就像鸟儿要捕食一样,那只小一点的'鸟'盘旋了一会儿,但他没垂直落下,反而开始上升。巨大的翅膀不停地扑打,慢慢地越升越高,越升越高。

"他变成了一个黑点,消失在耀眼的阳光中。我们目瞪口呆,本能地感到出事了,我们感觉得到。

"我们不敢抬眼往上看。太阳正当头,无法一直盯着他,强烈的阳光会刺瞎眼睛。我感到汗水顺着面颊往下淌。一天中的这个时候,我们通常会待在阴凉处,躲避会晒出水泡的炽热阳光。

"有人透过手指缝偷看。

"'他走了。'

"'你什么意思——他走了?'

"'他现在是太阳前的一个小斑点。'

"然后斑点又开始变大,我们都看着一个有翅膀的生物扎下来,旋转得越来越快。他落下来时,羽毛像一团云,转得像陀螺一般快。然后整个翅膀散落开来,因为承受不了这样的速度,或是承受不了下坠。

"我们什么也做不了。那只黑一点大一点的'鸟'上下挥动着翅膀,企图保持姿势。他躲闪着,避免被砸中。那只小一点的下降得比子弹还快。

"他一头栽进大海,我们都倒吸一口气。有那么一会儿,大家僵住了,接着是一片混乱。

"'我们得弄条船去看看!'一个女人说。

"港口拴着几条小船,但多数大船都出海打鱼了。

"我一直盯着大一点的'鸟'看。他在另一只'鸟'掉进海里的

地方上空盘旋。人们从附近的沙滩上拽出一条船。都是些壮实的十几岁的男孩,六个人不到五分钟就划到了那里。

"那只'大鸟'已经落到岩石上,扑打着翅膀让自己站稳。现在他站在陆地上,巨大的身躯看上去难以控制。微风吹起,他努力保持着平衡。两个男孩爬上岩石,帮他卸掉翅膀。

"在岸边,我们什么也听不见,但男孩们后来告诉我,那个人不停地说:'我儿子在下面。帮我救他。求求你们,帮我救救他!'

"他们尽了全力,潜水,上来缓口气,然后再潜下去,再上来缓口气,轮换着找了一个多小时。那只'大鸟'承认自己和儿子都不是很会游泳。

"营救很困难,因为羽毛和木头散落在海面上,形成了一团阴影。救援者试图用船桨清理那层碎片,其中两个人跳进海里,潜到能憋住呼吸的最深处。

"'他在那儿……那边。'其中一个人出来换气时,嘴里喷着水说。

"有三个人朝着他指的地方游去。

"用于造翅膀的木头干燥时很轻,但浸了海水后,将人的身体坠了下去,现在男孩沉在海底。

"三个人一起使劲,才把他弄出海面,又费了很大力气把他弄上船。父亲已经坐在船里。他的抽泣声越过静静的大海传到我们站的礁石上,大家听得清清楚楚。

"孩子们慢慢划回来,现在不用着急。这是送葬的队伍。

"尸体被运到我家,我们把他放在厨房的桌子上。那是个漂亮的年轻人,我心怀爱意为他清洗,好像他是我儿子一样。我给他头上戴上花冠,身上撒满鲜花,口中塞上硬币。我做这些时,他父亲坐在一角，身体因哭泣而抽搐。我相信什么也安慰不了他。

"然后我叫年轻人把尸体抬上山去。

"我们综合了伊卡里亚和米诺斯两地的葬礼风俗，随葬的有装着食物和酒的坛子，还有一艘小船。船是那天早上他父亲用一块浮木雕的。那男人恸哭失声，扑到坟上号啕不绝，不是哭了几分钟，而是几个小时。葬礼后不久，其他送葬的人离开了。我坐在一棵树的树荫里，觉得不该把他一个人孤孤单单地留在那里。

"终于，他安静下来，我领他回到我的石屋。我一个人住，他愿意待多久就待多久。我不知道每天他走多久去儿子坟上，在那里一坐就是好几个小时，直到夜幕降临才回来。头几天他根本不吃我放在桌上的东西，只是躺着，眼睛盯着天花板。或许他睡着了，我不清楚，但有那么一两次我被喊叫声吵醒。我想他在做噩梦。随后几天，

男孩的翅膀碎片冲上了海岸。

"第六天晚上,他开口说话了。过去的几天我们一句话都没说过。但他一开口,就不停地说呀说呀,拦都拦不住。

"在这次可怕的事故前,他已经历了很多。现在,说话似乎减缓了他的悲伤。他开始给我讲自己的故事。

"他来自伊卡里亚南面很远的一个岛屿,那个岛很大,更像是一个国家,有国王和宫殿,宫殿里有上百个房间。听起来和伊卡里亚一点都不一样。我们这里没有宏伟的建筑,而且人人平等。

"他把一切都告诉了我。他叫代达罗斯,是个发明家,一个列奥纳多·达·芬奇式的人物,有创造性,知识渊博,爱革新。他要是今天还活着,没准儿能创建互联网,或者建成世界上最高的大楼。他聪明透顶,这就是为什么米诺斯国王命令他建造一个复杂的迷宫,来关住一个妖怪,那妖怪是国王的妻子生的。从雅典弄来的男男女女被送进迷宫喂那个妖怪,但其中一个叫忒修斯的杀死了妖怪,跑出了迷宫。国王的女儿阿里阿德涅在代达罗斯的指导下,给了忒修斯逃跑的工具。忒修斯和她私奔,但最终抛弃了她。

"米诺斯怒火中烧。先是妻子爱上野兽,然后是女儿逃跑。他把代达罗斯和他儿子伊卡洛斯关进一座塔里。对于代达罗斯这样的人,被关起来远离世界是撼人的惩罚,但他足智多谋,总能找到解决问题的方法。

"整天无所事事,只能观察鸟儿飞上高空,俯冲而下,尽享飞翔的自由。代达罗斯妒忌它们的自由自在。他和儿子被关在高高的塔楼上,以减少他们逃跑的机会。但那里是观鸟的绝佳之所,没过几个星期,他开始明白空气动力学的复杂原理。

"如果不逃跑，关在塔里会让他发疯。突然有一天，他知道自己该怎么做了。后面的几个月，他设陷阱抓鸟，大大小小的，他得到几十只鸟，他想要各种类型的羽毛。大自然仁慈地给了他所需的'胶水'：蜜蜂在天花板的一个角落筑巢，他便偷了它们的蜂蜡。

"刚开始时，伊卡洛斯看到死鸟心里很不安，但父亲向他解释这是他们唯一的希望，他便高兴地拔起了羽毛，开始按照父亲希望的样子排列羽毛。他开始激动起来。飞翔！谁不想试试呢？

"终于，两副翅膀准备完毕，代达罗斯知道不会有第二次机会。没有试飞，站在窗台上直接跳下去是个问题。

"他向儿子提出了简明而严格的要求。如果他们飞得离海太近，弄湿了翅膀，翅膀的重量会把他们拽入海中。飞得太高同样危险，因为太阳会融化粘连羽毛的蜂蜡。他们前面有很长的旅途，得持续飞行，两个人得靠紧些。当父亲为儿子绑紧翅膀时，伊卡洛斯似乎在认真听，但已经不耐烦了，急着要飞。空中跳伞的人告诉我，他们第一次跳的时候都非常没耐心，想赶紧跳下去。代达罗斯能感受到儿子的激动情绪，他也很激动。

"当然，代达罗斯会先跳下去。他告诉儿子，如果自己失败了，他必须放弃这个计划，待在原处。

"见证真理的时刻到了。他们准备好了，两对翅膀硕大壮观。代达罗斯不仅注意制作方面的细节，还考虑到了审美。

"'亲爱的儿子，千万记住，小心点，我们俩不能离得太远。'

"已经没法拥抱儿子了。他想应该在绑上翅膀前拥抱一下儿子。

"伊卡洛斯帮爸爸站上了窗台。代达罗斯跳了下去，伊卡洛斯的心提到了嗓子眼，看着父亲下落了一会儿，然后被热空气托起，又升了起来。他开始挥动翅膀。父亲飞起来了,真的飞起来了!代达罗斯围着塔转圈,然后径直往北方飞去。

"不能浪费时间了。伊卡洛斯费力地爬上窗台,飞了出去。不一会儿,他就笑了起来,不仅仅是因为父子俩逃了出来,更是因为飞行的快乐远超过他的想象。鸟儿们在日出时分此起彼伏地鸣叫,这并不让人惊讶。他想鸟儿们肯定为迎来了新的一天而高兴,而它们一天中的大多数时间都在飞翔。

"等有人注意到他们不见时,父子俩已经飞远,正在横跨爱琴海。他们不停地飞了几百公里,飞过几座小岛。那里的人们误以为他们是某种罕见的鹰。干燥温暖的空气和南风创造了完美的飞行条件。

"然后他们飞近了这座岛。此时,伊卡洛斯已经非常自信。他很开心。代达罗斯越来越累,但去往雅典的路途已经飞过一半,他必须得前行,而伊卡洛斯一点都不累。

"代达罗斯复述着,声音嘶哑。突然我产生了负罪感。我意识到伊卡洛斯可能是在给我们——他的观众表演。我想就是那一刻,当他看到我们都抬起头观察他、欣赏他的表演时,为了给我们留下深刻印象,他才决定给我们表演飞行技巧,就像十几岁的男孩喜欢做的那样。

"获得自由令伊卡洛斯无比开心,而且他是那么喜欢那个时刻。这些超过了一切,令他放弃了控制高度。我看看哭泣的父亲,他那么睿智,那么有成就,但最终没能管住儿子的自然本能。

"代达罗斯因丧子伤心不已,他当然为儿子的死自责,责备自己误认为翅膀很安全,但这只能增加他的伤悲。他是世界上最有天赋的人之一,但这于事无补,因为他已经失去了所爱的一切。

"他又待了一个多星期,每天大多数时间都待在儿子的坟旁边,但他开始吃一些我做的食物,很快也能睡得好些了。眼睛周围的黑眼圈也开始消退。每天我们都会聊上几个小时,有时我陪他去看儿子的坟墓。一天傍晚,我们正在吃饭,我能知道他脑子里在想什么。最终他告诉了我他是怎么想的。

"他依然很伤心,但他有麻烦,还在逃亡中。米诺斯国王会派人找他的。

"我看得出他的心被撕扯着,既想待在离儿子坟墓近的地方,按照风俗,让伊卡洛斯平安地到达下一世,又必须继续前行。

"尽管这个岛很漂亮,但它不是雄心勃勃的人待的地方,代达罗斯得完成自己的旅途。

"'可是,我儿子怎么办……'

"他两眼直勾勾地盯着我问道。

"'我来照料,他继续走他的路,你就能继续走你的路。'我听见自己说了这番话。

"当时我脱口而出,没想过会有什么后果。我一旦做了承诺,就不能收回。这就是我的未来,我得记着伊卡洛斯,得去坟前祭奠他。

"那男人充满感激,他哭了,但和伊卡洛斯下葬那天不一样。他拥抱了我,我感到眼泪落在我肩上。

"第二天他乘船离开了。有传言说米诺斯国王在追捕他。我们大家祝福代达罗斯一路平安。一群人聚集起来和他挥手告别。

"我听说他到了西西里。我也从没期盼他回来,但他给我留下这个任务,至今我还在做着。每次看到蝴蝶,我都猜想是不是伊卡洛斯的灵魂飞出来了。但我不能肯定,所以还继续祭奠他。我会永远做下去的。

"这个岛因而被命名为伊卡洛斯,从此成为一个长寿之地。有很多关于这里的人为什么会长寿的理论。在代达罗斯来岛上的那个时候,除了吃鱼,我们很少吃其他食物。后来我们发现了放射性温泉,从此吃的东西都成了有机食品。如今,这里的人们按他们特有的时间表生活,压力很小。所以谁知道其他人为什么活这么久呢?但我知道我为什么还活着,因为我必须活着。

"我保守着那个地方在哪儿的秘密,所以那里没有被游客践踏。

我每天都去看伊卡洛斯,就像我答应他父亲的那样。

"随着时间的推移,真正的历史、真实的事件开始被当作神话传说。听的人不相信那些是事实。但这件事,就是第一次飞机失事,的确就发生在那儿。

"你们现在看到的精美羽毛,就来自伊卡洛斯的翅膀……"

阿里阿德涅没有松开羽毛，这羽毛对她来说太珍贵了，但每个人都围过来摸了摸。我永远也忘不了羽毛在指尖的那种丝绸般的感觉。我也永远忘不了这个非凡的女人。如果三十年后再回伊卡洛斯，她肯定也会在那里，还在复述她的故事。她银灰色的头发依然厚实硬挺，她的皮肤依然像小女孩的肌肤。米诺斯国王的女儿，真正的阿里阿德涅，在被忒修斯残忍地抛弃后，在纳克索斯岛找到了新的爱人，那里的巴克斯爱上了她，娶她做了王后。这是另一个有关修复破碎的心的希腊神话。巴克斯把心爱女人的皇冠扔向天空，它变成了一个星座，北冕星。他想用这种方式让他的女人成为永恒。

在希腊，无论古时还是现代，永生和死亡是永恒的主题。在这个国家，你去任何地方都会遇见死亡。电线杆上有死亡告示，小村庄边上是墓地，路边竖着纪念碑。这几个月里，我比四十五年来任何时候都更加意识到死亡的存在。当然，我看到人们挑战死亡，以自己的方式喝酒、跳舞和恋爱。在目睹了所有的放纵之后，我发现蔑视是最好的反抗。

伊卡里亚是海中央的巨大岩石，这里的人艰难谋生，要对抗海盗入侵和恶劣的自然环境。在这个地方，你不会感到自己可怜。我在的时候正好赶上一个宗教节日，我喝酒，吃大餐，直至夜深。

就是在这里，我学会了跳舞。我被带进一圈人中，沿着顺时针缓慢而有节奏地跳着。我的个子比所有人都高，但大家对我温馨地微笑。伊卡里亚舞很快就加快了速度，当我试图掌握步伐时，所有人都对我极有耐心。我是一个整体中的一部分，一个有一百条腿的活物。我闭上眼睛，和着节奏。我现在相信即使在梦中，我都会跳这种古老的舞蹈。

我在埃夫迪洛斯一家已搬空的商店上面住了下来。几乎每天在温泉里游泳，和陌生人交谈。我又去找了阿里阿德涅，我们俩在阳光下喝了一次咖啡。

没有任何提示，她径直看看我说：

"你听说过狄菲卢斯吗？"

我摇摇头。

"他是希腊的一位剧作家，他说过，'时间是能治愈任何悲伤的医生'。"

"你认为对代达罗斯也是如此吗？"我问道。

"最终会的。"她说，"但更为重要的是，我想这话对你有用。"

我没法解释她为什么这么说，我从来没有对她讲过我的事。但如果你活了几千年，一定会进化出第六感官的。

在伊卡里亚，我终于感到自己又活了过来。在这里，我发现自己想活到很老的年纪，而不再想了却生命。我不会再对你说没有你在身边，这个地方毫无意义了。我已经明白快乐无法在别人身上寻觅到，我们不应该通过找寻另外一个人来完善自己。

现在已是七月，我旅行了四十个星期（每过一周我都记录一下）。这一趟旅途一直魅力无限。我永远也想象不出，在下一个地方，或下下个地方，或再下一个地方，会有什么新发现，而且我知道旅行还没有结束。然而我很高兴现在能平静下来。这就是我停止寄明信片的原因。

我不再往下走了。去完伊卡里亚后，我回到雅典，并决定留下来。

在雅典生活不太容易。从街面上看，生活很艰难。交通状况很糟糕，铺路石破碎不堪，很多商店用板条封了起来，还到处是涂鸦。有时候，如果有罢工或示威游行，生活就停滞了。这样的话，住得离市中心太近就不是个好主意。可能会出现暴力事件。这里的人们对经济状况非常不满：老年人的退休金减少了，年轻人失业，位于这两者之间的人们拿到收入交了税后便两手空空。令情况雪上加霜的是已经来到雅典的难民的需求，很多人在广场上安营扎寨——这些人来自饱受战争摧残的国家，他们一无所有，该靠什么生存下去？

万幸的是，雅典拥有的远比不幸和纷争要多。有些东西是无法泯灭的，比如希腊人的好客之情和讲故事的本事。

我住的地方有个屋顶天台，从上面可以远眺大海、山峦和雅典卫城，可以三百六十度观景。我可以从一个方向看日落，从另一个方向看日出；可以看见开往各个海岛的轮渡上的灯光；可以看见流星，看见月圆月缺。暴风雨过后，太阳从云后喷薄而出，我能看见彩虹的整个虹桥，看到彩虹从哪里开始到哪里结束。每次看到这些，我都提醒自己，这个国家有摧不垮的灵魂。

古希腊人崇拜太阳、月亮和星星，把它们都看成了神。我们放弃了这种思维方式，因为一种新宗教告诉我们这些神是假的，只有一个上帝。我相信因为听信这些，我们失去了太多。

抬头仰望夜空，我获得了如此多的力量（比去教堂得到的要多，去教堂只会想到人的弱点）。在这个闷热的七月的夜晚，我待在天台上，温暖的东南风吹拂着我的脸，我意识到自己已然不再等你，不再梦见你。在这里，我找到了平静安宁。

2016 年 7 月

尾声

2016 年 9 月

  这是艾丽假期的最后一个晚上,她又一次坐到了阳台上。她合上笔记本,把它放在自己腿上,抬头仰望天上的星星,那是安东尼极为喜爱的星星。不一会儿,她看见一颗星星划过天空。过去的这一个星期,她已经知道,星星划过到落下超过五分钟是罕见的现象。她寻找阿里阿德涅的北冕星。今夜,大海静谧,只有海水轻轻拍打沙滩的声响。如果能让时间静止,她应该会选择这一刻。

  她发现那个装笔记本的大信封依然在手提包的侧兜里叠着。或许她没有足够努力地寻找 S. 伊博森。这些故事是写给她的。好几个星期过去了,信封变得皱巴巴的。她试着把笔记本装回去,但是信封从中间撕开了。她注意到信封背面有个地址。

  安东尼·布朗
  阿里斯托芬大街 389 号,雅典　11281

她盯着地址看。回程要途经雅典，但她有勇气去找这个男人吗？这意味着要告诉他，S.伊博森从没收到过那些明信片，而她——艾丽——却打开了那个不是寄给她的包裹。她重新叠了叠那个信封，把它塞进包里，又把笔记本放在包的最上面。

现在已是半夜，她从衣橱里拿出行李箱，开始打包。所有东西都带着防晒霜那甜甜的味道，因为沙子和盐而有些卷曲。想到旅行结束要收好箱子，把那些色彩艳丽的衣服扔进洗衣机，洗掉过去几天的芳香，艾丽伤心不已。或许她不会洗那几件沙滩裙，而是把它们挂在公寓里，直到阳光和夏日的味道自然消散。

她问自己关于笔记本主人的问题时，她知道答案只有一个——必须得找到他。

第二天吃完早餐，艾丽离开托隆的酒店，上了一辆去纳夫普利奥的出租车。她在广场上喝了最后一杯咖啡，然后走到汽车站，很快坐上车，又一次前往雅典。长途车的颠簸让她睡着了。等她在一天中最热的时候醒来，发现自己已经到达了目的地。

她没有方向感，还有些头晕。掏出地铁路线图，她搞明白了如何找到阿里斯托芬大街。到最近的地铁站需要走很长的路，而且还要换乘好几次，所以她决定坐出租车去。返程的飞机是第二天夜里一点的，但她时间有限，要去送笔记本，还想去看卫城。此时已是下午三点。在这一整天里，气温都没有低于三十度。

为了节省时间，出租车司机在离目的地很远的地方让她下车。最终她还是找到了那条街和门牌号，然后在一块有几十个按铃的门禁控制板上看见了她要找的名字。

她按了一下门铃，不一会儿就听到一个男人的声音。

"布朗先生,"刚开始她有些紧张,"我有一个包裹要给你。"

"你愿意上来吗?我在顶楼。"

他大概认为她是送邮件的。

外面大门的铃响了一下,她走了进去。

电梯叮当作响,慢慢升到六层,艾丽看了一眼自己在如镜面般光滑的电梯厢上映出的影子。她头发很干,被太阳晒得泛白,鼻子晒伤了,额头上都是汗珠。她希望自己看上去更体面些。T恤和短裤对于这座体面的公寓楼来说不太搭调。

电梯停下,门开了,她看见一个男人站在面前。

他浓密的棕色头发夹杂着几缕灰发,人很瘦,穿着牛仔裤和灰色T恤。这个男人让她想起了妈妈喜欢的一位男演员。

安东尼一下子就注意到艾丽手里拿的东西。他甚至没看她的脸,只是盯着磨损的蓝色笔记本。

艾丽记住了他的震惊和不安。

"你在哪儿得到的?"他问道,尽可能地克制激动的情绪。

突然,艾丽觉得自己像个小偷。她有种冲动,想把笔记本往他手里一塞,然后径直跑下六楼,冲到外面被太阳烘烤的大街上。只是因为本能地想为自己辩护,免除对方的怀疑,她才没那么做。

"是你寄给我的。"她说,但马上意识到这听上去很蠢。

"我寄给你的?"

这会儿,安东尼一头雾水。

"算是吧……"

他们站在那儿相互看着,都很困惑。他盯着艾丽,试图弄明白她是自己情人的哪位从未见过面的妹妹,但转念一想又觉得她太年轻了。

"你还是进来吧。"他说,"当然,如果你愿意的话。"

她现在渴得要死,如果只是进去喝杯水的话,应该不会有什么危险。她觉得对这个男人有几分熟悉,而且很肯定,他无论如何也不是那种会伤害她的人。

"谢谢。"她说。

"介绍一下,"他接着说,"我叫安东尼,当然了,你知道的……你是?"

"艾丽,"她回答说,"艾丽·托马斯。"

艾丽跟着安东尼走进了一间宽敞明亮的屋子。里面简单地放了几件低矮的现代家具,四周墙上都是书。她瞥见房间尽头是个小厨房。他们走出房间,来到天台上,那位于房间另一侧带滑轨的玻璃门外。花盆里种着几棵修剪整齐的橄榄树,还有一处搭了藤架,下面放着一张桌子和几把椅子。桌子上放着一台笔记本电脑,旁边摊放着几本大部头的书。

"我们坐这儿吧。"他指着一张奶油色的沙发建议道。沙发看上去很舒服,前面是一张玻璃面的桌子。

艾丽坐了下来。

"你想喝点什么?"安东尼问,"咖啡?果汁?花草茶?"

"水就行了。"艾丽说。

安东尼拿来一瓶水和几只玻璃杯。

"再次看见它,感觉挺奇怪的。"他说着在她对面坐下,指着艾丽膝上的日记,"它一直伴随着我……"

"是的,也一直伴随着我,从某种程度上说。"艾丽说着把它放到桌上,桌子把他们俩隔开了。

"我从没想过会再看到它。"他说着随手拿起了笔记本,"但我很高兴,它并没有消失。"

接下来有好一阵子,他异常小心地翻开手中的日记本,然后慢慢翻弄着。

"莎拉出什么事了?"他极为严肃地问。

艾丽感到自己的脸唰地红了。莎拉,那肯定是S.伊博森。听到这个名字真让人觉得奇怪。

"不是的,"她抿了一口水,回答说,"嗯,据我所知……说实话,我不知道。我不知道她是……"

安东尼抬头看了她一会儿,脸上一片愕然。

艾丽继续说下去。

"但是它被寄到了我家,还有明信片也寄到了我家。我都看了,保存了起来……我要走的时候,笔记本寄到了……或许它们是一起寄来的,我觉得好像……好像…… 好吧,就是这么回事。"

她意识到自己结结巴巴的。安东尼认真地听着她说的每一个字。

"寄到了你家?"

"S.伊博森……不住在这个地址,所以……"

艾丽能看得出来,这对安东尼而言是个新消息。接下来是一阵耐人寻味的停顿。

"我本来也不该这么吃惊。"他无奈地说,"这也不是她唯一的谎言了。"

"你不介意我问问她是……谁吧?"

"你要是看过日记,就会了解最重要的部分。"他说,"我本来以因为她是我这一生的真爱。"

艾丽点点头。

"我是在梅费尔①可胜电影院里的酒吧认识她的。"安东尼开始讲述他们的故事,"她想见的人没来,而我正一个人喝酒。我正等着看希腊导演兰斯莫斯的电影,在那儿打发时间。"

艾丽试图给他一个听说过这位导演的印象。安东尼继续讲着。

"通常我不会和陌生人聊天。事实上,我后来想起来了,是她先主动和我说话的。话题转到了希腊。她小时候去过那里,是坐父母的朋友的游艇去的,就玩了几个岛。"

"听上去,她根本不像我住的那个区的人。"艾丽插嘴说。

"为什么?"

"她像是有钱人家的姑娘。我住的那个地方很糟糕。"

安东尼似笑非笑。

"反正她是个学过谈话艺术的人,总是知道该说什么,而且是个不聊天就不能自己静静待上两分钟的人。

"她很快就理解了我对希腊的兴趣。她在大学读过艺术史方面的书,所以我们聊了起来,她似乎对我要写的有关基克拉泽斯群岛的雕像的书很感兴趣。她想起小时候曾经去过的一座岛就是基克拉泽斯群岛中的一座。不管是不是被骗了,我觉得自己深深地爱上了她。"

艾丽不时地点点头。她遇见过莎拉这样的女孩,但从来不和她们交朋友。

"我误解了,以为她眼睛发亮是因为我吸引了她。现在想来,这是对谈话的热情和隐形眼镜令眼睛流泪导致的,也或许什么都不是。"

---

① 伦敦西区的高级住宅区。

时不时地,他的声音会有些嘶哑,不知是伤心还是生气,艾丽觉得很难判断。

"那她工作吗?"艾丽问道,她对这个女孩很好奇。

"她朋友在诺丁山有一家画廊,她在那里做兼职。白天她可以随时去逛博物馆。她有时陪我去大英博物馆,我在那里做研究。当我们站在帕台农神庙的大理石雕像前,她说她想去看看其余的帕台农神庙大理石雕像①,去看看它们原本放在什么地方。那个时刻真的很美好。是她建议的。'好的,我们去。'我说。新卫城博物馆应该是最后一个要去的地方,是旅程完美的终点。后面的六个月我们全用来计划这次旅行。

"她总是在周末过来和我一起住,我们在一起十八个月,她从没邀请过我去她的住处,说是和妹妹住在一起,我们没法独处。"

"的确,她不像是住在我们那儿的女孩。"艾丽说,"那个地方很脏。就是个地下室,黑乎乎的,门厅有股老太太身上的味道。"

"这就是她给我的地址。"安东尼说,"或许她曾经认识那里的什么人?不管怎么说,我想她无论如何不是那种愿意让别人知道自己是谁的人。我劝说自己她是某种人,但实际上她是另一种。"

"你在伦敦住在哪里?"艾丽好奇地问。

"我住在布鲁姆斯伯里的一座公寓大厦里,靠近大英博物馆。和这里完全不一样,但我可以清楚地看见那些擎起整座博物馆的巨大的廊柱。哪天要是天空湛蓝,我会假想自己是在雅典。"

艾丽坐在一旁安静地听着,不时地抿一口水。安东尼显然想说话。她有种印象,这些事情大多被他埋在了自己心里。

---

① 帕台农神庙的大理石雕像现今一部分在大英博物馆,一部分在希腊。

他们坐了一会儿,安东尼想带她看看从天台的不同角度看到的景色,把那些地标性建筑和风景指给她看。

"那是卫城。"他指着说,"那里是利卡维托斯山。你还可以看到植物园。那儿是议会大厦,the Vouli①。"

"真好。"艾丽只说了一声。他们远眺雅典,安东尼继续说着,似乎想把莎拉清除出自己的胸膛。好像一旦说出去,他就再也不需要提及这个人了。

"在一段短暂的时间内,她占据了我的整个世界,莎拉就是我的世界。"

尽管看年龄,他足可以做她的父亲,艾丽还是觉得这个男人期望她像一位导师或红颜知己一样回应他。

"你真的这样想?"她问道。

"至少对我来说,好像是这样。我有些云里雾里,头脑昏沉。我看过古代神话里的爱情故事,了解爱情的魅力。在那一刻,那些故事都变得非常有意义。我觉得自己和爱情所启迪的一切艺术都有了联系:对我来说,任何时期的诗歌、绘画和雕塑都有了崭新的意义。

"莎拉很愿意陪我去各种美术馆,她精力充沛,热情高涨。她对那些东西的反应好像和我的反应完全一样。我彻底被她迷住了,被爱情迷住了,被情欲之爱迷住了。这似乎是一种力量,比我自身强大得多。"

安东尼坦白了他的想法。

"在我充满喜悦的关于情爱和心灵的冥想中,我忽略了那些爱情使人们犯的罪过。我不想知道爱情黑暗的一面,那些背叛,那些悲剧。

---

①希腊语,议会。

我从不对结局感兴趣。"

艾丽努力理解着,在恰当之处点点头,尽管有些信息对她来说是新的。

"我们俩差十五岁,但我想是我自己太不成熟了。我买的那个戒指让我纠结了一段时间,现在好了。就在上个星期,我鼓起勇气退了戒指。那笔钱可以付一年的房租,所以这次丢脸还挺值的!我希望任何的新规定都能让我在这儿至少待上一年。"

安东尼看见瓶子里没水了。

"你确定不想来点别的?我会煮咖啡。"

"嗯,那就来一杯吧。"艾丽说。

安东尼注意到她看了一下手表。快六点了。

"你要去别的地方吗?"他关切地问。

"那倒不是。"她回答说,"我原本想在飞回去之前看看卫城,但是没关系了。"

"你要赶飞机?"他吃惊地问,"几点起飞?"

"夜里一点。"她说,"还有好几个小时呢。"

等安东尼端着咖啡回来,艾丽正翻着笔记本。现在,和他在一起,艾丽觉得舒服多了。

"出了什么事……"她问,"一定很糟糕吧。"

"看了这些,你觉得挺奇怪的吧。"安东尼说,"从另一个角度说,想到这个世界上有个人知道我都经历了什么,也挺好的。"

艾丽脸红了。显然,读了别人日记的内疚感还没有消退。

"即使是现在,如果在雅典大街上与一个和她用一样香水的人擦肩而过,都会激起我的回忆。但这怎么可能避免呢,除非我不上街。"

艾丽摇了摇头。

"避免不了。"她静静地说,满心同情。

山峦渐渐变成玫瑰粉色。太阳要落山了。

对艾丽来说,安东尼就像个十几岁的为爱心碎的男孩。

"我打板球的时候,胳膊很有劲,但我没能把那个电话扔得足够远。"他苦笑着说下去。

看着他回忆自己的痴心一片,艾丽意识到连成年知识分子也那么容易上当。他是个受过高等教育、有文化的人,蒙蔽住他双眼的爱情将他伤得不轻。

"如果不是发生了那些事,"艾丽直截了当地说,"或许现在你就不会在这里……"

"这倒是真的,艾丽。这地方不错。"

谈话有了短暂的间歇,她和安东尼似乎都觉得自在些了。但四周并不是寂静无声,交通噪音传了上来,有不耐烦的喇叭声,被激怒的回应声,还有飞机偶尔飞过的噪音。

这个和她一起坐在屋顶天台上的男人是个陌生人,但她觉得自己好像认识他。

"怎么,我们没干别的,光在说我的事情!"他大笑起来,"你一定认为我是个彻头彻尾的自我主义者!我没有这样谈论过自己……或许从来没有过。太抱歉了。"

艾丽也大笑起来。

"没事!你已经补上了我不知道的信息!"

"现在和我说说你自己吧,求你了,你一定得说。"

安东尼看看艾丽,她没有和他对视。

"可是,我的生活一点意思都没有。"她尴尬地说,她不习惯成为被人关注的焦点。

"每个人的生活都很有意思。"他鼓励她说,"我只知道你住在哪儿,仅此而已。你做什么工作?"

艾丽向安东尼简短地描述了自己的生活:从卡迪夫到伦敦,还有那份她不太满意的工作。她发现没法掩饰自己的不满和厌倦。他认真听着,就像在希腊听人们给他讲故事时一样认真。

她还说了当她决定休十天假时,老板的反应是那么无所谓。

"那你接下来要干点什么?"他问道。

艾丽耸耸肩,一下子发现自己没有确定的答案。

"我不知道。"她说,目光依然停留在雅典的风景上,"回去也没有什么特别的事。"

她不知道他是否对自己的生活感兴趣,所以改变了话题。不管怎样,她不想思考自己的事情,这会让她想到航班,想到飞机升空,她就消失了。现在剩下的时间不多了。

艾丽观察着他放在笔记本上的手,感到一丝失落。这日记到底是谁的?曾经寄到了她的住处。那个街名曾被绘声绘色但漫不经心地告诉了某人,但S(她依然想着这个人)可能从未在那里住过。

"你真的是为莎拉写下的这些故事吗?"

这是艾丽第一次说出这个名字。

"会是写给谁的呢?"他回应道,"我告诉自己这些故事是写给那个人的,但最终,我觉得我们笔下的一切都是为自己而写,比如关于雕像的那本书。这个世界并没有急切地等待我的书出版。我知道。有人看到我的书可能会心中微微一动,发现毕加索和亨利·摩尔的某些作品与基克拉泽斯群岛的雕像是如此相似,但他们也只是在心里说:'嘿,真有意思……不错啊。'我的书改变不了任何人的生活。我对此没抱任何幻想。

"那些故事也一样。我没地方存放,只能写下来,它们也没地方可去,只能被寄到你的住处。但我很高兴你把它们带了回来。这似乎是事情真正的结束——她从来没在那里住过,甚至连这都只是一个谎言……"

他们继续坐着聊天。他问了有关她旅行的问题,去了哪里,做了些什么。艾丽给他讲了托隆,讲了每天去纳夫普利奥,还有她多么喜欢在广场上坐着。

她看着屋顶天台上的美丽石雕。它们在薄暮中发出柔和的光泽。它们是现代的?古代的?是毕加索的原作?还是亨利·摩尔的作品?或者只是复制品?艾丽根本不知道,也搞不清这是否重要。石雕很漂亮,永恒而高雅。

安东尼看到她在看雕像。

"很美,是吧?当我决定留下时,这是我唯一从伦敦运过来的东西。它们在这儿比在布鲁姆斯伯里更合适。"

"它们……很漂亮。"

这话听起来平淡无奇。

"我把所有的书也运了过来。"

穿过公寓走到露台时,艾丽已经注意到每一面墙上都是大部头的艺术书。

"希腊给予我的太多了。"他说道,"要不是这一次的经历,这一次的……失意……爱叫什么叫什么吧,反正我不会留在这儿。"

"如果……S.伊博森在那里看了那些明信片,读了你那些故事,我也不会来这里。"艾丽试着加了一句,她没能一下子想起那个女人的名字。

"是的,所有这一切都引向了现在这个时刻。今夜在星光下,我们俩坐在这里,还有月亮。"

现在,卫城亮起了灯光,在远处闪着金色光芒。尽管下面的街上和广场上麻烦不断,帕台农神庙依归岿然不动。它从时间的洗礼和人为的破坏中幸存下来了。

安东尼的目光也被圣殿吸引。

"完美无缺,是吧?"他说,"只有金字塔能与之媲美,但看见金字塔,我总会想到死亡。那是坟墓,而不是人们祈祷瞻仰的地方。"

"当然,帕台农更漂亮。"艾丽评价说。

安东尼转向她。

"你是怎么计划的?我觉得你可能要丢工作了,我对此有一点点责任。"

"我想是应该怨你,"艾丽大笑着说,"都是你那些明信片闹的!"

她告诉安东尼她在家时怎么把明信片拼在一起,那些明信片对她意味着什么,等到不再有明信片寄来的时候,她如何决定自己亲自走一趟。

事实上,她不知道自己下一步要做什么。她最近一次查看自己的银行账户时,发现剩的钱不多了。尽管住的是便宜的酒店,这次度假还是消耗了她大部分的积蓄。

"回伦敦应该挺难的。"她说。

"你为什么不留下呢?你不会后悔的。"安东尼说。

艾丽不喜欢说起自己缺钱,但她知道安东尼是对的。到目前为止,这次旅行已经大大丰富了她的生活。

在他们谈话的间歇,艾丽听到公寓里的门响了一声。不一会儿,一个年轻女子出现在天台上,是个小个子,一副假小子模样。艾丽莫名地心生妒意,特别是当新来的这个人朝安东尼走来,在他两颊各亲了一下时。

"雅典娜,这是艾丽。艾丽,这是雅典娜。"

两个女人握了握手。

"现在应该喝杯葡萄酒。"安东尼说,"太阳已经下山了!"

"我去拿酒。"雅典娜热心地说,"给我点时间换身衣服。"

"冰箱里冰着不错的克里特岛的阿斯提可白葡萄酒,再带些开心果来好吗?"

看起来他们之间很熟悉,雅典娜在这里很自在。

"你读过关于雅典娜的故事。"安东尼对艾丽说,"记得吧?"

"德尔菲!"艾丽激动地叫起来,"你们在德尔菲相遇!"

她和安东尼描述的一样。

"我们不是恋人!"安东尼说,他知道艾丽脑子里在想什么。

"雅典娜有个女朋友。你能想象吧,她在拉米亚的父母怎么能接受得了。"

雅典娜又出现在天台上,手里拿着酒瓶,她听到了他们的谈话。

"他们还在给我介绍朋友的儿子。"她大笑着说,把酒瓶起子压进软木,"那又是另外一个故事。"

"但雅典很开放。"安东尼说,"一会儿你会见到安娜。"

"一会儿?"艾丽说道。

"你能留下来和我们一起吃饭吗?我请求你留下。就是冷餐,沙拉和鸡肉,但是……"

"我得赶飞机!"艾丽有气无力地推辞着。

"我可以送你去机场。"安东尼和蔼地说。

尽管发生了这一切,但她并没有想到会有这样的盛情款待。

"我养成了一些这里的好习惯。"他说,"对待陌生人像对待朋友一样,这样你会遇到更多有趣的人。但对你来说,我不算陌生人,对吧?"

很快,安娜到了,又是一番介绍。三个女人发现她们年纪相仿。她们简单交换了上的大学和工作的信息。安娜是位律师。说起自己是卖广告位的,艾丽觉得有些不好意思。

吃晚饭时,艾丽静静地问自己,是否还有比这更好的生活——在星光下,坐在天台上。

"你在希腊玩得开心吗?"安娜问道。

艾丽笑了。

"无法描述,我真的不想回英国了。"

"你回去干什么?"雅典娜问。

艾丽耸耸肩。

"听上去没什么事。"安东尼说。

"安东尼说得对。"艾丽承认说,"我对伦敦的生活不那么满意。"

"如果是这样,你就应该做出改变。"雅典娜插嘴说,"生命太短暂,应当听从自己的心。"

"她说得在理。"安东尼说,"我想你比任何人都了解我的观点。生活应该充满各种可能性,而不仅仅是承诺。"

艾丽觉得有些尴尬,她的确很了解安东尼,要知道日记是非常私密的东西。

"你会再去旅行吗?"她问安东尼,故意把话题从自己身上引开。

"现在不去,我想待在这儿。我脑子里满满的。还有书稿要完成。"

突然,他似乎有了主意。

"你会打字吗?"他问。

"打字?不是每个人都会吗?"

"有些人还是用手写字。"他羞怯地说,"我们错过了计算机的时代……"

"你为什么问这个?"

"我需要一个人把手稿输入计算机。"他说,"出版商看不懂我手写的稿子。"

"好吧,我知道我能做这个。"艾丽大笑着说,"我能看懂你的那些故事。"

"太好了,要是你喜欢,这份工作就是你的了。如果你没地方去,就住我公寓的那间空房间。"

艾丽不知该说什么。这个机会太好了。习惯告诉她,她该回伦敦,正如家人和朋友期待的那样,但内心告诉她留下吧。

雅典娜隔着桌子探过身来。

"认识你自己。"她热情地说。

艾丽想起那句刻在门楣上的话:认识你自己。或许现在轮到她了。

"对不起。"她说着起身离开桌子。她需要点时间想一想。她走到天台边的栏杆前去看景色,脑海里一直有件事,那就是下个月的房租。

她把手伸进口袋找手机，要给房东太太打个电话。似乎过了很久，房东太太才接电话。

"我是艾丽·托马斯。"

"D单元的？"

"是的，我想……"

"你是说D单元？我今天接到过关于D单元的电话，是个过去的房客，叫爱博森什么的，问是否有她的信件。"

安东尼正好在艾丽身边。

"你稍等一下，好吗？"艾丽说着，心开始狂跳不止。她把手放在话筒上，手掌上都是汗。

"安东尼，"她小声说，"莎拉在问信的事，我该说什么？"

"就说'不知道'。"他回答道，深深地吸了一口烟，"就告诉她什么也没有。"

艾丽在发抖，她继续和房东太太对话，安东尼站得很近。

"我检查过。"她大胆地说，"我想没有吧……我打电话来是想提交关于退租公寓的通知。"

那边是不高兴的声音，嘟囔着押金和保证金什么的。艾丽估计房东不会给她什么优惠。

"是的。"艾丽说，"但我可以从今天开始算退租提示时间吗？"

她们又继续谈了几分钟，最终达成妥协。把手机放回口袋后，艾丽注意到安东尼还在她身边，眼睛盯着冉冉升起的月亮，陷入沉思。她不想打断他的冥想。

过了一会儿，他往艾丽这边瞥了一眼，脸上似乎带着疑问。

艾丽对他笑了笑。

"解决了。"她说。

他们俩返回桌边。当他们走近时,雅典娜和安娜停下不再说话,满怀期待地看着艾丽。

艾丽又坐下来,安东尼给每个人斟上酒。没人说话。

"我不走了。"她向两个女孩宣布,她有了一种全新的自信,"我要留下来。"

在活过的日子里,这是艾丽觉得自己最平静,但最有活力的时刻。

在他们头顶上方,燕子在夜晚的天空中向下俯冲,再俯冲。

图书在版编目（CIP）数据

海上明信片 /（英）维多利亚·希斯洛普著；刘韶方译. —— 海口：南海出版公司，2019.1
书名原文：Cartes Postales from Greece
ISBN 978-7-5442-9300-6

Ⅰ. ①海… Ⅱ. ①维… ②刘… Ⅲ. ①长篇小说－英国－现代 Ⅳ. ① I561.45

中国版本图书馆CIP数据核字（2018）第097562号

著作权合同登记号　图字：30-2018-029

CARTES POSTALES FROM GREECE by VICTORIA HISLOP
Copyright @ 2016 Victoria Hislop
Photography @ 2016 Alexandros Kakolyris
Simplified Chinese edition copyright © 2019 by Thinkingdom Media Group Ltd.
All rights reserved.

海上明信片

〔英〕维多利亚·希斯洛普 著
刘韶方 译

出　　版	南海出版公司　（0898）66568511
	海口市海秀中路51号星华大厦五楼　邮编 570206
发　　行	新经典发行有限公司
	电话 (010)68423599　邮箱 editor@readinglife.com
经　　销	新华书店
责任编辑	翟明明
特邀编辑	李怡霏　沈　悦
装帧设计	朱　琳
内文制作	王春雪
印　　刷	北京中科印刷有限公司
开　　本	880毫米×1230毫米　1/32
印　　张	12.5
字　　数	266千
版　　次	2019年1月第1版
印　　次	2019年1月第1次印刷
书　　号	ISBN 978-7-5442-9300-6
定　　价	68.00元

版权所有，侵权必究
如有印装质量问题，请发邮件至 zhiliang@readinglife.com

本书内文图片版权均归属 © Alexandros Kakolyris，以下除外：

扉页 © Olga Popova/Shutterstock and 19srb81/Shutterstock (postmarks)

24 © Tatjana Kruusma/Shutterstock

26, 29, 32-33, 35, 37 © Carolyn Franks/Shutterstock (photo frame)

66 © MikhailSh/shutterstock

68 © DutchScenery/Shutterstock (retouching)

108 © Tatjana Kruusma/Shutterstock

115, 119 © creaPicTures/Shutterstock (photo frame)

128 © Susan Law Cain/Shutterstock

130-131, 133, 138 © Print Collector/Alamy (Byron handwriting)

150, 151, 156, 163 © happykanppy/Shutterstock (water texture)

158 © ninanaina/Shutterstock (water texture)

178, 181, 183 © Shebeko/Shutterstock (texture)

190 © 5 second Studio/Shutterstock

201 © Tatjana Kruusma/Shutterstock

220 © Oleg Znamenskiy/Shutterstock

243 © Alinari Archives, Florence (laterna players)

244 © nevodka/Shutterstock

249 © Still from Laterna, Ftohia kai Filotimo courtesy of Finos Film, Athens

251 © Still from Laterna, Ftohia kai Filotimo courtesy of Finos Film, Athens and donatas1205/Shutterstock (film strip)

268, 272, 275, 276, 283, 290 © amlet/Shutterstock (burnt paper)

290 © Victoria Hislop (window)

324 © Tatjana Kruusma/Shutterstock

329, 332, 336, 340-341, 342, 345 © Ivan Smuk/Shutterstock (frame)

352 © Oleg Znamenskiy/Shutterstock

354, 358, 361, 366 © ZoneFatal/Shutterstock (feathers)

372 © Nik Merkulov/Shutterstock and Andrey Eremin/Shutterstock (texture)